最美奋斗者奖杯

最美奋斗者证书

荣 誉 证 书

河南大学出版社：

你单位出版的《旗帜：红旗渠最美奋斗者人物志》（责任编辑：郑鑫、柳涛）在2021年度"豫版好书"评选活动中，荣获

优秀奖

特颁此证，以资鼓励。

河南省出版协会
二〇二二年五月

荣 誉 证 书

河南大学出版社：

你单位荐书作品《旗帜：红旗渠最美奋斗者人物志》（荐书人：巩永波、柳涛、湛洪波）在河南省首届"出彩中原"荐书大赛（微视频荐书）活动中荣获

一等奖

特颁此证，以资鼓励。

河南省出版协会
二〇二二年五月

旗帜

——红旗渠最美奋斗者人物志

QIZHI
HONGQIU ZUIMEI FENDOUZHE
RENWUZHI

主 编 吕志勇
副主编 李 海 于报生

河南大学出版社
HENAN UNIVERSITY PRESS
·郑州·

图书在版编目（CIP）数据

旗帜：红旗渠最美奋斗者人物志 / 吕志勇主编.
--郑州：河南大学出版社，2021.6（2023.2重印）

ISBN 978-7-5649-4744-6

Ⅰ．①旗… Ⅱ．①吕… Ⅲ．①报告文学－中国－当代 Ⅳ．①I25

中国版本图书馆CIP数据核字（2021）第107220号

责任编辑	郑　鑫　柳　涛
责任校对	谌洪波
装帧设计	陈盛杰

出版发行	河南大学出版社
地　址	郑州市郑东新区商务外环中华大厦2401号　邮编：450046
电　话	0371-86059750（高等教育与职业教育出版分社）
	0371-86059701（营销部）
网　址	hupress.henu.edu.cn
印　刷	河南瑞之光印刷股份有限公司
版　次	2021年6月第1版　　印　次　2023年2月第3次印刷
开　本	787mm×1092mm 1/16　印　张　17.75
字　数	247千字　　　　　　定　价　52.00元

（本书如有印装质量问题，请与河南大学出版社营销部联系调换。）

前 言

2019年，庆祝中华人民共和国成立70周年之际，中央多部委联合部署在全国城乡开展"最美奋斗者"学习宣传活动，共评选出300名"最美奋斗者"（278名个人、22个集体）。林州市红旗渠建设者从众多英雄模范集体中脱颖而出，成为新中国22个"最美奋斗者"集体中的一员。

修建红旗渠的数十万建设者，获此桂冠，当之无愧！

红旗渠工程修建过程中，涌现出了无数英雄模范人物，他们像插在太行山巅的一面面旗帜，飘扬至今，永不褪色。挖掘他们的感人事迹，弘扬和传承好红旗渠精神，已成为时代责任！

2020年4月起，林州市委宣传部组织50余位作者，走进乡村农田、英雄家中，有的甚至百里跨省，采访当年修渠人的事迹。这些被采访者，绝大部分是战斗在一线的普通修渠人，许多感人的事迹为第一次面世。本书选取了具有代表性的七个方面，既有流血牺牲的平民英雄，也有后勤保障的优秀尖兵，还有传播友谊的典型代表……这些修渠人，年龄大都超过80岁，因此，及时挖掘他们的故事，尤为迫切。

将这些优秀作品汇集出版，讴歌"最美奋斗者"，是对以往那段岁月的真情回顾，更是铭记劳动者们的红色基因，意义重大。

编者
2021年4月

不忘初心：杨贵的可贵之处

王全书

习近平总书记指出："红旗渠精神是我们党的性质和宗旨的集中体现，历久弥新，永远不会过时。"年届九十的杨贵老人走了，半个世纪前带领林县人民在巍巍太行崇山峻岭中建成"人工天河"的老人走了。人们以无尽的怀念，仰望着这一座社会主义建设时期永恒的精神坐标，叙说着杨贵和红旗渠这一图存图强、追梦圆梦的中国故事。

古有都江堰，今有红旗渠；古有李冰，今有杨贵。讲红旗渠，讲红旗渠精神，都不能不讲杨贵。那么，杨贵身上到底有哪些难能可贵的地方呢？

杨贵的可贵之处一：不忘初心，"为了人民修渠，依靠人民修渠"的人民情怀。建国前，林县吃水贵如油，十年九不收，历史上禾枯苗焦、十室九空、人相食的记载触目惊心。缺水，是长期困扰林县人民生产生活的症结所在；摆脱干旱缺水的煎熬，是全县父老乡亲的迫切期待。杨贵牢记党的宗旨，"不驰于空想，不骛于虚声"，带领县委一班人走村串户，问计于民，林县的每一座山、每一道岭、每一条沟，都留下了他风尘仆仆的足迹。杨贵先后在500多个村庄蹲过点，在1000多户农家吃住过，他既实地考察各村镇缺水的状况，又注意总结群众因地制宜创造的治水经验，进而大胆提出了"劈开太行山，引漳入林"的方案。"脚下有多少泥土，心中就沉淀多少真情。"杨贵以造福全县人民为最大政绩，讲出的话掷地有声："群众最迫切需要解决的问题是什么？是缺水。那就修渠！"在当时的条件下，干还是不干、大干还是小干、自力更生还是等靠要？经过全县范围内广泛深入的大讨论，杨贵把县委的决策变成了全县干群的共同意志和自觉行动：宁愿苦干，不愿苦熬！困难再大，也要把人民的利益放在心中最高的位置，把修建红旗渠这件造福子孙后代的大事办好！就这样，1960年的元宵节，杨贵率领浩浩荡荡的修渠大军开进了莽莽太行。

杨贵说："只要领导一心为人民，就能赢得万众一条心。"前后十年，杨贵与修渠群众同甘共苦，遇到问题与群众商量，碰到困难向群众请教，领导、群众、技术人员，同心协力、众志成城。每一寸渠道、每一孔涵洞、每一架渡槽、每一座桥梁，都浸润着杨贵和全县人民的心血和汗水。3万多名共产党员、共青团员、基干民兵冲锋陷阵，夫妻并肩，父子同行，老中青三代前赴后继，参加过修渠的林县人达30多万，终于使全长1500公里的红旗渠在悬崖峭壁上横空出世。

杨贵的可贵之处二：不忘初心，"靠着彻底的唯物主义态度，靠着对党和人民的忠诚"的坚强党性。杨贵在带领全县人民修建红旗渠的过程中，从设想、勘察、决策到施工，解放思想、实事求是的思想路线贯彻始终，对党忠诚、为党分忧、为党尽职、为民造福的坚强党性一以贯之。他敢于顶住浮夸风，实话实说，为建设红旗渠预留了基本的粮食储备。1958年"大跃进"，浮夸风刮得人们东倒西歪，粮食产量虚报严重。杨贵坚持实事求是，顶住重重压力，既不虚报也不瞒报，始终坚持林县小麦亩产114斤。结果，在不少地方因虚夸而被征了过头粮的情况下，林县除了安排好群众口粮外，还留有3000多万斤的储备粮，这是他们在三年困难时期敢于向穷山恶水开战的重要底气所在。

杨贵善于拓宽思路，跨省寻找水源。起初，杨贵提出蓄住天上水、挖掘地下水、利用河里水，打了很多旱井，修了几条水渠和三座中型水库，想以此结束林县缺水的历史。1959年的一场特大旱灾，使这些水利设施形同虚设，境内河流全部断流，逼着他们不得不跨省在毗邻的山西省平顺县找到漳河这个可靠的水源,解决了红旗渠的源头活水。正是带领干部群众修建红旗渠的生动实践,使杨贵的党性得到了锤炼,提升了他看问题的眼力、辨是非的脑力、谋事业的能力、敢创业的魄力和为人民的定力。

杨贵的可贵之处三:不忘初心,"无私无畏、敢想敢干、迎难而上""重新安排林县河山"的担当精神。红旗渠动工时,正值我国三年困难时期,国际敌对势力千方百计对我封锁、制裁,其间还经历了"文革"的曲折。正是在这个时间节点上,杨贵挺身而出,敢于担当责任,以"功成不必在我"的境界和"功成必定有我"的担当,以愚公移山的毅力和坚持,把使命放在心中,把责任扛在肩头,敢打攻坚战,迎着困难上,领着全县人民自力更生、勤俭修渠,走前人没有走过的路,干前人没有干过的事。没有水泥自个儿烧;没有炸药自个儿造;没有技术干中学;没有水准仪就用一脸盆水和一根绳子代替;没有住处,就石洞安身,露天野宿,薅草当被,星辰作窗;没有大型施工器械,就铁锹、镢头、小推车齐上阵。为了节省资金,修渠工具由群众自带,施工器械由群众自制。杨贵为全县上下树立了敢于担当的一面旗帜、一个标杆和一面镜子,形成了担当可贵、担当光荣,为担当者担当、对负责者负责的生态氛围,锻造出有铁一般担当的队伍,使人人愿担当、能担当、善担当,"重新安排林县河山"的宏誓大愿得以实现,创造出了经得起实践与人民和历史检验的骄人业绩。

修红旗渠是在干前人未曾干过的事业,没有现成的经验可以遵循,探索过程中的失误难以避免。面对失误、挫折,杨贵不推责、不诿过,勇于承担责任,修正错误,奔着问题整,揪着问题改。这同样是对领导干部胸襟、勇气和格调的考验。工程刚启动时,杨贵提出的是"大战八十天,引来漳河水"的目标。开工不久就暴露出战线太长、物资匮乏、技术力量奇缺、无法统一指挥的问题。一个多月过去了,山上只留下了一个个"鸡窝坑"。杨贵以直面失误的坦荡襟怀,不文过饰非,不推脱躲闪,而是当机立断召开现场会议,公开承担责任、检讨错误,集思广益,调整部署:一是树立长远作战、长期奋斗的思想,原本提出的"大干八十天"的口号是脱离实际的;二是集中精力打歼灭战,由全线铺开改为分段施工。有多大担当才能干多大事业,尽多大责任才会有多大成就。正是这一重大战略调整,有效地保证了红旗渠建设又快又好地推进。面对困难和挑战,是计较个人名利、患得患失、畏首畏尾,还是敬业奉献、动真碰硬、担当有为,这是检验广大党员干部的试金石。"为官避事平生耻。"杨贵鄙夷那种在其位不谋其政,遇到矛盾绕着走、碰见困难躲着行的懒汉思想,对"只要不出事,宁可不干事",热衷于当"太平官"的庸人哲学深恶痛绝,以当好中流砥柱的英雄气概彰显出共产党人的一身正气。

杨贵的可贵之处四:不忘初心,"行得端、立得正""群众吃啥我吃啥"的清廉作风。"工作高标准、生活低标准",是杨贵给修渠干部们制定的规则,并具体化为"五同六定":同吃、同住、同劳动、同学习、同商量,定任务、定时间、定质量、定劳力、定工具、定工段。他率先垂范、身先士卒,所有干部都参加第一线的劳动,任务只能超额不能拖欠。他和干部们的工作量比群众的大,但口粮标准比群众的低。有一次,杨贵饿晕在工地上,炊事员做了碗小米稠粥偷偷端给他,他非常生气地说:"群众吃啥我吃啥,决不能搞特殊!"他硬是把这碗饭倒进大锅里搅了又搅,和民工们一起分着吃。

杨贵一手抓工程建设,一手抓廉政建设,在创造水上长城工程奇迹的同时,也打造了一支干净干事的特别能战斗、特别廉洁的干部队伍。他领着县委和总指挥部制定了海量的各类纪律和制度文件,涉及到红旗渠的方方面面,并充分发挥群众的监督作用。在红旗渠的资料中,有一类资料所占比重很大,就是账单,各式各样的账单,上到地委县委,下到民工小组,每个账单上都盖满了手章、手印,每个数字都精确到了小数点后两位,所有账单都有整有零、清晰可查,见证了修渠人执纪的严肃、严厉、严密、严谨。杨贵在半个世纪前坚持的预防为主、防微杜渐的做法，与今天实行的"纪在法前"有着异曲同工之妙！近亿元的工程，十年的时间，几十万干部群众参与建设，难以计数的巨量物资，其间没有一个干部失职渎职，没有一处挥霍浪费，没有一次请客送礼，没有一例贪污受贿，没有一个人挪用建渠物资，这是何等难能可贵的廉政奇迹！红旗渠是一条生命渠，也是一条廉政渠，不仅是以人民为中心，为人民服务的典型，是上下同心、其利断金的典型，还是勤政廉政的典型，是加强党建、增强党和政府公信力的典型。林县的老百姓有口皆碑，他们说："干部能够搬石头，群众就能搬山头；干部能流一滴汗，群众的汗水流成河！"这句话当年用石灰写在了太行山的岩石上，至今仍依稀可辨。杨贵调离林县时，自发为他送行的群众排成了长龙，苦苦挽留，有些端着一碗清水，有的打出"太行一渠清水，杨贵两袖清风"的横幅。

　　天地英雄气，千秋尚凛然。红旗渠的总设计师杨贵老人走了，他给我们留下的无尽精神财富，必将激励着千千万万党员干部在习近平新时代中国特色社会主义思想指引下，继承前人的事业，接续今天的奋斗，实现美好的梦想，书写精彩的人生。

作者为红旗渠精神研究会名誉会长、十二届全国政协教科文卫体委员会副主任、河南省政协原主席。

目录

情系大渠

红旗渠走上《百家讲坛》 002
本　色 009
渠　魂 015
与红旗渠有关的两件事 021
天河里的红色印记 024
过命渠水情 030
修渠人的信仰 039
心　愿 043
太行硬汉王磨妞 048
红旗渠的守望者 052

血染太行

火　炬 057
血染的爱 063
血染当年姐妹花 065
生命的硬度 074

爬过命运的坎　　　　　　　　　　　　087
风门岭下　　　　　　　　　　　　　091

真情见证

好兄弟，红旗渠为你们作证　　　　　097
传承"林平友谊"的使者　　　　　　101
"红旗渠奶娘"范土芹　　　　　　　108
一渠幸福水　两代修渠人　　　　　　115

文化使者

他见证了红旗渠修建的全过程　　　　122
为红旗渠扬美名　　　　　　　　　　129
《林县报》报小作用大　　　　　　　135
山碑立在他心中　　　　　　　　　　142
红旗渠工地的红孩子　　　　　　　　146
红旗渠工地上的宣传员　　　　　　　153

能工巧匠

最"土"的人　最红的渠　　　　　　158
测出红旗渠的"水平仪"　　　　　　162
巾帼锤　　　　　　　　　　　　　　170
红旗渠上的特种兵　　　　　　　　　177

峥嵘岁月

问　水	187
修渠岁月一幕幕	194
绽放在红旗渠上的铿锵岁月	199
红五星闪耀在红旗渠上	203
把青春献给祖国	211
向前！向前！！	221

后勤服务

红旗渠上后勤兵	230
情牵渠水　无悔人生	243
修渠的青春岁月	249
秋之功　昌之业	252
雁行车队战太行	261
大众煤矿与红旗渠建设	264

情系大渠

一渠绕群山,精神动天下！1500公里勾画出的山川水脉昭示一个道理：山岳难撼我来撼,水流上山梦终圆。谁敢斩断太行,唯我修渠英雄！

从老红军团长顾贵山到路明顺、靳柳鲜、赵会文、王磨妞……耄耋老人的眼里,精神的长河久久流淌……走上《百家讲坛》的李蕾、护渠工郭用林……年轻一代,接过前辈高擎的旗帜,将艰苦创业的红旗渠精神代代传承。

红旗渠走上《百家讲坛》

《红旗渠的故事》走上了中央电视台的《百家讲坛》,在2007年"五一"黄金周期间,很多观众都把自家的电视节目锁定在了《百家讲坛》栏目,所讲述的内容在观众中引起了强烈的反响,这说明了红旗渠的故事和红旗渠精神在人们心目中的分量和价值之重。那么,红旗渠是怎样走上《百家讲坛》的?作为见证者,记者记录下了其中的故事。

红旗渠打动央视人

2007年1月21日,在料峭的寒风中,一批特殊的客人来到了红旗渠畔,他们是中央电视台《百家讲坛》栏目组的成员,制片人万卫,总策划解如光,编导那儿苏、马琳、张佳彬等人都在其中。

走在他们前面的那位漂亮的讲解员就是林州市接待办公室的副主任李蕾。说起李蕾,她可是林州市的骄傲,她勤奋好学,才思敏捷,被称为"中原名嘴"。前两年,举办红旗渠精神巡回展时,林州市派出了11名讲解员,她同林州市著名导游冯敏担任领队,带领姐妹们出色地完成了任务,展示了新一代红旗渠人的良好形象,推介了红旗渠精神,被誉为"传唱红旗渠的百灵鸟"。

一路走下去,看着盘绕在太行山半山腰的红旗渠,听着李蕾那动情的讲解,回味着一个又一个催人泪下的故事,《百家讲坛》栏目组的老师们在心灵深处感受到了强烈的震撼。这些语言丰富、感情充沛的艺术家此时表现出的只有凝重和沉默,山间的寒风一阵阵地扫过,他们似乎没有感觉。

当天傍晚,回到宾馆,解如光说:"李蕾讲得太好了,红旗渠精神深深打动了我们栏目组。中央要求《百家讲坛》栏目开设党史专题讲座,红旗渠就是其中的一个内容,我看李蕾讲的就很精彩,能上《百家讲坛》当主讲人。"

当晚,陪同栏目组的林州市委领导很快向在北京出差的林州市委书记汇报了情况,同意李蕾担任主讲人,并开始在解如光老师等人的指导下开展准备工作。

2月5日,李蕾应邀到《百家讲坛》的录制现场进行了试讲。解如光等人看了,感觉李蕾符合做主讲人的条件,但是她所讲述的内容不太符合《百家讲坛》的风格,讲稿还有待于充实、丰富。

让今天的年轻人能够哭一把

2月10日一大早,林州市委中心组会议室就坐满了人,他们都是来参加《百家讲坛》栏目关于红旗渠讲座采访座谈会的。他们有的参加过修建红旗渠工程,有的整理过关于红旗渠的资料,都熟知红旗渠的故事。记者接到林州市委宣传部副部长申伏生的通知参加了座谈会。

不久,林州市委常委、宣传部长陪同解如光、那儿苏和张佳彬走进了会场。经过简单介绍后,解如光道出了此次林州之行的目的。他文化底蕴深厚,讲话很有魅力。记者尽力记录下了他的讲话内容:

"中央交给《百家讲坛》栏目一个任务,要讲党史,要讲一讲红旗渠。能不能讲好?怎么讲?我们一直忐忑不安,春节快到了,我们在离开林州后又匆匆返回,就是来向大家讨教的。

"讲红旗渠,要按新的文明史观来讲,这与过去的阶级斗争史观有很大差别。红旗渠是一个奇迹,是一个靠崇高的精神铸就的奇迹,红旗渠的背后必然有很多感人的故事。但是,我担心,今天更多的人是来看风景的,而不是来看精神的。我希望大家能提供很多真实的、没有发掘的故事,书上没有写的故事,或者书上写了而没有写详尽的故事,你们平常想说而没有说出来的故事,提供那些能够让我们落泪的小人物和小故事,把红旗渠建造过程中最人性化的东西讲出来。红旗渠的建造历史证明,人民才是创造历史的真正动力,他们做出了牺牲才成就了工程的伟大,林州人民是最伟大的老百姓。我们现在就是要把最真实的历史想办法保存下来。

"前些天,李蕾到《百家讲坛》试讲了一次。对于李蕾的风度和口头表达能力,我们都十分赞赏,但是,她讲的文稿是个新闻宣传稿,不是在讲一段历史。各位都是红旗渠的知情者,今天我们就一起来做这个事情,写一个新的讲稿,写一段新的红旗渠故事,写成后,让今天的年轻人能够哭一把,让他们永远铭记先辈的历史,从历史中获得前行的动力。"

"哗哗哗……"在座的虽然只有十几个人,但是掌声是由衷的、热烈的。

接下来,安阳市作协主席崔复生、原林州市工业局局长赵凡、原红旗渠管理局局长王宏民等人讲述了红旗渠的故事。每个人讲述的故事都很感人,时间在动情的故事里不知不觉滑到了中午。解如光说:"大家吃过饭

2007年春节前,在桃园渡桥上作家崔复生(左)向《百家讲坛》总策划解如光(右)讲述红旗渠的故事

接着讲。我昨天晚上坐了一路的火车,没有睡好,但是你们是以心向我们讲故事的,我下午还要接着听。"

略作停顿,他接着说:"做《百家讲坛》的节目,这跟你们林州人当年修红旗渠一样,每一个炮都要放响。我们要把感人的事重新说一遍,过去我们的宣传有些泛化,《百家讲坛》要改变这种倾向。怎样让红旗渠精神传下去?要让无数的人感动。唯有真实的才是感人的,越唱高调越令人反感,红旗渠是唱高调唱出来的吗?不能让这段历史淹没了,这是你们的责任。我虽然不是林州人,但我认为这也是我的责任。各位再发掘发掘藏在你们心灵深处最真实的东西。"

记者注意到,林州市文化局创作组组长尚翠芳一直在认真做记录。她原是林州市五中的语文老师,很有文才,长于散文、古诗词,调到文化局后从事文艺创作。

晚上,大家一起吃饭。林州市委书记过来了,他对《百家讲坛》的三位老师说:"今天是腊月二十三,按照林州的习惯,春节前的这一天就应该全家团聚了。可是,你们为了红旗渠的故事,还不能跟家人团聚,你们辛苦了。"

李蕾接着说:"林州还有个习俗,腊月二十三这天你在哪里吃饭,灶王爷就把你明年的口粮划到哪里了,明年你们可就成了林州人了啊。"

一句话让就餐的人都开心地笑了起来。

第二天,征求意见活动继续进行,但是是小范围的,李蕾和尚翠芳一直在场,聆听和记录着每一个故事。傍晚时分,解如光、那儿苏和张佳彬在大家的陪同下参观了红旗渠桃园渡桥。晚上,他们整理了两天来的记录,梳理了一下讲稿的思路,决定让尚翠芳和记者写讲座的初稿,要求写成三讲,每一讲大约6000字,并且要求在春节期间完成。

震撼人心的演讲

接到任务,尚翠芳和记者都感到压力很大。前后10年几十万人修筑"人工天河"的大事,要我们两个人在有限的几天时间里写下来再让数亿观众鉴赏,这样重的担子我们担得起吗?但是,看着解如光老师信任的目光,我们接受了。

春节前,我们又采访了一部分修渠人,然后就写稿内容进行了分工。那几天,尚翠芳的弟弟正准备结婚典礼,她这个当姐姐的却抽不出身来为弟弟奔忙,只能满怀歉意。春节期间,我们都把自己关在了各自的家里写讲稿。2月27日,我们将写好的初稿交到了林州市委宣传部。

2007年3月5日,李蕾和尚翠芳两位女将带着初稿进京。在那里,她们在解如光、那儿苏、张佳彬和马琳等老师的指导下修改了第一讲,为此,她们度过了几个不眠之夜。11日,讲座正式定名为《红旗渠的故事》,第一讲定稿,名为《惜水如命》。12日,李蕾走上了《百家讲坛》演播室那肃穆的讲台。讲述完毕,《百家讲坛》栏目组和两位女将那十几个人悬着的心终于放下了。15日,两人返回林州,为下一步录制工作做准备。

3月21日,林州市委宣传部副部长申伏生同两位女将再赴北京,为录制后面的讲座作准备。他们同解如光老师一起挑灯苦战,修改整理了讲稿,将原来的三讲内容扩展成了四讲,后三讲的题目分别命名《修渠风波》《英雄悲歌》《修渠奇观》。30日到31日,李蕾再次走上《百家讲坛》,录制开始进行。听着李蕾的讲述,演播室里的观众热泪纷纷。

"成功了!"录制结束时,演播室里很多人异口同声地说。

5月1日上午,林州宾馆可容纳1000余人的三楼会议室里座无虚席。中央电视台《百家讲坛》栏目正式同林州市委、市政府在这里举行《红旗

李蕾(右)与尚翠芳在《百家讲坛》现场合影

渠的故事》首播式。原国务院扶贫办顾问、林县县委书记杨贵,中央电视台《百家讲坛》栏目总策划解如光、编导张佳彬同林州市的1000多名干部一同出席了首播式。解如光代表《百家讲坛》栏目组向林州市赠送了《红旗渠的故事》光盘,安阳市领导向《百家讲坛》栏目组赠送了感谢信和红旗渠国画。

解如光在首播式上作了即席演讲,那是一次震撼人心的演讲,会场的每一个人都能感觉到,那是从他心底里发出的声音,里面浓缩着这位65岁老教授对红旗渠的深情。许多天过去了,他的话语仍在人们耳边回响:

"今天是五一国际劳动节,我首先向在座的诸位表示节日的祝贺。向为红旗渠建设奉献出青春、血汗乃至生命的建设者们和烈士们表示崇高的敬意。对于《百家讲坛》来讲,今天也是个特殊的日子,因为《红旗渠的故事》在这一天播出。有人问我:为什么要在5月1日播出《红旗渠的故事》?我说:红旗渠是劳动者的杰作,5月1日播出有什么不可吗?

"的确,《百家讲坛》很少涉猎现代题材,有很多事情从不同角度看常常有不同的看法。去年,中央领导提出,《百家讲坛》要讲党史。那么,怎么讲?从哪里讲?从谁开始讲?今年年初,安阳的熟人让我来看甲骨文,我们到来后同时被红旗渠打动了,觉得这个工程是个不可思议的工程,认为不论从当时的科技还是从经济、劳动能力方面来看,红旗渠都是不可能修成的。但是,红旗渠就像红旗渠上的石头一样,是牢牢地摆在那里的。我们想发现红旗渠内在的东西到底是什么,我们就想到了中央领导交给的讲党史的任务。党史不好讲,是因为没有找到一个很好的途径和方法。毛主席讲党史就很吸引人,因为毛主席不用概念化、抽象化的语言讲,他讲的都是活生生的故事。红旗渠就符合这个特点,红旗渠的故事感动了我们《百家讲坛》栏目组所有的人。

"但是,历史有时又这样不可捉摸,红旗渠才过去几十年的事,在现代年轻人的心里就变得模糊了,如果不讲就可能永远淹没在历史的长河之中。我们自我要求说,一定要把红旗渠的故事讲好。从2月开始我们就着手行动了。一般情况下，上《百家讲坛》的节目都要准备8个月到1年的时间，但是这次我们用了3个月就完成了，这是我们的第一次突破，我们是用红旗渠的精神来讲红旗渠的故事的。今天的年轻人对红旗渠人付出的这种劳动不理解，我们就是要告诉他们：红旗渠是伟大的，劳动是最快乐的。

"我们把红旗渠的讲座变成了很多有悬念感的故事，其中有人物、有细节、有情感，把党的领导、人民群众的奉献都渗透进去了，在浩如烟海的材料中理出了几条线索，最终做成了节目，接受观众的考验，接受青少年的考验。我们相信，他们会像听庄子、孔子一样泪如雨下，会像听三国一样着迷，他们会因此更加热爱我们的国家、我们的民族。我们有信心！

"在节目制作中，安阳、林州两级领导给予了大力支持，处处开绿灯，而且没有丝毫的干预，使节目得以顺利完成。但是，做完节目后我们还是忐忑不安，我们向台里的各级领导征求意见，他们看了都说非常感人，但还是不踏实。前天，当我们栏目组在厦门录制节目时，台领导打电话，要求我们即刻做一个宣传《红旗渠的故事》的新闻短片，在昨天《新闻联播》节目中播出了。《百家讲坛》从前做这样的节目从来没有进行过这样的宣传。这证明，我们的节目是成功的。

"在新时期，红旗渠精神需要弘扬，红旗渠人需要宣传，我们不能让红旗渠的故事淹没在历史的长河中。红旗渠和红旗渠精神浩气长存，摸到红旗渠上的石头，撩起红旗渠的水，我感到这是真实的、永恒的。在此，我感谢红旗渠家乡的人民。"

红旗渠打动了《百家讲坛》，解如光感动了红旗渠人。

（刘剑昆）

本 色

初秋,阳光正好。92岁的靳柳鲜坐在御墅园家中的阳台上,上身穿一件红色的唐装。暖光飞到脸上,皱纹的高垄上尽是金色。

客厅东面的墙上,中共中央、国务院、中央军委联合颁发的中国人民抗日战争胜利60周年、70周年纪念章,庆祝中华人民共和国成立70周年纪念章,盯着阳台上的她。

轮椅的车轮擦着地面,擦亮时光的火柴、老人的过往,发出一束束光芒……

1960年3月,靳柳鲜随茶店公社教师、医生组成的"教医团"上了红旗渠工地。她的三儿子出生于1960年1月26日,不足一百天。

第一次上红旗渠工地,她就留下了刻骨铭心的记忆。

她是第一个修建红旗渠的女教师,也是第一个给孩子起名叫"引漳"的母亲。起这个名字,是为了纪念这个伟大的工程,记住这段艰苦岁月。

靳柳鲜就读于中华基督教会乡村道学院,由于读书识字,十多岁就开始给本村地下党靳培良誊写信件,写"坚决打击反动会道门"等标语,表演苏德战争戏。有领导来带她去延安工作,因当时地下党内缺少识字的人,难以传递消息,就没有让她去。她是秘密参加抗日战争很早的战士,所以才获得中央多部门联合颁发的抗战胜利奖章、证书。

事实上,不仅"傅引漳"名字带有明显的时代特征,她其余6个子女名字分别是:爱民、爱华、爱学、爱国、爱勤、拥军。

大女儿爱民拍着手说:"父母是希望我们爱国爱民,保持家国大情怀啊！"说完爽朗大笑。笑罢，突然揉了揉眼睛。

靳柳鲜常说一句话："永远不能对不起党！"即使现在到了鲐背之年，《新闻联播》依旧是她的必看节目，读《人民日报》是上午的作业，晚上还要记日记。

靳柳鲜生于1929年，家住林县横水乡东屯村，到红旗渠工地，是在山西省平顺县老申峧段总干渠工地。

她是个爱干净的人。无论在多么简陋的条件下，她也尽力保持整洁。刚进山西境内的农户家门，她就开始用笤帚扒拉墙角的蜘蛛网，把屋里的地面扫得见了硬地皮。直到离开红旗渠工地，一直保持着这种习惯。临走时，山西的老乡大嫂拉住她的手不放："大妹子，有你在，家里天天净念念的，你这一走，我顾头不顾脚，又要回到从前了！"在工地三个月时间，这家地方小、孩子多，没有地方住，男人去外地做工了，靳柳鲜就和大嫂一个炕上睡。每天天不亮就起床，洗漱收拾完毕，就开始帮老乡扫院子。

工地劳动之余，她采摘叶子，帮大家洗衣服，晚上参加学习，带领大家唱革命歌曲。抬筐休息的间隙，很多人累得睡着了，她管挨个叫醒他们……

红旗渠工地合影。前排左一为靳柳鲜

身体很累,可她总能找出乐子来。这可能缘于她会音乐吧。

修建红旗渠石灰用量非常大,石灰供应不足,影响工程进度,指挥部就发动群众烧石灰。烧石灰的主原料是青石,靳柳鲜在工地的主要任务就是捡青石,运到烧石灰的石灰窑。

活儿看似不重,可拼着全力干就显得很重很重。捡石子的时候,手套磨破了,她把手套往下拽一拽,又磨破了,左右换一换反着戴。破损的盖不住手指,就露着手指捡拾石子。手指流血了,用破手套擦一擦,接着干。炸药崩落的石子三尖八棱,尖角硌到手指,"嗞——"她倒吸一口凉气,甩甩手,吹一吹,就是对手指最好的治疗。

老班长侯启明看见了,心疼地劝:"柳鲜啊,你刚生罢孩子,可要看自己的摊儿啊!"

靳柳鲜摸一把头顶的方巾,说:"我能吃苦,叫做啥我就决心做好。在这里,谁又不受罪呢!"

毕竟是生产不过一百天,老班长把她当成自己的妹妹,能帮就暗中出力帮助。

这段蘸着汗水血水的日子,靳柳鲜一直记在心头,想去看看老班长,无奈身体有病。

2018年8月27日,年近九旬的靳柳鲜,带着爱民、爱学、爱国、引漳四个子女来到茶店镇大峪村,要把傅爱国(又名傅浩)刚出版的《修渠人》画册亲自送给老班长留念。当走进院落,得知老班长刚刚故去没几天,靳柳鲜万分期待的神情瞬时落寞,带着悲伤和遗憾,两手攥了又攥,不停重复一句话:"我应该早点来看看老班长的,应该早点来的……"

一阵风吹过,她的头发乱了……

"长安陌上无穷树,唯有垂杨管别离。"八月的阳光炙热而浓烈,她领着子女来到茶店大峪学校旧址,这是她曾经工作过的地方,也是引漳出生的地方,更是去修红旗渠出发的地方。当年破庙里的学堂早已不在。她怅然若失地走到角落的小屋,朝里面指了指:"这里,就是我当年睡觉的地方。"话音刚落,"扑棱"一只鸽子飞起,鸽子落脚的地方——那口大钟,静静地躲在角落里,再也听不到"当当"的上课铃声了……"昔我往矣,杨柳依依。"院子里的柳树已长得愈发高,柳条也垂得越发低了。

丰子恺说:"杨柳长得很快,而且很高,但是长得越高,越垂得低。千万条陌头细柳,条条不忘根本。"

靳柳鲜抚摸着柳树,不再言语,就静静地盯着院子,左瞧瞧,右瞧瞧……硬是憋着不落泪。

《红旗渠志》记载:在生活最困难的时期,为了填饱肚子,民工们就下漳河捞水草,上山采野菜,树上的叶子也被扒来充饥。白杨叶、老杏叶、槐树叶等扒来后,榨掉苦水,掺上红薯面、木薯面蒸着吃。

每天早上,天不明就起床,起床就吃饭。生产后的她,不想吃干的,只喝点稀饭。饿得前心贴后背,但她不想让人看出来,所以,在她手里,轻活儿也有千斤重。

问起这段艰难岁月的细节,靳柳鲜顿时变了样。深陷的眼窝里,猛地闪过一道光,她突然举起左臂,嘴唇不停地哆嗦,左手弯曲伸直、伸直弯曲,比画着说:"宁可死在红旗渠上,也不能叫考验垮了。"小臂往下一甩的样子,和红旗渠工地上抡锤的动作一模一样。

照顾靳柳鲜的保姆阿姨悄声说:"听大娘说起,当时穿着两个棉袄,头上箍了三四条方巾,出汗以后,棉袄都湿了,冷风冷棉袄,脸上又是汗,难受得快要了命。"

引漳捏了捏鼻子,说:"母亲捡石子,双腿实在站不住了,怕比别人干得少,就坐在地上捡。身上总是疼,抬筐的时候下体还出血。"

早春,山西的风又冷又硬,在山谷发出怒吼。

《黄帝内经》写道:"故风者,百病之始也……"生完孩子的女人,骨缝都是开的,最怕风。

靳柳鲜的脸在风的铁拳乱砸下,从白胖到苍白、发黄、蜡黄,再到绛红、绛紫,最后化成干黑消瘦,好似把剥了皮的鸡蛋放在风口做实验,表皮虽未破,内里却已是千疮百孔。

大女儿傅爱民回忆说,当时一听说俺娘要回来,6岁的我高兴地蹦蹦跳着到茶店公社去接她。左等不来右等不来，黑干干的娘走过来时，我都没认出来，吓得我赶紧跑了。

修渠时高强度的劳动和营养不良，导致靳柳鲜全身浮肿，回到学校以后，白天坚持工作，每到晚上，疼得像电击，一股电流在身体里窜来窜去，轮番上阵，整宿整宿哼哼歪歪睡不着。

第二天，她又站在讲台上……

靳柳鲜和丈夫傅日晟结婚后，1953年因工作需要，夫妻双双调动到安阳，后因家里老人需要照顾又申请回到了林县，丈夫从大屯乡乡长位置调到茶店中学担任校长，靳柳鲜也随之被调到茶店山村小学，工资降了两级。

后来，很多人都对靳柳鲜说，去找一找，把工资调回来吧。她坦然地说："现在国家政策很好，我和老傅都挣着工资，花钱没个多少，多了多花，少了少花，不给党和国家添麻烦。"

1981年，丈夫傅日晟去世后，靳柳鲜与子女们生活在一起。她每天看《新闻联播》看《人民日报》，关注国家大事，坚持弹钢琴、记日记、练书法，还参加了市里的老年合唱团，淡然地生活着。

在茶店公社大峪村教学时，她一个人在庙里住着，经常把学生带到办公室，给他们吃的，帮他们缝补衣服，洗干净他们脏兮兮的小脸……这些事情是常态。80多岁回茶店时，很多人一听说靳老师来了，都跑过来看望。簇拥着她，谈论着她。

对别人的孩子好，她对自己的孩子却极其严厉。

教学时，家里的桌子上，一边摆放着母亲备课和批改作业的用品，一边放着孩子们的学习用品。物品的摆放和使用都泾渭分明：孩子们只能用家里买的文具。二女儿傅爱华说："她的东西，就连一滴墨水，都不让我们用，她说——那是公家的东西！"

傅引漳回忆道："有一次我和别人打了架，回家一说，娘一巴掌扇在我脸上，不问青红皂白就说——'肯定怨你！'尽管心里憋屈死了，可我不敢反抗。"说罢，他揉了揉脸，仿佛那一个耳光，一直疼到现在。

这是靳柳鲜一贯的教育观，遇事先教训自己的孩子。凡遇到问题，先从自身找原因。

母亲从不让孩子们和她一起在教师食堂吃饭,而是让他们单独去学生食堂吃。傅爱学说:"有一次,看到老师们吃完饭走了,我们偷偷去要点面汤喝,吓得一个劲儿对师傅说:'千万不要告诉俺娘啊!'"

不多喝一口公家的面汤,成为傅爱学记忆最深刻的一件事,唠叨至今。他今年已经66岁。

1974年,靳柳鲜大便长期出血,下坠严重,却坐着板凳坚持给学生上课,她的大妹子靳菊鲜懂点医学知识,说:"一直出血可不行,这不是一般的病,你得去检查。"

检查的结果让所有人震惊——直肠癌!她才45岁,也知道是癌症:"哪有闲心管这病,活一天就教一天学。"

"你的孩子们呢?谁管?"靳菊鲜直视着她逼问。

她没有答话,沉默了许久,长长地"唉"了一声,就算是回答了。从医院的长椅上站起身来,缓缓地说:"咱回家吧!"靠着顽强信念,她再一次接受生命的考验。患病后四十多年走过来,她战胜了病魔。

多年执教,桃李满天下,她培养的数千名学生中,从政的也不少,却没有一个学生犯法。这一点,她很有自信,常说:"我保证我的子女不会犯法!"教育学生亦是如此,立德树人,表率在先。

靳柳鲜有张弹钢琴的照片,那时她已经80多岁。看着自己神采飞扬的样子,她笑着对二儿子傅浩说:"不是你照得好,是唱歌能治病!"

建议合影时,她的手在脸上上下抚摸,像要抚平岁月的折痕,说:"照不照相吧,都不漂亮了。"不漂亮吗?这不就是最美奋斗者吗?!

操作着轮椅,她停在挂着三枚纪念章的那面墙前……咔嚓!她要把最本色的面容,留给中国共产党!

(吕志勇 王海霞)

渠　魂

　　红旗渠,曲曲弯弯盘绕在太行间;红旗渠,哗哗啦啦回响在岁月中;红旗渠,浩浩荡荡流淌在历史里;红旗渠,丝丝连连纠缠在一个女子的魂魄里。

——题记

　　塑钢平房,南北长东西宽,四五十平米大小,东墙上排着的几扇横窗,很小,收不进多少阳光,这是可以称得上"简陋"了吧。可是,置身此处不但不觉得简陋,反而觉得很豪华,很激荡人心——因为这里摆满了"红旗渠"！20世纪60年代林县人民修建的红旗渠以各种彩塑的形式摆在了这里,墙框里、横架上、长桌子上挤挤扛扛的,全都是青年洞、红英汇流以及修渠的种种动作形态。于是,叮叮当当的打钎声,吱吱扭扭的推车声,轰轰隆隆的开炮声,都在脑际鸣响起来了。屋里的光线很暗,回旋着的轻音乐却很明朗,白炽灯灯光打着旋,荡在各个彩塑上,红旗渠以及红旗渠的故事显得那么鲜艳、灿烂、辉煌。

　　"你们来了？"一个戴红鸭舌帽儿的侧身招呼了一句,却并未转身。

　　她坐在摆满泥塑的长桌前,一动不动,几如雕塑。轻悄悄地靠近她,才看清了一个修整泥塑的"手的特写"——左手握着一个抡锤打钎的人,右手的拇指和食指正捏着"安全帽儿",手如树皮,皴裂血痕,指含节拍,一开一合,指尖往右移,灵韵自左出,随着帽檐儿一点一点地上翘,帽子就越来越灵气生动起来,待帽檐儿全立起来时,整个人物也就呼之欲出了⋯⋯

　　捏好帽檐儿,她转过身来——面容终于清晰了：双眼的光亮很足,足够穿透老花镜喷射而来；眼角、额头、面部晃动着密密匝匝的皱纹，却透着一种无以言说的内容，那大概可以称作为"坚毅"吧。

她，就是赵会文老人。

轻音乐缓缓地流淌着，赵会文老人缓缓地讲述着，当年红旗渠上的百灵鸟也叽叽喳喳地叫起来了……

百灵声声助修渠

林县红旗渠正式开工在1960年2月，正值国家处于严重困难的时期，条件十分艰苦。可盛十桶水的大锅里只下两三升小米，清汤寡水的全指着添些树叶、野菜叶来哄肚皮，半条破被睡岩缝儿，趿拉不住的鞋草绳捆。残酷的现实冷水般浇淋，"重新安排林县河山"的雄心壮志冰霜般冷结。涣散的、懈怠的、怀疑的难免都有，精神鼓舞迫在眉睫。任村公社的学生领了"宣传"的重任，每周有三天上红旗渠。初中学校校长苗长江挑选了能写擅说的三个人专管说快板，赵会文就是首选。上红旗渠？说快板？15岁的赵会文，一听高兴得不得了，但同时她也想到了她家里的状况——父亲已上了渠，自己是独女（她原有个妹妹八岁时生病死了），母亲因妹妹的夭折得了"血干痨"，病病歪歪的，她这要一走，家里就只丢下了母亲……不过，小会文的些许犹豫，即刻便被心底的狂热疯扫殆尽——她想上红旗渠，她更爱"出风头"去说快板。

北风吹，红旗飘，县委下令把渠修。

十万林县好民工，自带干粮战太行。

林县的雄心壮志大，一切困难都不怕。

一敲钟，就开饭，一个疙瘩就稀饭。

十桶水，三升米，树叶、野菜来摄齐。

玉黍皮子石灰沤，玉黍棒子咱也能下肚。

只要大家决心大，天大的困难那算啥。

…………

就这样,赵会文他们几个用纯稚的快板儿表达着自己炽热的情,从王家庄到石城、从石城到阳高、从阳高到老虎嘴,后又到曙光洞、桃园桥、红英汇流……他们自编自演,大部分是即兴,看见什么说什么,说过的也会再记录整理。越说越好,校长也表扬,县长李贵见了也会来几句助助兴——"社员们,咱不怕,推起石头来垒坝",就这样,赵会文这个小姑娘简直成了"人前疯","疯"得特别不像样。

每说罢几段,就会有人打哈哈:"小姑娘你就是个巧嘴八哥儿,本来俺都累得不行了,听你这一叫唤,觉得又有劲儿了……"

赵会文她爹却自有当爹的心事,背着人就悄悄嘟囔她:"整天疯疯癫癫的做啥哩,有人愿意听吧,也有人还看不惯哩。"

赵会文懂她爹的意思,其实并不是真正反对她说快板儿,而是怕她的"名声"传出去了,不好找婆家,因此她也就"嘿嘿嘿"一笑了事,心里却自有主张。

1962年7月,赵会文的母亲突发血崩命悬一线,会文赶回家时,母亲已昏死在土炕上,整个人泡在血水里,"娘,你咋成这样了啊,你不要死啊!"她和父亲找了邻居用簸箩抬着她娘往桑耳庄跑——桑耳庄是她姥姥家,到那儿后她舅舅又用小推车推着往县医院跑。幸运的是,到县人民医院碰到了两个好医生,住院两个月算是把她娘从阎王爷那儿抢回来了,只是人虚弱得连喘气都不匀。会文只得把娘送到姥姥家让姥姥帮忙照看着,自己则又回到了渠上。

"在红旗渠上,我没有立功,我只是一个说快板儿的。"这句话赵会文说了不止一遍,说着说着就拿出好几个本子来,上面密密麻麻记的都是当年的快板儿。

"我说一个你们听听啊!"

一说起当年红旗渠上的事,76岁的老人竟像孩子一样几次要再"说一说",根本不等别人搭话:"老虎嘴,石子山,小鬼子脸,一线天……"

魂牵梦绕重塑渠

"修红旗渠时,我只是一个说快板儿的,没有立功,但我亲眼见过修红旗渠,那场面,那气势,那一种精神,盘在头脑里嗡嗡地响,时间越久越响得厉害,醒着想,梦里也想——我咋就不能捏捏红旗渠,捏捏咱修渠的人?"

赵会文说这话时,两眼时而眯着,时而睁开,最后,竟霍地亮了,又笑了,只见她下意识地握紧了拳头说:"我就是要重塑红旗渠。"

重塑一条红旗渠,按理说,赵会文有这个技术基础和条件,因为她是"赵氏泥人"第四代传人。清嘉庆年间她老爷爷赵万生在开封开店起家,她爷爷赵连三、她父亲赵凤祥相继传承。1938年因日本入侵开封,一家人返回老家避难。受时代局限,前几代多捏面人,并且是关着家门捏着玩,逢年过节,赵会文的父亲就会捏各种各样的面人。

门里出身,自会三分。赵会文天生带有泥塑的艺术基因,再加上耳濡目染,用心琢磨,泥塑技艺日臻成熟。改革开放之后,她更是如虎添翼,捏的泥塑品种就发展到一百多种。这一百多种的泥塑都是经过她手一一揣摩出来的,形神具备、栩栩如生的各种动物、人物以及生活器皿都是为重塑红旗渠而作的技术铺垫,无数奖项和荣誉证书都证明了她有重塑红旗渠的过硬技艺!

"我会捏红旗渠!——在紫光斋文化市场,市领导问我,你会捏红旗渠不?我说会。"赵会文说这话时腼腆一笑,又接着补充,"不知道咋回事,我就一直想着红旗渠,一闭眼,就听见了红旗渠隆隆的炮声,浓烟卷着石头遮了天空,抡锤的、打钎的、推车的、喊夯子的,都在眼前转,虽然那时很苦很累,但热热闹闹的有意思,我就把这些事一一捏出来,把那些人物也都捏出来……"

痴心不改何所惧

技术虽然是有,但也不等于什么事都万无一失,要真正捏成完美的红旗渠艺术品,重塑一条红旗渠,谈何容易!

"有过失败吗？"

"有。那就打碎了重新捏呗。做啥事能有不失败的？"

是的，泥塑，单说用料就特别挑剔，最合适的土是黄河泥和山西红土。而选好的土并不能直接就用，必须经过水和箩的"淋箩"后再袋装封储，经过五年以上的时间方可正式使用。

完成一个陶瓷，要经过十几道工序：和泥、捶泥（需要一二十遍）、捏像、脱胎、晾干、修整、上白粉、上窑、烧窑（24小时）、晾窑（一两天）、出窑、清洗、上胶粉、上色、再上窑烧制……

就说选土运土吧，七旬老人，每次都是自己找车找人到外地（山西王家庄、河北邯郸、河南新乡等地）完成。73岁那一年盛夏，赵会文带着两个人到山西王家庄找土，天气炎热，一个中了暑，一个崴了脚，赵会文虽然头重脚轻的，也只得强撑着，结果回来后大病一场差点送了命。

烧窑，用的是木柴，老人要24小时全程守察，困得不行了也不敢离开，顶多眯着打个盹。

在技艺上，更不能掉以轻心，红土、白土、白干土配料的比例要求十分苛刻。2018年，赵会文老人捏了满屋子四百多件泥人，最后竟然一件都没烧成，十几道工序一一精心完成，最后开窑一看，塑品全都裂了缝儿崩了璺，只得全部打碎。不说时间，只经济就亏损一万多元。

"这主要就是配料没配好。我没生气，打碎了重新和泥，重新捏呗。做啥事没有失败的？"

当然，赵会文没生气是由于她有对红旗渠的一片痴心，以及生活磨炼而成的坚韧，儿子的嘟囔就少不了了："整天没事找事，捏这些东西做啥！"

儿子的嘟囔也不是没有道理，因她从来不要国家一分钱，老头的退休工资除了必要的生活开支大都投到了这件事上，而她捏出的"红旗渠"居然一个也不卖，全都捐送到了各地的博物馆里。

"我不是为了挣钱，是为了宣传红旗渠精神。"

这话她说得心平气和！难怪有一位意大利人对她伸出大拇指："你太

好了,这么大年纪,中国的一大名人。"

她听后却不满足,急口就接一句:"文化遗产是世界的,所以我也会是世界名人。"

如此,20世纪60年代的红旗渠就以艺术的形式从赵会文的手里重塑出来了,出现在了当今时代里,回放了林县曾经的最强音,而且,这种最强音一直传播到了各地,在世界的上空轰然回响。

十米长卷魂为笔

赵会文说,捏红旗渠之前的构思是"先画出来",说着就拿出了一摞小本子,一本一本地翻,一页页地看,全是画着红旗渠上的事,抡锤打钎的,吊绳子除险的,抬石磙子喊夯子的,都有;又拿出一沓子麻头纸画,约三尺长二尺宽,一张一张全是画着红旗渠的故事,保存的时间似乎不短了,斑斑驳驳的。

无意中,赵会文泄露了一个大秘密,"我又开始画一幅大的了,十米长卷,宣纸,介子画,全画的红旗渠,准备从源头画到分水岭……"

"这么长,难度挺大的吧。"

"也不觉得难,都在脑子里挤着,不画出来就憋得不舒服。"

哦,不画出来就憋得不舒服!这不正是"渠魂"吗!

2016年在鹤壁举办的第三届中原文博会上,赵会文遇见了杨贵老书记,老书记把她叫进自己的住处,用手比画着夸她:"你这么大儿时就上了红旗渠,现在这么大了又捏红旗渠,你真是红旗渠的活宝啊!"

赵会文转述完表扬后,哈哈哈一笑,脸上显出了羞涩而又自豪的神情,活脱脱一位受了表扬的孩子啊。

彼时,小提琴协奏曲正好播放到了《我和我的祖国》一曲,赵会文朗朗的笑声融在这柔美的曲儿里,自然也就荡着美妙的旋律……

(王玉芳)

与红旗渠有关的两件事

已是88岁高龄的田永昌老人,回忆起在红旗渠上的工作经历,有两件事让他刻骨铭心。

差点与吴祖太一起牺牲

1960年3月28日下午,田永昌刚好编出了一期"引漳入林"战报,接着就又该收集下一期的内容了。当天下午五点半,正是总指挥部伙房开饭的时候,他和吴祖太、王文全三人同在一块石板上吃饭,边吃边谈,从吴祖太的言谈中,知道了王家庄隧洞在开挖过程中出现了塌方征兆。为保证民工安全,吴祖太说,他准备改进挖洞方法,即由"单孔洞"改为"双孔洞",确保安全施工,这样对以后通水也有安全保障。田永昌一听吴祖太说有新的施工想法,马上意识到是一篇极好的宣传素材,很值得去现场具体观察了解一下。

当即,他们三人约定吃了晚饭共同行动。当他们一行越过漳河小木桥,走到半山腰王家庄村时,碰见了姚村公社分指挥部西张连的人,因西张连思想工作做得好,施工进度快,有好多生动事例需要了解,田永昌便和王文全暂时留下,请西张连连长具体谈谈。吴祖太便和姚村公社分指挥部负责安全的李茂德先走一步前往洞内具体查看。

此时,正是点炮时间,开山炮一声比一声响,接连不断。吴祖太和李茂德所去的洞内没有点炮,他们俩刚进洞十几分钟,就察觉洞顶掉土,欲往回撤时已来不及了。田永昌、王文全还正在听西张连的同志介绍情况,就有人慌张地跑来说:"快些吧,洞里出事了!"田永昌、王文全当即赶到东洞口,得知吴祖太和李茂德还被土石埋着，俩人瞬时吓傻了。王文全稍作镇定，当即连喊带叫指挥在场的民工赶快进洞救人。约二十分钟，吴祖太、李茂德都被抱了出来，工地医生李青兰等虽然在现场进行了施救，但由于俩人都被砸中了要害部位，施救失败。田永昌一时难以接受："刚才还有说有笑地一块儿过河、爬坡呢，咋说没就没了？"

田永昌每每提起红旗渠，对此事都刻骨铭心。

去北京搞展览

1970年6月2日，县里专门召开会议，研究赴郑州举办红旗渠展览的事。会议决定，由时任县委宣传部部长郭新太带队，田永昌、张红彬、梁生廷等十人组成工作组，赴郑州博物馆办展。办成后，他们直接奔赴北京农展馆继续办展。到北京办展时，因缺少红旗渠带来新变化的照片，9月2日田永昌奉命回林县找六张反映新变化的照片，丰富展览内容。

之后，随着红旗渠工程建成通水，来林县参观的人越来越多，红旗渠在国际国内知名度不断提高。从1970年至1971年，田永昌先后被抽到国家水电部、北京农展馆、河南省农业厅等参与红旗渠展览的举办。其中值得一提的是，1971年4月在北京水电部招待所办红旗渠展览。

1971年5月1日早上接到通知，各参展单位除领导留下外，其余人员吃过早饭都到大门口统一乘车去八达岭、十三陵参观。这些名扬中外的景点田永昌从来没有去过，他也确实想去，但因是带队领导只好遵命留下。上午9时，大门外来了不少解放军战士，实际是来负责戒严，搞保卫工作的。大约半个小时后，中共中央副主席李德生来审查展览。红旗渠展板在大厅西边，田永昌按照图片和模型依次讲解后，李德生问："渠首在哪里？"田永昌回答："在平顺县石城公社侯壁断下。"李德生说："那地方我们打仗时曾去过，你情况熟，讲得不错，红旗渠展台可以对外宣讲了。"田永昌紧张的心情一下放松了："虽没有外出参观，但意外见到了从未见过的中央领导，并且批准能对外宣讲了，开心。"

更让他高兴的是,当晚安排到天安门广场看大型礼花燃放。有生以来第一次看到这么好的礼花,他心里特别高兴。负责燃放礼花的解放军先放了一组大型礼花后,接着就看到天安门城楼上灯光齐亮,"东方红,太阳升……"的音乐唱响,毛泽东主席在天安门城楼上向大家招手致意。瞬时,广场上群情振奋,鼓掌欢呼,一次又一次地高喊:"毛主席万岁,毛主席万岁!"田永昌内心的激动难以言表。

回到住处,田永昌久久不能平静,不停地感叹:"如果不是红旗渠,咱这山区小干部能来北京?能亲眼望见伟大领袖毛主席?"

(郭青昌)

天河里的红色印记

"老红军顾贵山找钢钎的事,为什么在红旗渠纪念馆看不到?"

从红旗渠纪念馆参观出来,《毛主席三找顾贵山》一文的作者袁联光神色凝重,发出质疑。

笔者翻阅了与红旗渠有关的报道,找钢钎的事确有记载,但大多是三言两语,一笔带过。2020年10月份,我找到了顾贵山的大儿子顾铁蛋(顾新法)和小女儿顾新英,对这段历史有了进一步了解。

一

1960年,林县人在太行山腰劈山造渠,引漳入林。修渠遇到花岗岩,几锤下去,钢钎只能凿几个小白点。怎么办?抡锤的在叹气,扶钎的在抹泪,照这样干,哪年哪月能干完?

县委书记杨贵心急如焚。他知道,林县人自制的钢钎材质软,啃不下这样的硬骨头。可是,红旗渠还未经国家立项,工程不在国家计划内,而且整个国家物资紧缺,到哪儿去找点好钢和炸药呢?他思前想后,想到了老红军顾贵山——一个受到毛主席接见的红军团长。

杨贵和老顾1959年相识。当时河南省来了几位领导,说是有个老红军团长回林县务农,毛主席点名要他参加在北京举办的国庆观礼活动。县委费尽周折查找,在原康公社下园村发现有个当过马夫的老红军。杨贵带领上级领导见到老顾时,他说自己在部队给团长喂过马,没有当过团长,直到听说是毛主席找他时,他才不再隐瞒,答应了去北京参加观礼活动。

杨贵走进下园村老顾简朴的小院，踏过一席槐荫，进入小西屋。靠西墙的方桌上放着一个铁皮暖壶，墙上贴着毛主席画像，一幅《七律·长征》行书作品和几张奖状。老顾把杨贵让到方桌前坐下，老伴给客人倒了一碗水退出去。

已是盛夏，老顾还戴着帽子。他头顶都是伤疤，常年不离帽子的。他见杨贵出汗了，递过一把扇子。

闲聊几句，杨贵说出了想请老顾出山，找找上级首长，为红旗渠工程找点钢钎或炸药的想法。

"解决吃水是造福林县人民的大事，能为修渠出份力，心里舒坦。"老顾这些年为了给乡亲们办事，已经多次到外面找过他的老战友，但为修渠引水的事去找他们还是第一次。他不知道把握有多大，便对杨贵说："我尽力，争取他们支持。"

二

其时，老顾已60多岁，全身都是伤疤，体内还有弹片，平型关一仗又被鬼子的毒气弹伤了眼睛。枪伤及视力虽被治愈，但右臂仍不会动。杨贵委派林县供销社原业务科科长岳茂林和生产资料公司杨同喜陪同老顾进京。

三人风尘仆仆赶到国务院。接待人员核查了身份，热情地把他们安排在民政部招待所住下。次日上午，解放军总后勤部原副部长唐天际匆匆赶来与老红军见面。战友相见，相互拥抱。

"老团长，身体还行吧？农村条件差，难为您啦。"唐天际怕老团长担心，开门见山地说，"炸药的事我来想办法帮你解决，别担心。这次来，你们多住几天，我今天放下了其他事情，好好陪陪老团长！带您尝尝北京的小吃。"

中午，唐部长安排吃烤鸭。岳茂林回忆，虽然从九点半开始排队，到下午四点才吃上烤鸭，但两个老战友却有说不完的话。

老顾平时少言寡语，见了老战友像换了个人似的，兴奋地聊起爬雪山过草地，聊起1935年直罗镇大捷，他在十五军团任团长，因为要枪毙俘虏而受到中央批评，险些犯错。唐部长说，中央政策是对的，这些被俘人员经过教育放回去后，对以后红军同东北军建立抗日民族统一战线起了很大作用……

唐部长写了信，将100吨黄炸药批到了湖北，导火线、雷管批到了河北承德。岳茂林将手续办好后，通知县供销社分别派人到湖北、河北负责押运。

后来，岳茂林带着老顾的信又找唐部长解决了100吨炸药、雷管和导火线。这200吨炸药再加上自制的土炸药，为红旗渠工地劈山修渠解决了大问题。

在京期间，老顾又通过一个战友的爱人吕秀金介绍，找到时任电力部副部长、林县老乡李代耕，解决了500支电杆和部分电缆以及钢钎。还联系到了曾在林县当过县长的北京市电业局局长宋海，他对老顾非常尊敬，亲自过问，为林县解决了部分变压器和高压线。在那个物资紧缺的年代，老顾不辞辛苦的奔走，给红旗渠工程的施工提供了极大的帮助。

然而，老顾从没有在人前提及过此事，若干年后，已至风烛残年的岳茂林老人，有一次在县城的街头偶遇老顾的长子顾铁蛋，谈话间说到老顾，才聊起当年去北京找领导要物资的事。如若不然，这一段往事便永远深藏在蜿蜒的红旗渠工程中了。

三

袁联光的父亲袁永福，曾任某部驻水冶坦克团政委，他说当年去下园村找过老顾，请他到部队讲红军的光荣传统。

铁蛋回忆说："坦克团来接父亲时，刚过完年的样子，袁叔叔还给了我2元压岁钱。母亲忙着下红薯窖拾了很多红薯，让部队上的人尝尝稀罕儿。"

在坦克团大礼堂，老顾站着讲了两个多小时，激动时甚至带上了手势。平型关战役，子弹打光上刺刀，刺刀钝了把枪一摔向敌人扑去……醒来时，他发现嘴里咬着一个肉团，吐出来才发现是鬼子的耳朵……后来又讲到林县人民知难而上、引漳入林，自力更生、劈山修渠的精神。

哗哗的掌声在大礼堂响起来，部队当即将一些钢钎无偿支援了林县的红旗渠工地。

情系大渠

顾贵山在水冶坦克团讲革命经历

众人拾柴火焰高。老战友、老首长及部队的无私帮助令老顾信心百倍，他兴冲冲又向浙江金华跑去，找到了12军军长，他的老战友李德生同志。

李军长说："老战友来晚了，刚把几辆旧汽车给了当地煤矿。不过，不能让你白来，还有一部分从朝鲜战场退下来的电线、钢钎和镐头，全部给你。"

这些经过战火洗礼，为新中国立过功的钢钎和镐头，送到红旗渠工地，民工们把这些好钢截成几支短的，焊到普通的钢钎上，便由一支优质钢钎变成了数支。这些钢钎仿佛带着志愿军的魂，成了金刚钻，开山凿石，势如破竹，一条水龙——"红旗渠"就借此雕刻成形。

老顾返回下园，村里空荡荡的。男人们上渠，妇女们下地。几岁的铁蛋没人照看，跟着母亲在地里玩。听说父亲回来了，他打个滚爬起来，朝正从远处走来的父亲跑去。跑得急，被乱草绊倒几次。到父亲跟前，铁蛋揪着衣服打秋千，哭喊着要东西吃。可是，老顾摸遍全身除了一张车票也没找出一点可以吃的东西。看着面黄肌瘦的儿子被划破的脸蛋，老顾的眼泪唰地流了下来。

四

我问铁蛋，当时你父亲没有工资吗？铁蛋说，当时回家时，补助的是小米。部队实行工资制后要他再回去套一下工资，可是他放弃了。包括回来时部队配备的警卫员、战马，后来都退了回去。

铁蛋小心地拿出一个盒子，里边装的是父亲的遗物。打开一个红色复员军人证明书，内有朱德签名的证明，还有一张登记表上写着：顾贵山，安徽六安人，1929年加入红军，1935年在15军任团长，1950年4月到华北军区政治部，又到平原省荣管局，作战四百次，负伤九次，残废二等乙级……

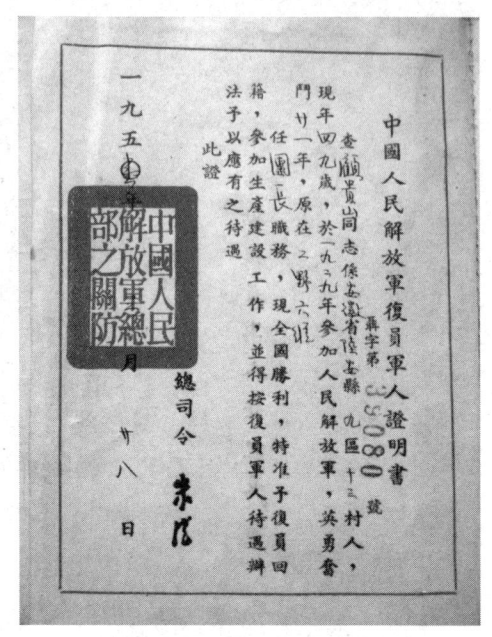

复员军人证明书

老顾回农村前是啥职位？坊间流传，老顾是在平原省商业厅厅长职位上回林县的。但在2002年，江苏省军区后勤部原政委罗绍义亲口对铁蛋说，当年他亲自去平原省荣管局送的任命书，任命顾贵山为平原省军区司令。但老顾以身体原因及文化水平低为由，向组织辞任，回到爱人的家乡林县务农。

这些，似乎并不重要。重要的是，老红军虽解甲归田，但坚持信仰，初心未改。他隐瞒团长的身份，和百姓拉近了距离；他组织村民在淅河上建坝，在1975年那场大水中保护了村庄和耕地；他组织村上建木工厂，提高了社员的工分收入；在修红旗渠的关键时刻，他拖着残躯，四处为红旗渠工程建设筹集物资……

当今,有点经历的人都会出自传。而一生传奇的老顾,却没留一页自传,没留一块墓碑,只留下了一张退伍军人登记表,只留下了清贫,只留下了对子女的苛求。

顾贵山印章

在铁盒中,我发现了一枚老红军的私印。印信如人,边角已残缺不全,伤痕累累,唯"顾贵山章"四个篆字,笔力刚劲,上边残留的红色印泥,依然鲜艳,像军帽上的红星闪亮,又像是长征夜路上的火把,一跳一跳,顽强地燃烧。火光映照下,老顾把受伤的通信员扶上马,继续牵马前行……

(杨玉文)

过命渠水情

朋友路畅文在其父亲路明顺逝世十二周年之际，为表达缅怀之情，编印了一本《父亲的回忆》。

路明顺，林州市桂林镇三井村人，1932年出生于一个贫苦农民家庭。他小时候吃过不少苦，到山西逃过荒，躲过日本兵，当过儿童团员，1947年参加革命工作，1953年加入中国共产党。他怀揣理想，全身心地投入到社会主义建设中，一生经历了多个关键时期，从战天斗地修建"人工天河"红旗渠，到新时期再建一条改革开放的红旗渠，无论哪一时期，无论哪一阶段，无论何种政治运动，无论岗位怎样变换，他一生如一日，初心不改，矢志不渝，把热血和汗水挥洒在了他热爱的这片土地上。

《父亲的回忆》一书中，有路明顺的自传《我的回忆》，也有同事及家人的追忆；有生活照、工作照，也有与党和国家领导人的合影。文字承载着无限的思念，图像记录着过往的岁月。翻看、品读，我禁不住潸然泪下。

路畅文说："父亲走得很匆忙，带着诸多未实现的愿望和未竟的事业，离开了他深爱的亲人。父亲的优良品格、严谨作风、宽广胸怀，留下的宝贵精神财富让我们受益终身，刻骨铭心的还是父亲与红旗渠过命的渠水情怀……"

为了修建红旗渠　甘愿牺牲自己

1960年，路明顺由林县计委调中国人民银行林县支行任行长。那正是红旗渠开工的第一年，林县成立"引漳入林"后勤指挥部，他是小组成员，负责工程资金供应工作。

1961年,国家向各地拨出专项资金,用于赔偿"大跃进"运动中因"一平二调"给集体和群众造成的损失。林县经过认真算账,上报平调折款280万元,其中140万元现款由财政局管理发放,140万元退赔期票由银行国库保存发放。全县召开群众退赔大会,当场兑现140万元现款,期票发放了766220元,剩下的633780元仍在银行库存。

1962年上级银行又下发一个通知:期票发就发了,没发的暂停发放。接到通知后,他认为这是一个大问题,立即向县委领导做了汇报。县委领导讲:红旗渠总干渠第二期工程动工以来,资金遇到了严重困难。我们要凭这些资金支持红旗渠建设,不让发放,怎么办?

他陷入了艰难的选择中。他在《我的回忆》中写道:"当时我想,这部分退赔期票红旗渠建设还等着用,资金不到位,红旗渠建设就有停工的危险,为了红旗渠建设,为了解决林县人民缺水困难,明知说瞎话不对,但不说瞎话,退赔期票款在国库保存就发不出去,因此我下了决心,就是犯错误,也要想办法从国库提出来发出去,支持红旗渠建设。

"第二天,我到安阳地区中心支行找到陈行长说,退赔期票早已发放下去,因没办手续,没有转账。陈行长说,发下去了,转了账就算了。陈行长同意转账,回来连夜把退赔期票分到了各公社,后来变成现款三万、五万的都用到红旗渠上了。"

事隔不久,有人揭发告了状。1962年11月5日,上级派来调查组。他们首先找杨贵谈话:有人揭发你们随意挪用专项资金用于红旗渠建设,违反了财经纪律。杨贵说:"这个主意是我出的,县委研究过,有问题我负责。"

调查组又找县长李贵。李贵说:"我是县长,又是红旗渠后勤总指挥,责任全在我。"

县委书记处书记秦太生主动找调查组说:"是我通知路明顺办手续的,要处分,处分我!"

调查组质问路明顺:"是谁叫你动用国家退赔款,谅你一个人也不敢,与谁研究商量,是谁给你撑腰做主的?"

路明顺担心,如果杨贵书记受处分,红旗渠建设就可能夭折,他响亮回答:"我与自己商量,我给我自己撑腰,和别人没关系。"

在关键时刻,他挺身而出,甘愿"牺牲"自己。

他又在《我的回忆》中写道:"让我写了检查,最后给了我党内警告处分,调出了银行工作。

"因此事,我在每次运动中都受到了批判,后来调查组将调查报告送到中央,主管财贸工作的国务院副总理李先念看到报告后说:'这不是什么大问题,也不要把它看得过重了,动用这个钱合情合理,只不过有点不合当时的规定。'

"1970年7月20日,财政部党组在向党中央、毛主席的报告中说:'河南省林县不顾条条的限制,集中了可能集中的财力、物力,大搞群众运动,经过10年的奋战,建成了1500公里的红旗渠,还兴办水泥、煤窑、机械等小型工业。全县农业大翻身,工业蓬勃发展。如果按老规矩,那就办不到。'毛主席圈阅了这个报告,至此,这个长期被人责难的问题才算有了公断。"

有没有问题 群众心里有底

路明顺被免去行长职务后,调到临淇公社工作。

1966年10月,他被罢了官,交给群众进行批斗。造反派趁物资交流会之际,让他戴着高帽子,担着两捆圪针游街,前胸和后背扎得鲜血淋漓。晚上被关在一间小黑屋。

他在《我的回忆》中说:"曾经想过自杀走绝路,免得受这不白之冤,又想到,我真的死了,家里留着父亲母亲、妻子儿女,他们怎么过时光,最后想,不能死,要相信党,相信群众,会公正处理的。"

1967年正月十五早起,天下着大雪,刺骨的寒风吹在他的脸上,冷不丁打个寒战。他被造反派带着到占元大队接受群众批斗,会场只有二三十个群众,让他站在雪地里低头认罪。

与会群众的情绪似乎也被冰雪冷冻着,象征性地批斗了一阵子,也就散摊儿了。村干部们迫于形势不敢露面,贫协主席宋育才将他领到家中,特地给他做了碗鸡蛋面条,安慰他:"路书记,放宽心,多吃些吧,有没有问题,咱自己知道,群众心里也有底。"

其实,像这样被批斗的场景,已连续了一个多月。尽管如此,但他还是一边接受批斗,一边努力工作。虽然修建红旗渠临淇公社不受益,但总指挥部分配的任务都要提前完成,还在全公社发动群众大搞农田水利基本建设。他亲自蹲点李家寨大队抓粮食生产,一个大队集体储备粮就搞到80多万斤。

白泉村,一个海拔800米,群峰壁立的小山村,因没有水源,群众吃水需往返20多里到一个叫"滴滴水"的山泉处担水。

退休后的路明顺(右一)参加水利建设劳动

他在《我的回忆》中写道："我想了个办法,发动公社和社直机关的年轻干部职工 30 多人,往白泉村送水。从东张村担水,要路经峡沟,山高路窄坡陡,连换个肩都困难。群众知道了,到半路上迎接,才把水送到了各户。这一行动教育了群众,从此发动群众自愿打旱井、挖旱池,全村 550 多口人,打旱井、旱池 1100 多个,人均 2 个旱井旱池,解决了人畜吃水,还用上了自来水。"

要水途中翻车致残 医生让准备后事

世事沧桑。路明顺从临淇公社调任县革委会副主任,1971 年又因红旗渠问题被调离林县。

当他从外地再被调回林县工作后,于 1974 年担任了林县县委副书记,主持林县生产指挥部工作(现在的政府工作)。他和生产指挥部、农业组的同志多次调研,针对红旗渠通水后全县耕地高低不平,浇水困难的问题,想办法,找对策,蹲点试验,最终搞出了样板,在全县推广,很快在林县大地上掀起了轰轰烈烈的深翻改土高潮。看着红旗渠水汩汩流入田间,老百姓站在地头,喜在心头。1977 年 6 月,他代表林县县委、县政府,赴京参加了中央召开的全国农业学大寨农田水利基本建设会议,受到了党和国家领导人的亲切接见。

1978 年,麦收后遭遇大旱,种不上晚秋,早秋苗也有旱死的危险。因旱象严重,造成红旗渠水源不足。他看在眼里,急在心里。他想到平顺县境内的红旗渠,留有 20 多个放水口,还有用水发电把水放入漳河白白流掉,如果把这部分水汇入红旗渠,可以增加相当流量的水源。

6 月 25 日早起,他匆匆喝了一碗粥,就心急火燎地与县革委会副主任、副指挥长张中和,红旗渠管理处主任王重阳,农业局局长郭文生一起到平顺县求援。

军绿色的吉普车在崎岖陡峭、弯弯曲曲的太行山间一路疾驰,当行至平顺县石城公社西段时，因汽车方向失灵，不幸连人带车翻下了二十多米深的漳河滩，三人重伤，张中和同志当场遇难。

当晚六时三十分，他被拉回林县人民医院抢救。

在急症病房，医生对亲属说："他的伤势非常严重，做好后事准备吧。"家人连夜给他赶做了送葬的衣服。

庆幸的是，上天让他与死神擦肩而过，因为他与红旗渠的情缘未断！

这次翻车事故，造成他锁骨骨折，肋骨断了12根，身体活动受到限制，被评为一级伤残。外伤对他的健康影响很大，遇到天气变化，尤其是冬季更为严重。

与他在一起工作的原林县人大常委会副主任郭新林回忆说："他身残志不残，更没有因此躺下吃老本，而是拖着残疾的身子，又在不同的岗位上，辛辛苦苦工作了20多年。"

艰苦创业的红旗渠精神不能丢 要世世代代传下去

红旗渠被称为"人工天河"，是林县人民创造的巨大物质财富，同时也孕育了巨大的精神财富。

在庆祝红旗渠通水25周年前夕的那段日子里，路明顺吃不好饭，睡不好觉，倾情回顾修渠往事，字斟句酌红旗渠精神的内涵。在林县县委召开四大班子专题研究红旗渠精神的会议上，他用亲身体会畅谈了对红旗渠建设和对红旗渠精神概括的认识和建议。他诚恳而精辟的发言，得到了与会同志的高度赞扬和一致认可。

县委经过广泛征求意见，反复酝酿讨论，集体研究决定，首次将红旗渠精神确定为"自力更生、艰苦创业、团结协作、无私奉献"十六个字，县委及时发出了"关于宣传弘扬红旗渠精神的决定"。

1993年4月，年龄到期，路明顺从干了13年的人大常委会主任的位置上退了下来，被聘为市政府顾问。按说劳累了一辈子离休了，该享清闲了，但他不是这样想的。他说："年龄到了职务应该退,作为一名老党员,为人民服务的思想不能退。我多年养成了一种习惯,能为群众办几件有益的事,就感到无比的幸福。"

他抽出时间,深入农村、企业、机关、学校等基层单位搞调查研究。1993年至1996年3年间,就写出了"关于加强红旗渠管理,发挥红旗渠效益"和"关于边远山区穷村经济状况的调查"等19份调查报告,送给党委、政府和有关领导作参考。

一次他和时任县委书记毛万春去北京办事,回来的路上,不停地讨论全县经济发展问题。他们建议要再建一条改革开放发展经济的"红旗渠工程",后经县委全会研究,确立了"力闯百亿,争当百强,全面振兴,实现小康"的奋斗目标。

1995年5月,市委、市政府决定编纂《红旗渠志》,让他担任编纂委员会常务副主任。他亲自组织制定志书编纂的指导思想和原则,带领编纂人员翻阅大量有关红旗渠的档案资料,走访了100多名参加过红旗渠建设的各级领导干部、工程技术人员、劳动模范和群众,召开了40多次各阶层人士的座谈会,呕心沥血,夜以继日,用红旗渠精神完成了《红旗渠志》的编纂工作。

路明顺在《我的回忆》中写道:"我生在红旗渠故乡,参与了红旗渠建设,对红旗渠有着浓厚的感情。

"我认为,经济再发展,社会再进步,群众生活再提高,艰苦创业的红旗渠精神不能丢,要世世代代传下去。"

他是这样说的,也是这样做的。他收集资料,从"林县为什么要修建红旗渠""红旗渠精神是在建设红旗渠过程中培育形成的""红旗渠在国内外产生了巨大影响,红旗渠精神是林州人民的传家宝"等方面亲自撰写讲稿,并先后在林州教师大会、公检法干警会议以及郑州市、安阳市电业局领导干部会议等多种场合大力宣传红旗渠精神。

2004年至2005年,红旗渠精神在全国各地巡展。这时他除了身体残疾外,又患上了肝硬化,身体明显消瘦了。但是,他对如何弘扬红旗渠精神加快林州各项工作的发展,仍牵挂心上。一天,他刚从北京看病回来,就把郭新林叫到家中,说:"红旗渠精神一定要代代相传,但是怎么个传法,需要研究。我想还是从学校抓起,你去全省各地、市作过红旗渠精神报告,咱是否和教体局、一中研究一下,你好好准备准备,到一中作个报告。"在他的倡导下,他俩一起在一中举办了一场由2000多名师生参加的红旗渠精神报告会。

时任林州市教体局局长唐兴顺在《路主任》一文中还原了那天的情景:"就是这一次,参加活动的一位好朋友事后在私下给我讲,从主席台上下来,众人送路主任上车,在他往车上上的那一刻,车下人看到他几次上不去车,尽管有人搀扶,仍然用了好几次力才坐到座位上。朋友说,时光不饶人,岁月不饶人,路主任真是老了!"

他临终还在惦记着红旗渠灌区管理

路明顺常说:"人大工作一定要抓大事,议要事,知民情,懂民意,参政参到点子上,议政议到要害处,才能真正成为人民群众的代言人、党委政府的好参谋。"

红旗渠是林州人民心目中的大事,也是他心中一直放不下的要事。

在县九届一次人代会上,代表们就红旗渠水源减少、渠道老化失修、支斗农渠损坏严重、灌溉面积减少、效益下降提出意见,要求解决这一问题的呼声很高。会后,他亲自组织常委会及相关人员,用二十多天时间,徒步从渠首到渠尾,沿渠深入6个乡镇和26个村子进行了实地考察和调查,并及时将调查了解的情况和如何把红旗渠的事情办好的建议,向县委做了汇报,也给政府通报了情况,为后来的红旗渠技改决策提供了可靠依据。

如何充分发挥红旗渠的效益,他感到解决灌区管理体制是个大问题。2005年秋后,他组织有关人员,到红旗渠下游乡镇进行调研。

路畅文回忆说:"记得那年冬天,父亲不顾天寒地冻和70多岁的年龄,和同事到采桑调研，开完座谈会天已很晚，临时住在乡里没有暖气的客房，第二天回来就冻感冒了。"

后来他的病越来越严重，走路还需要搀扶，不能坐着研究，他就半躺在沙发上，硬是把一个"关于红旗渠灌区管理体制改革的调查报告"写完，送到了有关单位领导手中。

在人民医院的重症病房里，他让和他一同搞调研的郭新林同志俯身在床前，有气无力地嘱托："红旗渠灌区的那份调查报告，我已送上去了，一定要把这个事情办好。"

时隔两天，2006年8月6日12时，路明顺溘然长逝。

（于报生）

修渠人的信仰

　　83 岁的魏有山,是年仅 23 岁的女青年魏秀花在修建红旗渠凤门岭隧洞牺牲时的现场见证人。我们为了了解魏秀花的事迹前去采访魏有山老人,却意外地感受到了这位普通修渠人信仰里的蓬勃力量……

　　对于我们的到访,魏有山老人显得有点局促,他左手撑起一根木棍,右手摁在紫红色的两屉连桌上,努力从一把老式靠背椅子上立起。他弓着腰,用手拢着耳朵,连问几次才明白了我们的来意。

　　老人几个月前不慎摔倒,身体伤残,行动受限。

　　"太可惜了,太可惜了!"他花白的胡须抖动着,深陷的眼窝里滚出了泪水,哽咽在喉,半天发不出声来。

　　凤门岭隧洞是三干渠第三支渠上最长的一个隧洞,由河顺公社魏家庄、王家沟等 12 个大队修建,全长 2500 米。为出碴通风,沿渠线上方打了 15 个竖井,最深的达 77 米,最浅的也有 30 米。坚石、塌方、积水、硝烟,道道难关、处处险情,工程进展相当艰难。从 1969 年 1 月开工,到 1974 年 5 月竣工通水,用了 5 年零 5 个月。魏家庄大队党支部书记魏三然领导施工,倒在了工地上,担任民兵营副营长的魏秀花,继承父亲遗愿继续战斗在第一线。

　　老人为我们还原着 1971 年 10 月那一天的现场:"我是第 9 生产队队长,是 15 号竖井的井长。秀花是乘着卷扬机系着的旧汽油桶下井的。四五十米深的竖井,井筒也不是那么直,可能是由于油桶晃荡撞壁倾斜出的事。当我听到井下'丁零零'急促的电铃响起,就赶紧刹车,但事故已出,一切都晚了。"秀花掉到了井底,还怀着 3 个月的身孕。

"秀花娘哭得死去活来,但真有度量,父女俩都为修渠牺牲,她都没有给村里找一点麻烦。"魏有山老伴魏玉珍一旁插话,她也是当时在场的修渠人。

屋子里的气氛突然凝固,只有灶火上煮着红薯的小米粥"突突突突"地在锅里翻滚着……仿佛在煮熟那段艰苦岁月。

顺着老人的眼神,我们见到的两行字闪着亮光:"红旗渠精神是我们党的性质和宗旨的集中体现,历久弥新,永远不会过时。"

有意思的是,旁边还有一张图画:钓鱼岛是中国的!这是深山区巩固国防的最朴实的人民大众的表达方式。

老人像是在朝拜,又似乎是在寻思,扭过头看了看身后墙壁上挂着的算盘:"从1958年修建南谷洞水库开始,一直到1974年修成风门岭隧洞,我就一直带着它。它虽不会说话,但修渠的账目它算得清楚,看着它也是个念想。"

"还有这个,也是老伙计,红旗渠通水那天,我就用绳系着它舀水。到现在也舍不得扔,用它喝着水甜啊!"老人指了指在桌子上摆的一个白色搪瓷茶缸。

查阅红旗渠模范名单上没有魏有山的名字,所收集到的红旗渠的资料上,也没有找到魏有山的名字。事实上,无数个修渠的无名英雄都在这样奉献!他们修渠,修的是心,修的是信仰!

"我修渠的事没有被人采访过,也没人给我照过相。"魏有山老人说,"有啥好说的,就是吃苦呗,人人都那样!"

可能是老人第一次接受这样的采访,这时有些激动,粗糙的大手搓在腿上好似放在哪里都不合适,布满皱纹的脸上泛着红晕,黑色的眼睛映着浓密的眉毛发出一束束光芒……

"1958年春天,大队派我们几十个人参加修建南谷洞水库,我兼任事务长,指挥部分给我们的任务是出碴和运石料,一干就是好几个月。秋收时刚回到家,弓上水库又要人,大队又派我带上几个小伙子,起早就背着铺盖卷步行往那儿走。我们村离工地路程70多里,到合涧时天已经黑了,离工地还很远,就找了个地方住下,第二天上午才赶到。那时候20多岁,活蹦乱跳不怕累。"老人自豪地说。

"红旗渠开工修建,当时叫'引漳入林'。1960年农历正月十三,大队派我带人到谷堆寺打前站,整整步行了一整天,第二天起个早,先忙着盘好锅灶,又四处找住地,搭窝棚。上山的路很艰险,吃水还得沿小路到山下的漳河去挑水。"停顿片刻,老人接着说,"正月十五是元宵节,修渠的大队人马就上山来了,男劳力推车的,挑担的,肩扛的,雄赳赳,气昂昂,女劳力走不动的骑着毛驴,胆大的还骑上骡子。长龙似的修渠队伍,弯弯曲曲、上上下下,说说笑笑、打打闹闹,还说这是过了一个'革命化'的元宵节。"

"1960年正是困难时期,粮食短缺,虽然村里十天八天就派人往工地送粮送菜,但还总是不够吃,生活很苦,干活很累。我负责民工生活,每天都为吃喝发愁,上山挖野草,下河捞河草,有的民工还得了浮肿病。

"开始施工很困难,很多地方都站不住人。指挥部就挑人腰系绳索,下到崖上打钎放炮,展开工作面。工地军事化管理,公社与公社、连队与连队,天天搞竞赛,热火朝天。虽然吃不饱、睡不好,但只要上工的号声一响,那就来了劲儿。大家都有一个信念,只要听党话、跟党走,就能早日修好渠吃上水、浇上地,过上好日子。

"我在工地上转战了十多年,叫干啥就干啥,哪里需要哪里去。1969年元月,红旗渠三干渠三支渠上的配套工程风门岭隧洞开工,一干又是五年多,就是农忙也没有中断施工。通水后,县委命名我们为'前仆后继专业队',大队还专门立碑纪念魏秀花等牺牲了的同志。

"俺干的事都提不到话下,没啥可访,杨贵老书记和县委的领导们那真是担了险、淘了神、吃了苦,那些为修渠而献身的人才是真正的英雄。"

话音未落,老人感恩的目光又落在了年画上。

老人的讲述,仿佛把我们也带入那激情燃烧的岁月,眼前呈现出一幅幅动人的画面——数万人战天斗地豪气冲天,人人心中有信仰,一心只想多奉献!

采访结束,走出里屋,我们忽然发现,在正对院子门口西屋的窗台上,端端正正地摆放着一个镜框,里边镶的是报纸上的习总书记的标准像,洗脸盆架就靠在窗户边上。

魏有山老人拄着木棍,向前探着身子,挪步送我们来到窗前,自然呈现出一个向习总书记弯腰致敬的姿势。一个抓拍,"咔嚓",老人留下了最真诚的笑容。

魏有山老人笑着解释:"每天洗脸或从大门进来,抬头就能看见,多好咧,幸福!"

用十年青春见证了红旗渠诞生的摄影家魏德忠曾说:"红旗渠是在一个不可能的时间、不可能的地方修建的不可思议的工程。"

为什么林县人能将不可能变成可能?这个时代的考题,今天,在这个抓拍的瞬间,在这个普通的农家小院,在这个平凡的修渠老人身上,我们找到了答案。

平平凡凡奋斗者的付出,成就了举世闻名的红旗渠工程;普普通通修渠人的信仰,铸就了历久弥新的红旗渠精神!

(于报生)

心　愿

在人的一生中，总有些事情值得终生铭记，甚至刻入生命，深入骨髓，对于修渠人赵万青来说，尤其如此。

赵万青，林州市东岗镇上燕科村人，年近九旬，瘦长脸，胡子刮得只剩下胡茬，看上去不似一个庄稼汉，眉毛头发均已花白，似染秋霜，脸上一大块老人斑，彰显着年龄。颧骨微挺，眉毛略扬，眼神微聚，眼眸像红旗渠水一样清澈，愉快，不服输，望向远方，穿越时光……

宁愿甩掉十斤肉也要修成水库

回忆起修建南谷洞水库堵水眼的过往，赵万青的喉头上下滚动着，记忆如河水袭来……

1958年，南谷洞水库进行坝基清基排水回填，成百上千的民工，脱下棉袄棉裤，下水搬石清基，桶提、车拉、机器抽、渠道排等，日夜苦战二十多天，水不但一直清理不完，还不断往上冒，用了200多条麻袋，进行了四次围堵。

第一次，用麻袋打成墙，把装满土的麻袋扔下去，都被水冲走了。

第二次，把水逼到上游，想办法处理水眼，还是堵不住。

第三次，吸取上两次的经验与教训，仍然没有成功。

吴祖太看在眼里急在心里，水眼堵不住，影响施工，谁来做这件事情？谁能把这件事情做好？副县长马有金和吴祖太摆开擂台，看谁能把水眼堵住？咚咚的鼓声震得人心颤动，也震得赵万青热血沸腾，但他心头充满顾虑：去吧，作为长子，家中还有年迈的父母、年幼的孩子，可是如果人人都这样想，永远也堵不住水眼。顾不了那么多了，赵万青在心里想：戏文上常说"自古忠孝难两全"，爹、娘——原谅孩儿不孝，要是万一我有个好歹，就让弟兄们替我尽孝，照顾年幼的孩子们吧！他一咬牙，三步并作两步，噌噌地跨上擂台，向在场的领导和群众表态："我，赵万青，不堵住露水河，坚决不回家，宁愿甩掉十斤肉，少活二十年，也要修成水库。"

  吴祖太激动地一指："好！赵万青，只要你堵住水，就给你安排工作！"

  铮铮汉子，一口唾沫一个钉，这话既是对别人说的，更是对自己说的。当然，出于责任心的同时，还包含着个人信念。

  第四次围堵，立了"军令状"身为东岗营第七连连长的赵万青一跃跳进冰冷的水中，赵万青明白，只有找到水眼，才有可能堵住渗漏。

  早春，太行山上格外寒冷，天空飘着雪花，随着夜幕降临，气温也越来越低，冰冷的水更是施展自己的威力。据赵万青回忆，冰冷的水没过了他的头顶，牙齿上下不断碰撞、打战，感觉身体也不受自己控制，他拼尽力气用双手、双脚不断在水下摸索，探寻水眼。摸到了！摸到了！赵万青心中暗自欣喜，他赶紧把身体贴上去，用身体堵住水眼。据《林州水利史》记载，巨大的水压冲击着他的身体发出嘶嘶的响声，他一口气喊着："快合水！快合水！"众民工一拥而上，仅用5分钟时间就排完80立方米积水，他又让大家立即往他身上填土，叫大家用脚踩，用锤子捣，他被压得喘不过气来，直到泉水不再往外冒，才从泥土里钻出来。

  水眼终于堵住了，工友们七手八脚将赵万青从下边拉上来，整个身体冻得黑青，他用生命完成了这项艰巨的任务，成了林县人心目中像黄继光堵枪眼一样的英雄。赵万青站在高大的坝基上，深沉的夜里，他的身影更高更大了，像一尊雕塑，似一座丰碑，傲然挺立！

  只有他自己心里明白，会有一种痛终身伴随着他。

  《红旗渠图志》一书"血汗筑成南谷洞"中描写道：南谷洞水库是林县人用血和汗筑成的。不得不说的是，在修建水库时，存放在水库工地一级水洞的三号洞炸药箱莫名着火，当时洞内有近70人正在作业。千钧一发之际，22岁的元金堂抱起冒着浓烟的炸药箱冲出了洞口。巨响之后，大家四处寻找元金堂，却只见洞外处处血迹，几天后在很远的地方才找到一片片被烈日暴晒成干的残体。

彼时，赵万青就在现场，他在铁匠炉旁边，离三号洞口最近，爆炸形成巨大的冲击力，将地上沙石土砾崩得到处都是，赵万青的腿被炸得血迹斑斑。

那条受伤还未痊愈的腿，在冰冷刺骨的凉水中浸泡后，留下了后遗症。每到刮风天就痒，越抓越痒，越痒越抓，痒到血液、骨髓里，钻进了心里，每次抓得满腿都是血痂。赵万青看看受过伤的腿，说："受点罪咱不怕，就怕当时下到水里上不来，爹娘白发人送黑发人，孩子们那么小就没了爹。"

这条腿见证着赵万青不服输的"犟性子"，见证着那段艰难的修渠时日，诉说着那段奋斗的光辉岁月。

就记得俺姥姥死了回去了一天

时间回到1953年，只有小学文化程度，不甘于现状的赵万青，在叔伯兄弟赵土重的帮助下，到人民日报社总务科学木工。1957年，25岁的他，在农村人眼中早该当爹了，父母看在眼里，急在心里，多次让他回来，他坚定地说："不学成木工，我绝不回家！"催促无果，父亲恼怒不已，下了最后通牒："再不回来，我和你娘就死给你看！"赵万青懂事理、识大体："父母叫我回去，我是儿子，只能听他们的。"

成家，生子。

赵万青沉浸在初为人父的喜悦中，打了一盆水为孩子洗尿布，父亲一把揪住他的头发，伸手一巴掌打来，瞪着眼睛大声地呵斥："你这个败家子，尿布不用尿洗，你用水洗，全家人吃什么？"

从此，水成了赵万青生命的痛，赵万青的生命也从此和水有了不解之缘。

1958年，得知要修南谷洞水库，刚出正月，赵万青积极报名参加，在岳松栋的带领下，从到工地盖工棚起，开始了漫长的修渠经历，红旗渠有多长，他的脚步就有多远，弟弟赵启书说："俺哥卖给红旗渠了，修渠十二年，过年都不回家,就记得俺姥姥死了回去了一天。"他当之无愧获得了"水利特等劳模"荣誉称号。

据赵万青回忆,元金堂死后,在修建三干渠时,很多人都害怕点炮的活计,他说:"没事,我来做!"他接下了点炮的活儿,那是意志、胆识和生死的考验。三炮洞和九炮洞,不够规格,需要创帮清底(专业术语叫"欠挖"),哪里欠挖就点炮处理、扩大洞体,等到民工下工后全部离开了工地,点炮组的成员才开始"施展功夫"。雷金花管提灯,岳松栋管拿棍儿,赵万青把一盘炮线盘在身上,一个人点炮。点一个,赶紧往前跑,炮在身后炸响,震得碎石沙土直往下掉,他的耳朵被震得什么也听不大清楚,炮多战线长,他一边点一边往前跑。

赵万青的大儿子赵子庆说:"不敲击木棍根本听不到,马灯和木棍找炮位不能少。我爹循着声音和灯光去找炮点炮,非常紧张,但不能乱套,只有胆大心细的人才能胜任。"

尤其是在修建曙光洞时,从任村的仙岩到东岗的卢寨,8里长,采用竖井分段作业法,打洞之前先打天井眼儿,挖一个天井然后往两头开凿,每100米就要有个天井,20多个天井,挖得深了,里头就没有氧气了。那时没人敢下,赵万青大声说:"我下!"但是,做这件事情不是光有豪情就可以的,需要胆大心细,赵万青小心翼翼地将炮放到下边,炮捻是很珍贵的物资,炮捻留长了会造成浪费,要是留短了对点炮的人是一种威胁,赵万青计算好留多长炮捻,点炮时自己能上到抽水平台上,不会被炮崩到。

"我哥就是个不怕死、爱逞能的人。"弟弟赵启书说。

盼着有个证 证明我是修渠人

红旗渠完工了,渠水从北到南、从西到东滋润着林县大地,赵万青像卸下了千斤担子,回到家中的他,开始重新审视自己的生活,看着年幼的孩子,抱着对生活的信心和希望,他的犟脾气又上来了,"我还能干一番事业,我不相信自己干不成!"

在同乡的帮助下,赵万青凭着木匠的手艺,几经辗转,成功落户到山西省左权县麻田乡云头底村。

太行山,是黄土高原与华北平原的分界线,也将从此分割赵万青的人生归宿,家乡从此成为故乡。

1976年9月18日,是个特殊的日子。赵万青全家离开林县,要到那个和自己原本并无瓜葛,却成为后半生归宿的异乡。

行至红旗渠管理处,赵万青让司机停下来,说还有一件事情需要去做。

他找到护渠的任羊成,老伙计相见分外亲切,任羊成问:"老弟,去哪儿哩?"赵万青告诉任羊成自己的生活规划,说:"这一走,不知道什么时候才能回来,我想看看当时写咱们修渠事情的书。"任羊成告诉他书找不到了,据赵万青回忆:自己的心瞬时像被淘空了一样,沉默了许久。

巍峨挺拔的太行山,像林州人的铮铮铁骨,蜿蜒流淌的红旗渠水,滋润着林州大地,滋养着林州人的灵魂。赵万青"贪婪"地来回看着红旗渠,他想把红旗渠刻在心里,生怕在心中的刻痕不够深刻,忍不住将红旗渠的石头摸了又摸,每一块方正的石头,都在心里锻了千百遍……

多年后,赵万青在三儿子赵海庆的陪同下,回到林州。在红旗渠风景区门口,赵万青凝望着太行山,注视着红旗渠,不断抬手擦擦湿润的眼睛,似在回忆当年的峥嵘岁月,他特意要求下车,要去看看红旗渠。他的儿子说:"我爹想去看看自己修过的红旗渠,风景区的人说现在景区都是规范化管理,入景区需要买票,我爹站在入口处,伸直脖子望着红旗渠,不绝声地说,变化真大啊,变化真大啊……"

"唉,我已经这么大岁数了,不要求政府给啥补助,只盼着有个证,证明我是个修渠人,让我有生之年再到南谷洞水库、红旗渠去看看……"

他把人生最好的年华,奉献给了红旗渠,每当谈起红旗渠,赵万青说话的声音总是比平时高了几个调门,眼里绽放出闪亮的光芒。红旗渠成了近90岁的他最宝贵的财富,余生的向往!这是一种刻入骨髓的情感,无论身处何地,他愿用一生守护……

(王海霞)

太行硬汉王磨妞

红旗渠开工后,林县最南部的泽下公社在林县最北部的任村公社清沙大队成立了林县引漳入林工程泽下分指挥部。全公社按大队编制,一个大队为一个连,泽下公社东部深山区的马兰、碾上、七峪等大队近二百人合在一起编为一个民工营,由马兰大队大队长王磨妞担任营长。

刚到工地,好多人对王磨妞不熟悉,还以为是个女的呢!没想到一见面大吃一惊,原来是个壮壮实实的男子汉。

修红旗渠前,他三十三岁,正是血气方刚的年龄,担任着马兰大队的大队长。他敢想敢干,领着村民搞互助组,办合作社,进人民公社。随后又领着社员们修地垒岸打旱井,是马兰、碾上、七峪一带出了名的硬汉。一听说县里号召要修建引漳入林工程,他便跑到泽下公社修渠指挥部报了名。这是为咱家乡办好事,咱不去谁去!

那个春节,妻子正生病,三个儿女年幼,正是需要照顾的时候,他顾不上了,每天走村串户,去做修渠民工和家属的思想工作。他的热情感染了一圈人,大家信任他,愿意跟着他去修建红旗渠。

人是铁饭是钢,如此重体力、高强度作业,吃不饱饭怎么行?没办法,王磨妞就往老家捎口信,运来了一些红薯干、洋桃叶、榆树叶、杨树叶、刺夹菜、柿盖面儿,让伙房弄成菜团子充饥。但这些东西缺乏营养,用民工的话说,叫"黄鼠狼吃鸡毛——喧肚皮",加上劳动强度太大,民工们明显消瘦了许多。

王磨妞心急火燎,只好发动病号和受伤的民工,在工地附近的山崖上寻找山韭菜和野山药。只要能找到充饥的野菜,恨不能挖地三尺。

泽下分指挥部把1923米的工段分为四个作业点,其中最艰险的工段有400多米,有一段号称"老虎嘴",从名字就可以知道在这里作业凶险有多大。经过认真权衡,慎重地把这段难度最大的工程分配给了由马兰、碾上、沟窑头组成的东山民工营。

开工之前,王磨妞带着碾上、沟窑头两个连的技术员到现场划分任务。

"老虎嘴"从漳河河床到崖顶有600米高,在陡峭壁立、直上直下的崖壁间,向外凸出来一大块,足有百十米宽,像极了饿虎出山张开的大嘴,而渠线恰恰要从这里穿过。从上往下看,感觉白云就在脚下,山川在走,令人头晕目眩;从下往上看,"老虎嘴"龇牙咧嘴,犬牙交错,随时都会扑过来,阴森可怖。打通险道,必须先虎口拔牙。

王磨妞对两个技术员说,103米的"老虎嘴"是这段工程风险最大的一段,你们也别争了,就由马兰连承担。其余300米由你们两个连分担,虽然长度要大一些,但难度要相对小一些。碾上和沟窑头的连长看王磨妞把最险、最难的一段由自己揽下了,还有什么说的,心里只有感激的份儿。

第二天,马兰连的民工来到了"老虎嘴"崖顶上。他们虽然都是深山区摸爬滚打出来的年轻人,但往下一看,也不免一个个腿肚子发软,不由自主往后缩:"这要一搓脚,掉下去还不摔成肉酱了。"

王磨妞看到民工有畏惧情绪,就开玩笑给大家鼓劲:"老虎嘴是死的,可咱们人是活的,你们说,咱活人还治不了死老虎?"怎么治?最稳妥的办法就是派人用绳索把自己拴好,从岩顶上坠到半山腰,仔细观察,选择合适的突破口,再确定施工方案。

王磨妞说:"我在老家爬山爬惯了,有经验,到半山腰勘探的活儿让我来。"说着他就往腰间拴绳子。他的小叔叔王元锁不放心,他不能让磨妞去蹚这个头。他说:"你是工地主心骨儿,大家离不开你。有我在,这活儿轮不到你,何况我是技术员。"说话间已经绾好了绳索,准备顺崖而下。王磨妞急忙阻止:"叔,你辈分虽大,年龄还不到二十岁,连家都没成,这活儿不是你干的。我有老婆孩子了,即使死了,也有后代了。何况我是党员,还是营长。"

王元锁知道王磨妞的脾气,只能好言相劝:"你说得也不对,正是因为你有了家,就应该处处想着他们。你是家里顶梁柱,老婆孩子哪一个不是天天为你操不完的心。我没成家,一个人倒干净,死了也没啥牵挂。"

王磨妞火了:"叔你胡说啥呀!你干净,出了事儿我当侄儿的就不干净了。"

俩人各不相让,争得面红耳赤,僵持不下,大伙儿赶紧相劝。王磨妞说:"要说一个人下去连个商量的余地都没有,叔要真想下去,那就给我做个伴儿。"最后王磨妞和王元锁一人拽着一条绳下去了。

这就是泽下人的性格,怪不得满工地的人都说:"泽下人'红',干起活儿不要命。"来工地之前,他们都是穷山沟里朴实憨厚的种地老百姓。没上过学,不识几个字,也没有见过大世面,但他们不缺少勇气、憨厚和善良。

在征服"老虎嘴"战役中,泽下人王磨妞和王元锁冒着生命危险,创造了红旗渠工程高空作业的奇迹。有了这次探险式侦察,王磨妞做到了心中有数,并在心里谋划出一整套作业、除险方案:让民工身系保险绳悬空作业,让打锤的人骑在扶钎人的背上打炮眼。

在王磨妞的带动下,三十多个精壮中青年顺着绳索荡到了"老虎嘴"。手抡大锤,在崖壁上一锤一锤敲打。石英砂岩十分坚硬,钢钎磨短了及时更新,坚持了几天,打炮眼还是没有进展。时间不等人,王磨妞便与技术员王元锁、宋景山从老虎鼻子爬上去,探寻新的打炮眼位置。经过几次查看,终于找到了一条横向破碎岩层带,有了突破口。

为了把耽误的时间夺回来,他们干脆把铺盖搬来,吃住在工地,还瞒着分指挥部偷偷加班。经过半个月苦战,打出了七个直径两米、深十二米的炮眼。指挥部领导过来查看,眼睛睁得溜圆:这是炮眼儿吗?这比红薯窖还要大得多呀!

为了挖这几个炮眼儿,王磨妞和他的民工营创造了多项奇迹。万事俱备以后,点火放炮。随着沉闷的炮声响起,太阳瞬间失去了光芒,像日食一样躲进了烟尘背后,迟迟不敢露面。随之,大小石块儿像下雨一样从天而降,"老虎嘴"和它附着的半个山头,在"轰隆"声中坍塌,乖乖地为修渠民工腾出了施工通道。

但险情依然没有排除,放过炮后的岩壁,被强大声波震活,不时有松动的石块落下来,已经造成了多人受伤,成为施工的潜在隐患,不除掉这些摇摇欲坠的活动石块,就难以保证在崖壁下施工人的安全。

还是王磨妞有办法,他组织了除险队,身缠麻绳,头戴安全帽,手拿带钩子的长撬杆,从崖顶悬空而下,发现哪块儿石头不牢稳,就用杆子戳下来。那天,正当王磨妞寻找活动石块时,一块石头砸在他的后背上,他感到钻心的疼,不由自主抬头观看,不料又有几颗碎石块儿砸在脸上,牙被砸断了,脸也被砸破了。顿时,他变得血肉模糊。崖顶上的民工一起喊他上去,他摆摆手不吭声,继续咬牙坚持,挥动撬杆,把一处处松动的石块撬下。活动的石块哗哗落进漳河,激起一两丈高的水花。

中央新闻电影制片厂摄制大型纪录片《红旗渠》时,镜头中留下了王磨妞与他的伙伴们悬空除险的身影。

王磨妞与他伙伴们的英雄事迹,立即成为整个红旗渠工地的美谈。红旗渠竣工后,王磨妞被授予"红旗渠建设特等模范"。

(张海峰)

红旗渠的守望者

　　1965年4月红旗渠总干渠通水。当年8月,红旗渠灌区管理机构红旗渠管理所在分水岭成立,副县长马有金兼任管理所所长。从此林县多了一个特殊的群体——护渠人。

　　岁月不居,时节如流。红旗渠通水到现在,半个多世纪过去了,护渠单位多次改名,护渠人也换了好几茬,但护渠人的初心未变,守护大渠代代相传。

　　1991年的春天,姚村镇楸树湾村21岁的小伙子郭用林接父亲的班到红旗渠上上班。他工作单位的详细名称是林县红旗渠灌区管理局河口管理所谷堆寺管理段。

　　红旗渠总干渠有近20公里在山西省境内,谷堆寺段就在山西省平顺县马塔村南的高山之上。这里三面环山一面临崖,近百米的悬崖之下就是浊漳河,交通极其不便。修渠大会战时,这里漫山遍野都驻扎着林县人,人称"林红庄"。这里曾炮声轰隆,乱石腾空,硝烟滚滚,也曾血肉横飞,悲壮……当年弥漫的硝烟和滚滚人流都已随历史的风云远去,留下的是肃立的群山、逶迤的渠道,还有默默流淌数十载的渠水。

　　郭用林上班路线:骑自行车从家到姚村镇后一路北上,经分水岭过任村集,然后西北行至晋冀豫三省交界的任村镇河口村,之后就进入山西省平顺县境内,到马塔村南的马塔水电站。把自行车寄存在电站,背上粮食日用品开始上山,爬过约1里地的陡峭山路就上到了渠岸。渠里岸上方是壁立的山体,渠外岸是悬崖峭壁,悬崖底的山谷里流淌的就是浊漳河。

　　郭用林沿着1.2米宽的渠岸西行4里就到了谷堆寺段,家到单位全程

100华里。

1968年建的谷堆寺管理段,紧邻渠道,石头垒砌了半人高的围墙,用木棍捆绑成的篱笆就是单位的大门。屋里的墙壁被烟熏火燎得已看不清底色,许多地方墙皮脱落,露出了石墙。窗户窄小,室内阴暗,有一个土炕,土炕上方的屋顶吊着泛黄的塑料纸。室内没有一件电器,就连勉强称得上电器的电灯泡也没有,因为管理段从建起就不通电。院内有一口大水缸,里面盛着浑浊的红旗渠水,那就是生活用水。郭用林就在这里开始了他的护渠生涯。

郭用林刚上班不久,两个同事有事回家了,只剩下他一个人。晚上回到住地,他舀了瓢水缸里的渠水倒进锅里,点燃柴火开始做饭。玉米面糊糊里煮着几个玉米面疙瘩,他默默地看着疙瘩在锅里翻滚,忽明忽暗的火光把他孤独的身影拉得很长很长……

吃过饭后,天就黑透了,他第一次一个人在这深山老林里住宿心里忐忑不安,早早关好门窗,点燃柴桌上自己用小墨水瓶制作的煤油灯,灯花如豆,仅仅照亮了柴桌周围,屋子里还是昏暗的。

夜里大山万籁俱寂,偶尔传来几声夜鸟的啼声和野兽的吼声,使他心惊肉跳,神经绷得紧紧的,发怵怎么熬到天明。他熄灯躺下,河口渠管所每月发给他的一斤煤油要节约着用。他打开刚买的收音机听广播,后来不知道什么时候迷迷糊糊睡着了,天明醒来时收音机还在沙沙作响,又浪费电池了,他懊恼。

郭用林上班两个月后,段里的三个人要把渠墙石缝里风化的水泥剔除重新勾缝。买的水泥卸在了渠下的漳河南岸边,往渠岸上运还有500米陡峭的山路,那就必须用肩背了。郭用林很瘦弱,100斤重的水泥压在肩上,沿着曲折的羊肠小道上山可够呛的。他咬着牙硬往山上攀爬,没走够半程就走不动了,可又不敢把水泥放下,如果放下他就无力把水泥再扛上肩了。有句话叫,要拿得起放得下,听起来豪情满怀,潇洒得很,可现实中许多事情不是轻轻松松就会拿起,随随便便就能放下的。

别人已背着水泥上去了,他只好背着水泥靠在树干上喘口气。他终于上去了,走在了几十米高的渠岸上。这么高的悬崖一般人看着都眼晕,刚来上班时郭用林两腿战战不敢大步走。老职工教他不要往下看,要往前看。现在他习惯了,不怕了。

这一天他背了一袋水泥、四袋沙子,勾缝20平方米,汗水湿透的衣服一整天都没有干过。到了晚上他觉得浑身像散了架一样,到住处累得连饭也不想做了,衣服都没来得及脱就睡着了。

快到冬天了,一天下午单位通知谷堆寺段让去推烤火煤,煤送到了渠道上游的平顺县王家庄村。郭用林和同事推着小推车沿着渠岸去推煤,去的路上两个人说说笑笑,十四五里路不到两个小时就到了。装上煤没敢休息就往回走,两个人一人在前面用绳子拉,一人在后面推车,轮流替换。大山里天黑得特别早,也特别快,刚刚太阳还在山顶上,可转眼天就黑了。离住处还有三里地,白天在渠道上推车还心惊胆战更何况晚上。他们走得步履维艰,大汗淋漓。

冬天有煤取暖了,回到住地的郭用林和同事忘记了劳累炒了两个菜,一个白菜一个萝卜条,兴致勃勃猜拳行令,声音在寂静的大山里传得很远。

漫长的冬天来了,来自黄土高原的西北风顺河道呼啸而来,仿佛千军万马在厮杀搏斗。大风刮了十天半月也不消停,这样的恶劣天气当地的老百姓都躲在家中休息取暖,可越是恶劣天气郭用林他们越得往渠上跑,刮风天怕树枝掉进渠里造成渠水拥堵,下雨天怕山洪冲毁渠道。

漫天飞雪而至,太行山上漳河两岸银装素裹,好一派北国风光。雪后的早晨,又开始了巡渠。在白雪皑皑的渠墙上,一行野兽蹄印,那是狼留下的。这也是护渠人巡渠都要背锨的原因之一。

这年冬天,连续下了两场大雪,冰天雪地,封路快二十天了,山下的晋豫公路上不见车辆行人。郭用林从家带的粮食吃完了,他只好到离得最近的马塔村买粮食,踏着冰雪走渠墙下悬崖,跨漳河再继续走山路才到了对面山上的马塔村。回来的路上郭用林摔倒了两次,还好有惊无险,没有受伤,不过醋是吃不成了,醋瓶摔破,醋流了一地,他哭了。

郭用林结婚后,妻子没事就来谷堆寺段住几天,给他做碗像样的面条,拆洗被褥,陪他一起到渠上。新婚燕尔,夫唱妇随,看看渠道有无漏水、渠墙有无杂草、有无缺石短块、老百姓是否浇完地关了水闸……这就是他最快乐的时光。

1996年谷堆寺段乔迁新址,破天荒通电,能看上电视了,夜里从此不再黑暗。去年也吃上了山泉水,网络信号也通了,条件比过去好了。虽然路还不通,可他们很知足。

现在郭用林和同事还在谷堆寺段坚守,他在山西境内工作了29年,听坏了7个收音机,穿坏了100余双鞋,巡渠万余次,行程6万余公里,认识近千名山西老乡,比认识家乡楸树湾村的人都多,他几乎成了地地道道的山西人。

郭用林和同事们最美好的青春年华都在太行山上红旗渠畔默默度过了。他们没有轰轰烈烈的壮举,没有辉煌的业绩,甚至连模范都不是。可他们耐住了寂寞,经受起了风霜雪雨的考验,没忘初心和使命。他们就像千里渠墙上一块块平凡的石头,虽然默默无闻却坚硬而厚重。

(杨志宇)

血染太行

  数十万修渠民工,用生命筑起人工天河,用血肉化作红色精神的基石。

  这是太行红岩的底色!群峰巍峨,是您不屈的雕像!

  可太行红岩再红,也红不过您滚烫的热血!

  渠岸的石缝里,揳入姐妹的坚毅果敢。劈凿的山洞内,父女接力的长龙一路向前。

  巍巍太行永不倒,伴我英雄长安眠。

火 炬

4岁丧父,10多岁学木匠,28岁秘密入党,获得过淮海战役勋章,打水井、挖旱井、建提灌站、修引水隧洞……他经历了村庄的苦难与灾旱,见证了共和国的诞生与成长,给村庄带来滋润和希望。

他就是河顺魏家庄(今魏庄)党支部书记魏三然。他披星戴月,呕心沥血,一路走来,情怀不变。

千辛万苦只为水

一百多年前一个夜里,河顺魏家庄一户农家传出凄厉的哭声,这家的男主人没了。留下四男一女,最小的是个儿子,才4岁,这个孩子就是魏三然。

魏三然1916年出生,10多岁就跟着哥哥到亲戚那里学木匠,20多岁带着全家去逃荒,后接触进步思想。古人云,三十而立,1944年,未满30岁的魏三然秘密加入中国共产党。1948年任村长后,积极投入淮海战役的支前工作,获得"淮海战役纪念章"。解放后,长期奋战在水利建设第一线,直到咽下最后一口气。

林县河顺,单听名字,就知道是有河的,但魏家庄地势高,本村没有水,祖祖辈辈都饱受缺水之苦,只好和邻村一起打了一口水井,位置在邻村,到吃水紧张的时候,经常因为吃水闹矛盾。

20世纪50年代,林县县委号召群众打旱井,把"天上水"存起来,魏家庄积极响应。魏家庄山陡,汛期洪水很大,河谷里磙子大的石头都能被冲走,雨季过后只有一条干河沟。根据本村特点,魏三然就带村民们把旱

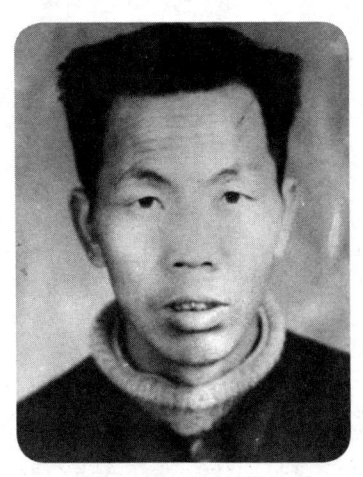

魏三然

井挖在河沟,直径3到5米,深度5到10米,口小肚大。《河顺志》载:魏三然带领群众挖旱井200眼。

挖成后,可从旱井里担水点种红薯,当年红薯收成大大提高,两头尖的红皮儿线穗子红薯,又甜又面,还不柴。但这只是挑水点种,要是能有水浇地,那才叫好呢,魏三然想。

魏三然三子魏楼堂回忆说,魏三然在东冶乡任书记的时候,还在机械厂附近打了一眼活水井,那时候魏楼堂四五岁,还去那儿玩过,如今算来,时光过了一个甲子还多。

1960年开始,魏三然带领魏家庄人民积极参加了红旗渠的建设。1965年,三条干渠竣工通水,二干渠就从魏家庄不远处滔滔流过,魏家庄该从此大河小河满地流了吧?

非也!

红旗渠二干渠海拔465米,魏家庄最低处海拔470米。修渠引水整五年,河水来了我遗憾。为了解决村民的遗憾,魏三然带领村领导班子积极与相邻的河湾村商量,在河湾渡槽东1000米处建了一座扬程30米的提灌站。提灌站建成了,出水的那一天,伴着"突突突"的马达声,红旗渠水泛着白花花的水花,憋着一股子劲儿冲进了魏庄的十六亩地,一进地里,就像小蛇一样"吱吱吱"钻进了干旱的土地。这一年,麦子饱盈盈,白菜瓷丁丁,垄沟边,开出了迎风摇曳的小黄花。傍晚,总有母亲唤儿声:"吃饭了啊——又暄又白的白面馍——"

可惜好景不长,一年后,矿山征地,提灌站被迫废弃,麦香不再。

河顺公社党委为解决山区人民长期用水问题,计划几个村子合作,修建一条引水隧洞。

苦战风门岭

1969年1月，寒冷的北风呼呼地刮了一夜，清晨，寒风卷着雪粒打了下来。屋门儿"咣当"一声打开了，风卷着雪粒一下子灌进了屋里，女主人不禁打了个寒战，心说，这天儿可真冷！又看了一下身边的男人，男人只是把腰间束棉袄的腰带紧了紧，径直走向院子推起了小推车，小推车上有昨天晚上就备好的锹、镢、锤、钻等。

屋里的孩子撵了出来，一股冷风呛得他倒吸一口凉气，赶紧低下头，缩着有黑黑污垢的脖颈，吸溜着鼻涕往回跑，一滴清水鼻涕，吊在鼻尖上，摇摇欲坠。

昨晚，村里开了动员会。

书记魏三然说："乡亲们，咱修了红旗渠，今天，清凌凌的渠水过来了，可咱的土地，还是干得冒烟，看着红旗渠水白白流走，咱就不心疼吗？"村民回答："心疼！"

"咱县能'劈开太行山，引漳入林县'，那，咱能不能'打通风门岭，引水进家园'？"

群众纷纷表示："能！"

修建这条引水隧洞，需要打通风门岭，从海拔480米的三干渠引水。于是一场长达五年零五个月的挖山修洞运动轰轰烈烈开始了……

12个村子合作，魏三然是指挥员。隧洞设计长2500米、宽1.5米、高1.8米。他们在风门岭摆开了一字长蛇阵，工作面少，则窝工，他们决定从中间挖竖井，以增加工作面，然后向两边开挖。

从打竖井开始，就遇到了最硬的石头。提起这茬，魏三然的侄子，现今70多岁的魏银堂就嘴角吸气，不无感叹地说："那石头是真硬！你吃足力气，打一锤下去，就只有一个小白点儿，咱是亲眼见，可不是说瞎话。""不是有炸药崩吗？""炸药崩？当然有。但是那时候因为没有钱，炸药都是用谷糠、锯末配上硝铵自己做的，劲儿太小，石头太硬，一炮下去能炸个洗脸盆大的坑。"

魏银堂从口袋摸出一支烟，点燃，深深地吸了一口，才又继续说："那是真淘神啊，但是没有办法，当时就那个条件。只能用蚂蚁啃骨头的精神，就这样一点一点地啃。"这个"啃"字，语气很重，仿佛是用钢牙咬石头，能听出响来。

但就这样，还是"啃"下了 15 个竖井。最深的 77 米，相当于 25 层楼的高度，最浅的也 30 多米，村民们说："我们要把这地球打穿。"

放炮有利有弊，放炮后的硝烟弥漫在井里，影响施工。刘朋英的弟弟、17 岁的刘秋才，一个生龙活虎、积极肯干的小伙子，主动下去排烟，井上的人们只见他头一歪，就赶紧把他拉上来，可是，已经不行了——他就这样被硝烟呛死了。

排烟受阻，群众畏惧，工程搁置。

魏三然也挠头了。他看着人们来来去去，走路带风，忽然灵光乍现！对，就这样干。他让人找来抬石碴的柳条筐，又折来树枝，然后把树枝插在柳条筐上，固定好，像个大篱笆，再吊到井里，搅起辘轳上下拉动，终于解决了硝烟弥漫不散的问题。烟排完后，人可以顺利施工。

人们黑白轮班倒，渐渐地打入了风门岭腹部。山肚子里，情况复杂，有的地方地质破碎，地下水就渗了进来，积在洞底，虽然修了排水的小沟，但不能解决越来越多的积水，人抬石碴走，脚下"扑溅扑溅"响，耽误工作，影响进度，损害健康。排水，又成为迫切需要解决的问题。

魏银堂说："俺叔叔们就成天想办法呀，后来发现用牛皮缝成水包，又叫'牛皮栲栳'的，这个装水比较好，后来就一直用牛皮栲栳装水，辘轳绞上去，一包一包倒掉，就这样，才保证了顺利施工。"

一天早上，魏三然胃疼得比以往都厉害，他像以前一样，使劲儿用手抵住，可是无济于事，豆大的汗珠从他额头冒出来，他生病了。

一定要把水引过来

生病，他不是第一次。十多年前他就大病一场，浑身浮肿，昏迷不醒。躺在医院的急救病房，医院下了好几次病危通知书，并嘱咐家属：料理后事吧……家里找人打好了墓。最终，他福大命大，斗败死神醒了过来。这不,一晃就是10多年过去了,他对疾病有心得:疾病似弹簧,你弱它就强。所以对疾病,他不怕它。他觉得已经和疾病画了个三八线:我消灭不掉你,你也消灭不掉我,和谐共存,互不侵犯。

但是现在,疾病单方面撕毁合同,又来犯边。他的脸因痛苦而抽搐着,老伴端着一碗饭进屋来,一看他这副模样,"哎呀"叫了一声,手里的碗"啪唧"掉地上摔得粉碎。原来,他长期劳累,体力透支,饮食又不规律,胃早就开始疼了,他总是一个字:忍。总想着忍一忍就过去了,吃点热饭就好了。可这次疼得不同以往,众人不顾他的反对,硬把他弄到医院看医生,医生以胃炎、胃溃疡给他拿了药。

从此以后,每天叫醒他的不仅是太阳,不仅是理想,还有胃溃疡。

随着时间的推移,药的作用越来越小,胃疼的时间越来越长。他吃不下、喝不下,只能用筷子蘸水抹抹嘴唇缓解一下干燥,日渐消瘦,皮包骨头,发如秋草白,脸如核桃皱。

身体虚弱,但精神硬朗,他每天坚持去隧洞看看进展情况,或让女儿搀着,或让儿子背着。到渠上看看,他才是踏实的。民工看到他,也是踏实的,但终于不忍心他这样受罪,于是有一天,就有两个民工把他抬回家,让他卧床休息。可是,这两个民工下工的时候,看到魏三然又坐在竖井口,朝着他俩笑。他心里,心心念念的都是隧洞啊。

老伴儿说他,你不要命了?他说:"要是啥也不干,那还要命干啥?"

油已尽,灯将枯。弥留之际,他把子女们叫到跟前,眼皮略动,声音微弱:"我没有完成的任务,你们一定要完成!一定要把水引进来……一定要把水引进来……"就在这样不住的重复中,饱受胃癌折磨的魏三然,与世长辞,享年54岁。

这就是一位老革命者、一位老共产党员、一位农村党支部书记的临终遗言。作为一家之主,他没有分配家庭财产;作为一位父亲,他没有为子女做人生规划;作为一个丈夫,甚至没有为相濡以沫的老伴考虑一些什么。他只是把集体的事业交给子女,只是把沉甸甸的担子放在他们肩头,只是把一种精神植入他们骨子里。他心里没有小家，只有大家。生死早已置之度外，心中只有未竟事业。

长子魏勤堂，遵循父亲遗愿，一直干到1974年风门岭隧洞修建完工，把水引来。在以后的工作中秉承乃父之风，工作出色。

次子魏用堂，修完隧洞后，曾担任魏庄村党支部书记，处处以父亲为榜样当个好干部，曾获安阳市表彰。

二儿媳魏金莲，小名三儿，她说："成天光说干活，哪有时间生孩子？"结婚五年后方生了儿子魏青波。

长女魏秀花，是铁姑娘队队长、民兵营副营长，怀孕后，依旧在洞内劳动，劈山出碴，闺蜜劝她休息吧，她却说，我要歇着，于心不安。后因罐车发生事故，不幸牺牲，时年23岁。

三子魏楼堂，在郑州学习水利专业。学成之后，到内蒙古等边远地区为国家找水，暑往寒来，风餐露宿，一干就是二十多年。我问："苦吗？"他说："不苦是假的。可我永远记得父亲的话，'一定要把水引过来'，想起父亲的话，再苦，再难，我也得走下去。"50年过去了，这句话仍如一串惊雷，时时刻刻在他耳边轰响。

当年水贵如油的林县，如今处处湖光潋滟，魏三然家前赴后继的故事，载入了《林县志》。

魏三然，是舍生忘死的奋斗者，是熊熊燃烧的火炬，燃烧自己，点亮他人！

（申向利）

血染的爱

四月五日是红旗渠通水纪念日,每到这天,我的心便久久不能平静。那修建红旗渠的炮声会在我耳边隆隆响起,前辈们修建红旗渠的牺牲精神和英雄事迹,会在我脑海里展现,特别是我邻居家叔叔和婶婶的故事,在村上传颂至今,让我难以忘怀。

我叔叔韩普吉、婶婶陈秀芹刚结婚不久,就参加了村里的修渠民兵连。叔叔胆大心细,心灵手巧,在工地担任炮手。因为有时会出现哑炮,叔叔排险中多次死里逃生且临危不惧,人称"韩大胆"。婶婶是打炮眼的扶钎手,虎口震裂流血从不休息、不叫苦,人称"铁媳妇"。他们在工地上互敬互爱、互相鼓励、互相帮助,一心扑在修渠事业上,经常受到领导表扬,被同事们称为红旗渠上的"模范夫妻"。

他们从弓上水库到红旗渠总干渠通水、三干渠竣工,一直把撼天动地的炮声带到了家门口。支渠合东段(合涧——东姚)从我村后山经过,这段渠自然就落在了我村民兵连肩上。每次中午和晚上收工后,隆隆的炮声在后山响起。我和小伙伴们一放学,顾不上吃饭跑到村后看放炮。碎石纷飞,烟雾弥漫,震耳欲聋,小伙伴们有的捂着耳朵,有的大张着嘴,有的躲到从渠上撤下来的叔叔阿姨们身后。炮声响过之后,我们又是蹦又是跳,大声欢呼着,高兴极了。

一天中午,炮声接二连三地响过后,我叔叔说不对,还有一个炮没响。待了一会儿还没响,叔叔说,糟糕!一个哑炮。为了下午上工安全,必须及时排除,于是我叔叔毫不犹豫,拿上工具就走。就在此时,一个女人箭步向前,冷不防把我叔叔推倒在地,夺下叔叔手里的工具,冲向了后山。这女人不是别人,正是我的婶婶陈秀芹。她把自己的生命置之度外,让爱的花朵在此绽放得夺目绚丽!

风停了,空气凝固了,等在村后的人们捏着一把汗,把心提到了嗓子眼。人群静得一根针掉地上都听得见响。

突然,一声巨响。几乎同一时刻,我叔叔和等在村边的人们不约而同地向后山奔去。一会儿工夫,我叔叔背着婶婶从后山上跑下来,其他人有的去村里找担架,有的跟在周围护着,女人们喊着哭着。昏迷的婶婶任叔叔背着,搭在叔叔肩上的右臂淌着鲜血。我叔叔声泪俱下,泣不成声,边跑边喊:"秀芹,你是为了我呀。秀芹,你是为了我呀……"

通往公社卫生院的路上,留下了一朵朵血染的红花……

婶婶永远失去了右手。事故发生后,为了赢得村先进的名誉,没有上报。婶婶和叔叔也从未向上级和村上要求过照顾,伤好后仍参加集体劳动。我多次见她锄地时用右胳膊窝夹着锄把锄地。多年后事迹被上报,婶婶领到了微薄的抚恤金。可他们没有抱怨过,也没有后悔过,还总是以能参加红旗渠的建设而骄傲和自豪。叔叔享年八十岁,健在的婶婶已八十七岁高龄。我曾经问她:"婶,当时您为啥要替我叔去排除哑炮?"婶婶说:"他是渠上的炮手,也是家里的顶梁柱,渠还没修成,受了伤咋办?"我说:"修红旗渠让您右手残了,您后悔吗?"婶婶说:"不后悔呀。因为有了红旗渠,你看咱林县变化有多大,现在生活又这么好,我高兴还高兴不过来哩,这算啥。"

语不惊人却动人,朴实坦荡感情真!任千言万语也表不尽我对他们的敬重和崇拜之情。敬爱的叔叔、婶婶,敬爱的在修渠中牺牲和致残的英雄们,子孙后代不会忘记你们。你们的英雄事迹已载入史册,你们的英雄壮举将永远激励后人奋进,你们留下的红旗渠精神千秋万代永存!

(郭宝军)

血染当年姐妹花

失去了右眼的郑凤先

仲春时节的三月十五日,阳光和煦,春风微拂,路旁垂柳泛绿,街头玉兰盛开。我和姓郝的同事,去实现一个夙愿,采访当年修渠时不幸负伤、失去右眼的女民工——郑凤先。

进入红旗渠广场北边的平安新城西院,来到北楼最西边的单元,拾级而上,直到五楼,这是郑凤先老人三女儿郝卫红的房子。郑凤先爱人郝天才打开门,我们轻轻地走了进去。房间窗明几净,布置得整洁、朴素、大方。

郑凤先老人身子比较瘦削,穿着一件无领对襟紫红色棉袄和一条蓝色带暗紫色碎花的棉裤,脚蹬一双红色的棉拖鞋,显得干净、利落、齐整而随和。老人面容慈祥,一直带着微笑。最为明显的是老人花白的头发从头顶自然分为两半,而右边的一缕长发遮住了没有眼珠的右眼眶。因为缺少了陪衬,一只左眼圆圆的,显得很大。简单地问候过后,我们切入主题,请老人讲述一下当年修渠的经过。

老人出生于1938年,声音响亮,思路清晰,侃侃而谈,绝不像八十多岁的模样。

老人娘家是桂林镇陡峪沟村的。小时候命苦,6岁时母亲就去世了,是父亲把她辛苦抚养成人。1957年腊月经人介绍,19岁的她和爱人郝天才结婚,嫁到了邻村千家岗。老人记得,当时陡峪沟还隶属于秦家坡乡,她是骑着毛驴到秦家坡领取的结婚证。

一晃几年过去了。1962年的4月份,大女儿出生后才四个月,郑凤先就报名参加修渠。村干部觉得她女儿还在襁褓之中,需要喂奶,没有答应她的请求。但是,郑凤先坚决要求到修渠第一线去,言语铿锵:"丈夫是军人,驻守边疆。我是军人家属,不能拖丈夫的后腿。我积极了,丈夫才能在外面安心服役!"村干部拗不过,才安排她到三井村后寺沟南分干渠工地。

村里离工地有十五里路,她每天凌晨四点钟起床,匆忙吃点早饭,便结伴步行赶往工地。中午在工地吃一顿饭,先是蒸红薯,后来是红薯面窝头或小米稠饭。整整干一天活,擦黑再拖着疲惫的身子一步一步地挪回家。两头见星星,经常饿得肚子咕咕叫。

妇女也顶半边天。在工地上,除了一些特殊工种,脏活、重活、危险活,郑凤先都是抢着干,哪一样也没有落下过。她个子瘦小,干活很吃力,但一干就是两个月。

一天中午,吃的是小米配韭菜。劳动了一上午,疲惫极了,大家看着碗里黄澄澄的小米、绿油油的韭菜,憧憬着能早日修成渠,过上好日子。吃着饭,说着话,忘记了劳累,忘记了辛苦。谁知道,在这短暂的宁静中,正面临着一场巨大的祸事。东姚的民工也在这一带修渠,趁中午的空隙,在渠畔的山上放炮崩石头。他们一时疏忽,没有发出警告,便把炮捻点燃了。郑凤先正在一棵椿树下吃饭,伴随着轰隆隆连声炮响,一块石头从半空中斜刺里飞来,虽然被树上的枝杈挡了一下,但还是砸在了郑凤先的右眼上。她立刻昏过去了,端着的碗甩在了一边。幸亏了那棵树,不然一条命就保不住了。大家手忙脚乱地把满脸是血的郑凤先抱到路边,用小推车一路颠簸送到了合涧卫生院。该院设备简陋,医生水平也有限,简单看了一下,止了血,消消炎,右眼不幸失明。休养了一二十天,就出院了。

郑凤先只剩下一只左眼,看东西很模糊,道路再平,也总觉得是坑坑洼洼的。她从没有以伤号自居,更没有把自己当成英雄,每天坚持在生产队里劳动,夜里看东西不行,就请求队长派她白天干活。推车、担水、锄地、送肥料、绞水车,啥活儿都干。她还积极参加了家乡的毛渠和水库建设。她小叔子当了多年的村支部书记,秉性耿直,不徇私情。而郑凤先自己也顾大局、识大体,不提任何要求。身体健康时,她觉得浑身有使不完的劲,受伤之后,上有老,下有小,感到力不从心,但她用自己羸弱的身子,硬生生挑起了家庭的重担。

郑凤先的丈夫郝天才,今年83岁。一张国字脸,虽显沧桑,却掩饰不住内在的精干、正直之气。他1958年到安钢当工人,1961年从厂里参军,到新疆阿尔泰服役,在部队入了党,提了干。所在的部队处于中苏、中蒙边界,形势紧张,三年不准回家探亲。当兵八年,夫妻聚少离多,其间他只回家一次,妻子去部队一次,连牛郎织女式一年一度的相逢也谈不到。妻子修渠光荣负伤,身在军营的他,也没能回家照顾妻子一天。直到女儿四岁时,因放心不下,经请示部队领导后,他才回家带着爱人到阿尔泰部队总医院复查治疗。军医挖开郑凤先的右眼,把受伤已经腐烂的眼球摘下来,因为受伤时间过长,加之伤势严重,医生也无能为力,只得把里面的碎石去掉,配了假眼珠,结果配上后不适应,磨得生疼,没有办法只好放弃了。医生从郑凤先的右腿上取了一根骨头,造型后填平了眼洞,又从她的身上刮下皮来,移植到眼上,从此再也没有了右眼的痕迹。在阿尔泰部队医院花了六七百块钱,当时对普通人来说,这是天文数字。部队报销了一部分,郝天才自己出了一部分。

郝天才从部队转业,又回到安钢炼钢车间上班,先后担任过车间主任、党总支书记,后来还到杨家庄矿山工作了一段时间。

郑凤先是不幸的,失去了一只眼睛,毁坏了姣美的容貌;她又是幸运的,有一个坚强的军人兼国企工人的丈夫疼她、爱她,是她避风的港湾、生活的后盾。我们和老人开玩笑,问她:"你受伤失去了一只眼睛,毁了容,丈夫有没有嫌弃你?"老人还没来得及回答,郝天才便接过了话头:"哪儿能呢,娶她时,人家可是一朵花哩。"郑凤先看着老伴,柔柔地笑起来,脸上绽成了甜蜜的笑容。

郑凤先老人共生育了四个女儿,个个聪明伶俐,还很孝顺。这不,去年冬季天还未冷,三女儿早早便把父母接到家里,享受幸福的晚年生活。

郑凤先老人一生刚强,从不向政府伸手。还是在七八年前,林州市慈善总会召集修渠受伤人员,每人发了5000元。后来还以什么名义给过1000元。红管处年底还慰问一壶油、一袋大米。低保享受了四五年,一月280元。老人和丈夫恩爱有加,生活过得无忧无虑。

我们顺便问了陈秀芹的事情,老人说知道,也见过面。陈秀芹比她早受伤的,在合涧卫生院治疗过。而郑凤先受伤后也在合涧卫生院治疗,就住在陈秀芹曾住过的那个病房。真是一对血染的姐妹花,这个巧合,更激起了我们急于拜访陈秀芹老人的愿望。

失去了右臂的陈秀芹

驱车来到小店村时,艳阳当头,已近中午。我们在路边的小饭馆里吃了一碗面,怕中午打扰陈秀芹老人休息,便在车里闭目稍待。

两点半,我们一路打听,拐进一条胡同里,见老人家的大门紧闭着,听得院子里有狗叫声。对门女邻居听到动静,开门出来,说:"老人上年纪了,一个人在家,可能还在休息,我叫一下。"

陈秀芹打开了门,身边跟着一只白色的小狗。我们怀着崇敬的心情,打量面前这位颤巍巍的老人。老人身子略显佝偻,面色憔悴。一张口,便能看到少了不少牙齿。她上身穿一件黑底红花的棉袄,有点褪色,看来已穿了很久。一节陈旧的封了口的夹衣袖筒,松散地裹着没有了右手的半截胳膊,而棉衣袖管却挽到了胳膊肘上方。下身穿一条黑裤子,左裤管膝盖下有块儿地方已经磨破。一双布鞋半新不旧,还沾了点泥土。雪白的头发向后掭着,蒙了块近乎发白了的淡黄色方巾,这种方巾显得很老式,现在已没人用了。这就是陈秀芹老人,一个让人一见面就禁不住要酸楚掉泪的老人。叫门时,我还打咯噔,老人养狗干什么呢?这时,我忽然明白了,老人一个人在家,应该很孤单,很寂寞,有只小狗,也是个伴儿吧。

老人用一只左手分三次搬出三个小椅子。椅子是铁管焊的,曾经油漆过,可历时太久,漆已经完全磨掉了,椅靠子的铁管也瘪了回去。几把椅子,足以看出来老人的艰辛和勤俭。

这是五间堂屋,两层小楼,有东西厢房,老人说是老伴儿临去世前才盖起来的,女儿女婿又简单装修了一下。我们在院子里坐下来,围着台阶前一张木头做成的旧长条茶几,随意地聊着天。那只小白狗,偎依在老人身边酣然入睡了。

我们问老人一些往事,老人缓慢地回答着。她反复念叨说年纪大了,脑子不好使,颠三倒四的,有些事记不清了。我们仔细听着,认真记着笔记,生怕丢失了什么,努力从老人的话语中理出头绪来。

老人今年85周岁,属鼠。小时候娘家穷,没有上过学。他和爱人韩普吉定的娃娃亲,20岁那年的腊月十九办了婚事。爱人属狗,比她大两岁。

1958年刚开始,英雄渠建设上马了。英雄三支渠,后来称之为红英南分干渠,就从小店村后山上通过。

陈秀芹婚后不久,也毅然上了修渠工地。此后,她略显单薄的身影开始整天奔波在工地上,抡大锤、扶钢钎、推车、铲土、抬筐、搬石头,一马当先,什么都干过,一点也不逊色于男劳力。后来一段日子,陈秀芹和她一个堂小叔子韩启明专门负责打炮眼,她丈夫韩普吉负责往炮眼里装土制炸药,再捣瓷实,还有人是专职点炮手。四月初五那天上午,陈秀芹又按时来到工地上。渠道靠着石岸,岸边有一块斜着凸出来的石头,陈秀芹就坐在石头上,韩启明抡捶,她扶着钎子凿炮眼。砸一锤,转一下钎子,并把炮眼里的碎石碴掏出来。整整一上

失去右小臂的陈秀芹老人

午,累得腰酸胳膊疼。中午吹号下工,她们回去吃饭。趁吃饭的间隙,炮手把炮逐一点着,随后便听得一阵山摇地动的巨响。下午上工后,陈秀芹她们接着上午的炮眼继续打,谁也不知道,这个炮眼里已经装进了炸药,点燃了却没有响,成了哑炮。结果老锤一砸,引爆雷管,轰然炸响。当时有很多人在渠沟里干活,幸好地方狭窄,辐射面积较小,其他人没有大碍,除了抡锤的韩启明鼻子被炸伤之外,只有陈秀芹因为右手扶着钎子,胳膊紧挨着炮眼,当即被炸得血肉模糊,昏死过去。

不远处的韩普吉听到炮响,知道出事了,飞奔过来,一看妻子倒在血泊中,抱起来就跑到了小店卫生院。卫生院条件太差,止不住血,万分危急,必须就近转往合涧。不知是谁匆忙中找了个簸箩,垫上被子,几个人抬着往合涧卫生院赶。大家心急神慌,又不敢走得太快,怕加重陈秀芹的伤势,鲜血一滴一滴洒了一路,整条棉被都染红湿透了。到合涧卫生院时,天已经全黑了,不巧的是,前边还有一个人在做手术,直到做完,才把陈秀芹抬上手术台。其实,那儿的条件也有限,医生做不了大手术,匆忙中只好把右手连同胳膊肘下方的一部分都截去了。当时陈秀芹处在深度昏迷中,全然不知。等到许久之后苏醒过来,感到撕心裂肺的剧痛,强扭过头来,一看,右手没有了,胳膊肘下面的一部分小臂也没有了。那年,陈秀芹仅22岁。

当时合涧卫生院分两个院子,门诊手术在大街里面,住院部在村子东边。做完截肢手术,医生给秀芹安了假臂假手,木头做的,然后转入住院部。可回家后,因为假手没有什么用,还磨得伤肢疼痛难忍,陈秀芹一狠心就把它扔掉了。

巧合的是,她住过的病房还保持着原貌。几年后在三井修渠时被炸掉一只眼睛的郑凤先,也来到这个病房住院疗伤。风雨当年修渠事,这也是另一种缘分了。

陈秀芹少了一只手,一开始在生产队不能干活儿,队长让她去村边撵鸡,看护麦地。因为她左手不会扔土块,跑路身子也不平衡,没有看好,队长常说她,她赌气不去了。不去,便没有工分。后来,老人去锄地,只能用右胳膊窝夹着锄把一端,左手握着锄把中间,使劲按着,然后一下一下往回搂,要比常人多付出十倍、百倍的努力,以至于胳肢窝磨破流血,生疮化脓,再结一层厚痂。她说:"要说不苦不累,是假的。我得种地,我得吃饭,我不能一辈子指望别人、依赖别人啊!"

她的丈夫韩普吉,是个硬汉子,干什么都没有退缩过,从弓上水库、淅南渠,到村后的英雄三支渠,再到红旗渠,两个月轮换一次,他一直在修渠第一线。陈秀芹做罢手术后,身体极度虚弱,站不起来,偶尔站一次,也站不稳,韩普吉就扶着陈秀芹,每天伺候她吃喝拉撒。他心地善良,但脾气不好,不苟言笑,有时还会因为琐事和陈秀芹拌嘴。出事后,他觉得没有看护好妻子,心存愧疚,什么活儿都抢着干,做妻子坚实的臂弯,替妻子分忧解愁。生产队按工分分配,他一个人挣工分,分的粮食要给父母一部分养老,余下才是两口子的。一天一个人平均几两粮食,生活过得紧巴巴的。改革开放后,分了责任田,韩普吉在大路边摆了个修车铺,帮人家修自行车,补胎,挣个小钱补贴家用。劳碌了一生,2014年腊月二十三去世,享年79岁。

我们很小心地问陈秀芹老人:"如果不修渠,就不会受伤,你后悔不后悔去修渠?"老人回答说:"从没有后悔过,我没上过学,没有文化,可我知道,这是大家的事,不是我一个人的事。渠水从村子后面流过,能浇地,粮食不缺了;水流到蓄水池里,挑水不用跑远路,方便多了。这就是咱得的利,沾的光。虽然现在吃上了自来水,不用担水了,可渠里还年年流水,一直通往东姚,为老百姓造福呢。"

最令人痛惜的是陈秀芹因为失血过多,心脏受到伤害,身体虚弱不堪,经期也断了,从此丧失了生育能力。膝下没有儿女,老两口活得很单调,很冷清。陈秀芹40来岁时,经人说合,抱养了邻村一个才两三岁的小女孩,两口子视同己出,呵护有加。他们给孩子起名叫韩拴存,这个名字用心良苦,孩子来之不易,要拴住,存住,让她好好活下去。拴存大了点,才改名为平丽。为了减轻养父母的负担,平丽初中毕业后没有再升学,早早就开始干活。她今年43岁了,爱人叫郭建方,就住在陈秀芹家。平丽非常孝顺,对待养父母,胜似亲闺女。街坊邻居谁都夸奖，说陈秀芹晚年有福气。女婿也没有一点生分，把陈秀芹当成是自己的亲人。一家人和睦相处，其乐融融。老人感慨地说："要不是抱了这个闺女，老了没人赡养，恐怕早就得去要饭了。"

我们又怯怯地问了一句："您是在渠上光荣受伤的，渠修成后第一次通水，您去看了没有，有啥想法没有？"老人顿了顿，摩挲着自己光秃秃的断肢，平静地回答说："全村人都去看了，普吉也去了，我没有去。渠通水了，大家高兴，我也高兴。可我才截肢时间不长，有时还会揪心地疼。少了半截胳膊，残废了，不能干活儿，生活困难，也没有个孩子，心里总是酸酸的。我怕那个热闹的场面，大家蹦啊，跳啊，唱啊，我真的怕受不了，真的。"老人说着说着，不觉啜泣起来，我们情不自禁，陪着淌下了无声的泪水。一个老人真实的声音，我们应该耐下心来倾听。

我们想看看老人失去右手的胳膊，老人解开缠了几圈的黑绳子，脱去裹着的夹衣袖管，露出光秃秃的残臂。我们看着，看着，心里很是伤感。老人一生受苦了，整整一个甲子轮回，21900个日日夜夜，用仅有的一只左手操劳着一个家庭，她是怎么熬过来的？一天容易，一年容易，一过就是六十年，该有多难，多难！

残疾了的陈秀芹从不向政府提任何要求，也没有享受过任何补贴。她申报过残疾证，残联鉴定为上肢三级残疾。按照规定，二级以上才能享受低保，所以老人至今没有享受过最低生活保障。在交谈中，她好几次摆摆仅有的左手："别说了，啥也别说了。以前缺吃缺穿，粗糠野菜白干土，都下过肚。现在时光比以前好多了，不缺吃，不缺穿，过得去咱就知足了。"

家家都有难念的经，陈秀芹不说，她家的经更难念。因为孩子上学，平丽要去陪护。她每周一走时，都会把五天时间里母亲的吃食备妥，一样一样交代好。老人生活虽然不便，好在适应了，还有好心的左邻右舍帮忙。平丽周末回家，收拾家务，洗刷衣被，尽量让母亲不受委屈，过得舒适一点。

有女如斯，对陈秀芹老人来说，应该是晚年最大的安慰了。

夕阳斜照，晚霞满天。采访过两位老人，归来，静坐，想了许多。

郑凤先和陈秀芹，为了修渠，为了民生大计，光荣负伤，失去了自己身体的一部分。她们是坚强的女人，也是普通的女人，更是有血有肉有情感的女人。她们原本都年轻、漂亮、健康。她们爱美，她们需要美，她们有理由追求美。从郑凤先老人用一绺白发掩盖着的没有眼睛的右眼部位，到陈秀芹老人用一条空荡荡的袖管裹着的没有右手的残肢，她们的心里，一定隐藏着难以言说的酸楚，个中滋味，谁能说得清，谁能解得开？

　　两位老人，是在渠上吃过苦有过奉献的特殊的残疾人。现在社会发展了，生活富裕了，政府不能忘记她们，人民不能忘记她们。风风雨雨都过来了，我们已步入清明、和谐与安宁的时代。但愿两位耄耋老人，一对曾被鲜血染红的姐妹花，幸福长寿，安享晚年。

（郭增吉）

生命的硬度

那是一个燃烧的时代
即使你是一根湿漉漉的柴
也会憋出冲天的青烟

生死未卜

1963年初夏,任村回山角朝西的半山腰上,红旗渠工地一派繁忙。山体高处插着红旗,隧洞南北,曲折绵延的工地犹如一条长龙。

4月的一天午后,44岁的爆破手兼安全员李虎山像往常一样,要把中午爆破后的山体进行安全检查。下午4点钟,他来到了山腰一处"鼻子洞"(一渠双洞)的西洞内,举着一根两米多长的木杆,东敲敲西捅捅,认真地查看着洞壁和洞顶。

洞内光线昏暗,仍弥漫着浓烈的炸药爆炸后呛人的硝烟。叮叮当当的凿击声从隧洞深处传来。不远处,三四个人拉拽着一辆装满石碴的平板车,颠颠簸簸地快速驶来,而担着几束錾子从外面进来的年轻人桑根生则刚好走到他身边,趁喘息的机会好奇地看李虎山检查。

这时,李虎山突然发现洞正顶上一块竹帽大的石头不对劲,待他仔细查看时,吃了一惊,他立刻对已经走到跟前的出碴民工和身边的桑根生大喊一声:"注意!躲开——躲开——"

尖厉的声音在施工的隧洞内,显得异常突兀、吓人!

桑根生，现年76岁，黄华镇马地掌村小庙庄自然村人。

"我担着铁匠炉新捻的錾往洞里送，走到李虎山跟前时，听他一声大喊，我吓得赶紧靠在了洞边。就听'呼啦'一声，一股凉气夹着尘土朝我扑来，再看时，一块圆头圆脑的大石头挟着很多碎石已经砸在李虎山身上。"缓了缓气老人又说，"要不是他喊那一声，我可能就没命了啊！"近60年过去了，老人的语气里仍然带着深深的感激。

被喝停的出碴民工也被眼前突然的事故惊呆了，醒过神来，大家七手八脚地刨，用木杠撬，从洞内抬出了血肉模糊的李虎山。

"李虎山被抬到洞口，浑身是血，一动不动。我当时还年轻，吓得不敢多看！"桑根生老人说完这句话，面露惊悸，下嘴唇不由得向两边咧开，露出了稀疏的牙齿。当年惨烈的情景仍然让老人心有余悸。

两个隧洞一个方向，相隔数米。

魏存喜和李虎山是同村近邻，当时20岁的他正在东洞内出碴。

"一听西洞出事了，李天仓带着我们跑了出去。李虎山躺在洞口，砸得不像个人样儿了。赶来的战地巡视医生给他打了一针，他才像离开水的鱼儿一样，张着大嘴一口一口地呼吸了几下。当时，医生叹了口气，只说了一句：'赶紧送医院吧！'"魏存喜老人说完，下意识地用手揉自己的腿，又摸摸身边的双拐。魏存喜老人腿疼，穿着厚厚的棉裤，行走已经完全依靠双拐了。

把出碴的平车去掉轱辘，人们用车棚把李虎山抬到了几百米下的河沟里，指挥部已经派人等在那儿了。李虎山很快被拉到了回山角工地临时医院。

当李虎山的弟弟——宋家庄连的连长李福山赶到隧洞时，他没见到二哥。他提着二哥那双沾满土和血、钉着掌的鞋，望着回山角方向，一时呆成了个石头人……

血红的残阳下，太行群峰齿列；阴影里，台壁如铁。

我要去修渠

1960年正月十四日晚上，引漳入林动员令刚宣布结束，城关公社宋家庄大队魏家庄村四个小队便一下喧闹沸腾起来。

属于魏家庄一队的庄稼汉李虎山是个倔汉子,他是在小队食堂吃晚饭时听到修渠动员令的。他找到正在拟定修渠名单的小队队长和党组长,一看没有自己的名字,就一句话:"我要去修渠!"

看着李虎山,队长一脸不解:"就你那家,能离开?"

李虎山愣着头,脸斜过一边说:"咋不能!谁说不能?!"

地处山根属于坡地的魏家庄,土薄石厚,雨水存不住,旱季来时小旱就是大旱,大旱庄稼完蛋。村民祖辈都在为水发愁。

早就听消息说上面准备修渠引水,李虎山一直暗暗憋着要去修渠的劲儿。

队长和党组长无话可说,迟疑半天,同意了他的请求。他激动得扭头就往回走。

没想到和老婆秦二妞一说,老婆死活不让去。

"你瞧瞧!你瞧瞧!能不能去?!"秦二妞指指几个孩子,又指指75岁身体不好的公公和年近70岁的婆婆,用近乎吵架的语气反问。

12岁的大闺女变英拉着3岁的妹妹变花,可怜又无奈地仰头看着吵架的父母,7岁的弟弟根立则被吓哭了。

"这是小队派的咱去修渠,咱能不去?你说,谁家没点事!?"面对老婆,李虎山隐瞒了他去找队长的事。

回头李虎山又对着灯光暗处的大闺女说:"放学了就回来,替你娘看弟弟妹妹!"

秦二妞想去找队长,可谁都知道队里决定的事,差没二派。她抽泣着走到院里,摸黑坐在一块石头上。李虎山过去抚着老婆的肩头,轻声说:"全县都要去修渠,今天咱不去,明天也得去!况且咱也不能给老四拖后腿啊!"

李虎山四弟李福山在宋家庄大队当副支书,明天一早就要领着几百号民工去修渠。

拗不过倔丈夫,秦二妞不说话,只是抹眼泪。黑暗里,李虎山紧紧攥着老婆的一只手,手心都浸出了汗!

第二天天不亮,李虎山寻出炕洞里那双钉了掌的布鞋塞到铺盖卷中,又把舍不得用的那张铁锨拿出来,从其他农具上褪下一根结实光滑的木把儿,锨尖朝上,在院里的引路石上"咚——咚——"地用力蹾紧。那声音夹着钢铁的颤音,在冷扑扑的黎明里格外响亮,像壮士出征的礼炮,在院落间回响。

在小队的食堂吃过早饭,把路上当干粮的两个糠窝包好,李虎山回家用锨把儿挑起铺盖卷,扛在肩头,扭头看一眼一直瞅着自己的老婆,心头一酸,头也不回地消失在街道的呼喝声里。

村子里的魏文吉、李来生、魏凤先、李贵生以及其他几个人,把行李驮在五六个牲口上,人则挑着箩筐,推着锅碗瓢盆,背着钢钎、大锤,一面走出石头墙的胡同巷子,一面互相呼叫着名字,逐渐形成一支小队伍,向宋家庄大队集中。然后,二三百人的队伍在李虎山四弟李福山连长的带领下向城关公社集中去。再后来,更大的一队人马便行进在去往山西漳河河谷的路上。

李虎山满怀对水的渴盼,对生活的希冀,映着曙色的身影在村头的土路上一点点变小,最后融进了蜿蜒向北、气势决绝的洪流当中。

"战天斗地,愚公移山;重新安排林县河山!"沿途写满了豪壮的标语。

千年缺水的林县人,一经登高一呼,就再也不能等下去了。

而等待他们的将是与太行红崖的殊死较量。

开山猛虎

李虎山他们是天黑的时候才赶到豫晋接壤的南平村,然后才到山西西丰的。

四周漆黑,荒山野岭,还下着小雪。宋家庄连二三百人又饥又累,晚饭也没吃。扫开山上的雪,找个背风的山崖,相互圪挤着,熬过了寒冷的第一夜!

同村和李虎山一起去的今年77岁的老人李贵生说:"第二天起来,用雪搓搓脸,扫开山上的雪,二话不说,我们就干开了!"

李贵生他们年轻,分在了打钎队;李虎山年龄大,做事沉稳细心,被分在了爆破组,当了爆破手。

爆破手是最危险也是最讲技术的活儿。每天捻炮捻儿、装药、点炮,侍弄的都是危险的雷管、炸药。一天两次点炮,每次都要点几十个。中午、傍晚一下工就是爆破手最忙的时候。

特别是中午,12点收工后吹戒严号,禁止人员在山下走动。有人在两头摆小红旗,爆破手就在山上盯着。头次摆,是准备信号,再摆,接着吹点炮号,爆破手就要点炮了!

点了炮,爆破手就要按照预先选好的路线赶紧躲到避险洞里,腿脚必须麻利。

所谓的避险洞,就是爆破手躲炮的地方,在附近的山崖上挖个小洞,再用石板挡住口!

爆炸中,躲在避险洞里的爆破手都要仔细分辨,在心里默数自己的炮响了几个,等最后一炮响过半小时后,他们才能走出避险洞,直到确认完全起爆了,工地才会吹响解除号。

一个山崖好几百米长,连环炮一响,惊天动地,烟尘弥漫,巨石挟着碎石滚下河谷。

"好家伙!那场面厉害啊!一半山就下来了!"李贵生老人双手有点颤抖地举在空中,然后用力往下一按,就不动了,好像这崩塌的半架山是他摁下去的!

哑炮处理是最危险的活儿,必须是熟练的爆破手。宋家庄连队处理哑炮都派李虎山去。每次他都安全、圆满地完成了排险任务。

捻炮捻儿,就是把导火线起头的一段慢慢解开,把里面的火药去掉,再捻在一起,目的是为了延缓导火线的燃烧速度,节省导火线。去掉得越长,燃烧的时间就越长。几十个炮,凭着经验,爆破手会用炮捻儿的长短来控制爆炸的时间和先后顺序,为自己点完所有炮并躲到避险洞留下一定的时间。而装药的多少,爆破手会根据岩石、山体、爆破量等情况凭经验而定。

一开始的时候,李虎山当爆破手经验少,就差点出了大事。

那次,是李虎山和魏文吉一起点的炮。

由于经验不足,没有对要爆的岩体估计透。炸药装多了,封口就浅了。等炮一响,结果"撒了碴",碎石飞起很远,一个小石子砸到一个民工头上,出了血。

这可不行,要是石头再大一点,还不要了人命?工地对爆破手的管理和要求十分严格,装药既不能多也不能少,既要炸开岩体还不能大量"撒碴"。

组长魏永吉虽说和李虎山是一个村的,却六亲不认,那顿饭没让他俩吃,直接在吃饭现场进行了"讲理",也就是批斗处罚。

李虎山没有争辩,一声不吭,忍着饥饿的肚子,咬着嘴唇,瞪着红崖,暗暗下了狠心。

从此,每一炮装多少炸药,炸成什么程度,从哪儿打炮眼,导火线一分钟能燃烧多长,炮捻儿捻成什么样儿又不熄火还能按时爆炸,李虎山都进行了认真琢磨、测算。每次爆破后,李虎山都要亲自查看爆破效果,并前后对比,以纠正下次的做法。小炮要装几百斤炸药,大炮或者老炮就要装上千斤甚至好几千斤。

封炮口也是一项细致活儿,装药、捣固严禁用铁器。李虎山更不敢马虎。封口时黏土的干湿程度,封层的高度、厚度,捣固的轻重,特别是雷管周围捣固,要特别小心。

平炮、立炮、药壶爆破、小炮修边、边凿眼边扩孔的"烧炮",还有抽芯炮、排炮、坐炮、老炮等等,每一种炮从装药到封口,再到起爆的先后都会对爆破效果产生很大的影响。李虎山通过学习、讨教,对每一种炮都了如指掌,运用自如。

李虎山经手的爆破每次都利落干净、安安全全,且达到了爆破的预期效果,为工地节约了不少导火线和炸药,受到领导和民工们的交口称赞。

逐渐,李虎山成为宋家庄连队爆破组的爆破能手!成为一只开山猛虎!

"你硬,我比你还硬!你硬,能硬过我的雷管、炸药?"

红崖轰然爆开,渠道在峭壁间显现。最硬的太行红崖低头屈服在了李虎山脚下。

"李虎山是个有心还细心的人啊,从此以后,再也没有听说他点炮出过啥事,一直受到连队表扬!"李贵生老人说到这儿,浑浊的眼里现出佩服的光,"我是1960年那年秋天从渠上回来的,李虎山不愿回来,一直在渠上点炮,崩山!"

为了不影响生产队种地,指挥部采取几个月一轮换的方法,交替派出民工到总干渠修渠。有的民工为了早日引来漳河水,轮换时不愿回去,犟着不走,就又留了下来。

李虎山就是这样留下来的人!

他知道,拿着简陋工具的人们对付坚硬的红石崖离不开爆破。

红旗渠总干渠是最艰难、凶险的工程,渠道修在陡峭的悬崖绝壁上。李虎山和宋家庄连的修渠人一样,为了早日喝上漳河水,忍饥挨饿,住窝棚、睡山崖,遇沟架桥、逢山凿洞,放炮崩山,不讲条件,没有怨言。

到1962年10月,红旗渠总干渠一、二、四段工程相继完工。宋家庄连队在最艰险的谷堆寺、鸧鹆崖、木家庄、坟头岭等地段攻坚,彼时已锻炼成整个红旗渠工地响当当的"钢铁连",后来宋家庄连还被评为"特等模范连"。身材高大的李虎山始终是"钢铁连"里专门碰硬的一只铁拳。

1962年10月20日,红旗渠总干渠第三段工程(木家庄至南谷洞段)开工。总指挥部移师任村西北的回山角。

爆破手李虎山又随着修渠的宋家庄连来到了任村回山角对面的石界村住下。

石界村人口不多,坐落在山脚下。红旗渠总干渠从村西的山腰经过,在南边跨过露水河,又弯转到东面回山角的山腰上。

李虎山仍是爆破手,只是最大的一个责任变成了巡视工地的安全。每天上工要比大家早,下工却要比大家迟。

爆破后,到处都是松动的岩体,浮石经常坠落。整个修渠所伤亡的人员大都是由塌方、滚落的石头造成的。新近轮换过来的农民很多没有安全意识,在这样陡峭的山腰上修渠,危险时刻威胁着每一个民工。

除了巡视安全，晚上组织民工学习，增强安全意识，李虎山时常还拿铁挠钩、木杠或拿一根长钢钎，在松动的岩体上除险。

而除险也是异常危险的工作，既得胆大还得心细。即使这样，李虎山还是经常被无法躲避的碎石砸中。

"我们拱洞的回山角，土搅着分化的石头，危险时刻都有啊！就是这个原因，上面才把这儿的隧洞设计成跨度小的鼻子洞，就和山西王家庄的隧洞一样。谁知道，还是出了事！"魏存喜老人说完神色黯然。随后老人又扳着手指回忆着当年石界的工友："小楼庄的高有金、俺村的魏伏全……"

生死之间

李虎山被石头砸住，生死未卜。

但这件大事，却一直瞒着老婆秦二妞。上面怕家属一下承受不了。

工地临时医院说是医院，其实就是回山角的几间水磨房，设施、条件极其简陋。

李虎山右腿多处骨折，且失血严重，一连几天昏迷不醒，再加上内脏受伤，大小便失禁，医生摇摇头对上面说：估计不行了！趁着还有口气，让他回家吧！

指挥部通知大队：来几个人，把李虎山抬回去！

魏家庄四个小队，每队派了一个人去抬。

李贵生老人："我和魏老才、魏文喜几个人走了多半天才到了回山角。到那儿后，谁知道李虎山醒来了，哭着要留在渠上！第二天，我们空手回来了。上面还让我们保密，不准给家属说！"

其实，那时候李虎山还处于半昏迷的癔症状态，说话前后不搭，把打针的护士叫成了本村一起来修渠的年轻媳妇合花的名字。

为啥李虎山醒后哭着不回家，也许是模糊的意识中想在那儿继续治疗，也许是不想离开修渠工地，想伤好后继续修渠！其中究竟我们不得而知。

这期间，指挥部直接把李虎山送到了安阳十三医院。

但秦二妞得知丈夫出事,已是李虎山在安阳住院十多天后的事了。谁都清楚,安阳十三医院是解放军医院,收治的都是重症伤员。

这不啻于一个晴天霹雳。老老小小一大堆谁来养活啊!秦二妞一个女人家陷入了极大的恐惧和不安之中。

坐着上面给安排的汽马车,随着石子土路的颠簸,挎着一个大包袱的秦二妞成了个摇摇晃晃、没有思维的木头人。

当第一眼看到浑身纱布绷带的丈夫时,她再也抑制不住了,嘴唇哆嗦着,鼻涕眼泪直往下流。丈夫打着石膏的右腿直直地挺在床上,吊着的药液正通过输液管一滴滴地流入身体,一条导尿管伸出被子,接在一个搪瓷便盆内……

李虎山扭过缠着绷带的头看着老婆,忍着剧痛,蜡黄疲惫的脸上明显带着安慰老婆的微笑。

命是保住了!

但没人知道,这段时间李虎山是凭着怎样的毅力从死神的怀里挣脱出来的。

当巨石突然落下时,李虎山来不及躲避,上身本能地一闪,巨石将他压倒,直接砸在了右大腿根部,还伤及了部分内脏,导致大量出血。

多处骨折的右腿在医院进行了接骨手术,打着石膏和绷带,每天只能直板板地躺在床上。这让正值壮年的李虎山很不适应,心里异常烦躁。而让李虎山最害怕的是大小便了自己都不知道。

二妞擦屎端尿,认真伺候着李虎山。每每看到李虎山咬牙咧嘴忍着剧痛,大汗淋漓时,秦二妞总是背过脸,偷偷抹泪不敢看。医院当时还允许家属做饭。秦二妞每天尽量做些有营养的粥饭,一勺一勺地喂。而李虎山内心忐忑,他不知道自己啥时候才会好,还能不能再去修渠、种地。

四五十天后,李虎山从安阳转院到林县人民医院继续治疗。

毛驴拉着,不能动的李虎山躺在一辆汽马车上。

转院时由于剧痛,导致李虎山产生了语言障碍,说话不清!

李虎山68岁的侄子、李福山连长的儿子李本立说:"据我三大爷(李贵山）说,由于是土路,坑洼不平,我二大爷不说疼痛难忍,却抱怨汽马车晃荡,嘴里一会儿说一句'咣当当!'别人问他说的啥,他就又重复一句'咣当当!'当饭后别人问他吃好了没有,他说:'极(吃)美了!'"

从此,村里街坊间,李虎山就有了个凄美、诙谐的外号"极美了"。

在林县人民医院的病床上,李虎山就想渠上的事,想水啥时候流到自己的家、流到自己小队的地里。他想自己每一次的捻炮捻、装药、点炮。想山体爆炸时作为爆破手的他曾多么激动和自豪。他还扭过头和槐树池村修渠受伤住院的人说话,他用这些来打发时光。

如今73岁的李虎山大闺女李变英虽然对渠上的事不太了解,但对当时家里的情况记忆犹新:"父亲出事后,为了替娘分担,我不得不谎称有病,退学了,从此再也没有上过学。俺娘去安阳伺候俺爹,我当老大就在家拾柴,给老人和弟妹们做饭。"

在林县医院时,李变英坐着叔叔李福山的自行车经常替娘去伺候,让娘回来给全家缝补拾掇。

就这样,1964年的春节,饱受伤痛折磨的李虎山和老婆是在医院里度过的。

直到临近夏天,病床上躺了一年多的李虎山才出了院。

生命的硬度

爆破手李虎山再也不能去修渠了!

他被人扶着从汽马车上下来,勉强挂着双拐走进家里时,仍然是小便失禁,右腿膝盖一直到臀部,手术刀口缝得密密麻麻,把皮肉揪得变了形。

右腿成了一条不能弯曲走路的"直棍儿"。

一开始,还没有调养过来的李虎山骨瘦如柴。每天都是躺在炕上,吃饭、上厕所都得人帮助。

可李虎山还是改不了他那"硬"脾气:"恁硬的红崖咱都不怕,我就不信,这会难倒咱?!"

吃饭,他固执地不让别人喂,把僵直的右腿放在床边,斜靠在被子上吃。

走路,他尝试着双拐儿变成拄单拐,这样就能腾出左手来干活儿。

上厕所,他故意不叫别人帮助,右腿僵直蹲不下,扶着墙半蹲半站着如厕,夹着拐儿单腿立着系裤带……

不知吃了多少难言的苦头,几个月后,他习惯了自己的生活!

李虎山大闺女李变英:"一开始,俺爹不管去哪儿,俺娘都要暗中指使我们姊妹,偷偷在后面跟着,生怕他一时想不开,做出傻事来。到后来,他一拐一拐地出去和邻居们一起吃饭、说笑,我们才放心了。就是俺爹右腿不能弯曲,坐到哪儿都占地方。"

为了对付小便失禁,李虎山把猪尿脬绑在僵直的右腿根,再在尿脬下面插一根指头粗的输液管,捆在右腿上,一直沿裤腿顺到脚跟处。李虎山只要在哪儿站一会儿,右脚跟儿地上就会湿一片。后来,有了计划生育的避孕套,才不用猪尿脬了。可是,时间一长,贴着肉的地方都给捂烂了,钻心地疼。李虎山咬着牙,不吭一声。

裤裆不干,身上有尿臊味,街上的人和他说话时总要保持一段距离。

李虎山今年63岁的二闺女李变花说:"夏天还好,冬天就难了。裤子裆部冻成了铁疙瘩,走路都难。俺娘要准备六七条棉裤,让他替换着穿。阴天,用烸篓烸,屋里时常一股尿臊味,很难闻。床上的棉被和铺的,被尿渍得烂成了一个个大窟窿!身上穿着的裤子泛着碱花,被尿渍得僵硬,洗的时候得反复揉搓才能变回原先的柔软。"

就是这样,李虎山从不把伤残当成自己炫耀的资本,也从没向队里提过任何要求。但大家都看在眼里。

那时候,国家还很困难,为了减轻李虎山一家老小的生活压力,经宋家庄大队研究后,决定让魏家庄一队每年给李虎山记360个工分作为补助,让李虎山一家吃到当时社员的口粮平均数。

对于这样的照顾,李虎山很感激,也觉得自己不应该:"咱不能白挣工,总得做些力所能及的活儿!"

在他的一再要求下,他拄着拐到村西通往山坡的路口执勤,当护林员;到村边的"鸡嘴地"撵鸡,护夏、护秋;庄稼下来,夜里麦场巡夜,都是李虎山的事。村里村外,黎明的曙色和傍晚的黄昏里都有李虎山一瘸一拐艰难走路的身影。

红旗渠工程到最后"长藤结瓜"阶段时,魏家庄村西南要修回龙湾水库(后改名为批修水库),1974年左右水库基底施工,李虎山拄着拐到工地去喊夯。

李虎山似乎又找到了当初修渠的感觉,好像又找到了红崖轰然爆开,翻滚着坠入山谷时那个激动、豪气的自己。面对着一圈圈抬夯的人,李虎山用自己随口编的夯歌斩齐所有人的行动,指挥着抬夯:

抬夯好比那打豺狼的哟!

抬不好饿狼要咬人的哟!

谁要是抬夯不操那心的哟!

咬住你你就要受那疼的哟!

每喊完一句,抬夯者都要在一声"嘿——哟——"的应和声里,抬起沉重的石夯。

石碡是更大、更重的石夯,抬的人更多!李虎山喊起来更用力!胳膊夹着拐,双手还做着用力的手势:

石碡砸地震天地响欸!

水库打底要打实在的欸!

修水库是为了咱子孙的欸!

打不好水库底要留祸根的欸!

沉重的石碡在夯歌节奏的指挥下,被人们用力抬高,再轰然砸下!

嘿——哟!嘿——哟!几十个抬夯者深沉、粗犷、原始的应和声伴着石碡撞击大地的沉闷声响,在红旗渠畔回荡!李虎山用吼声释放着自己体内憋了多年横冲直撞的力量。

这是一种硬度对另一种硬度的撞击、对抗!

这是不屈如铁的生命对生活发出的铮铮强音！

几年后水库建成,李虎山夫妇就吃住在水库北边荒凉野外的两间小房内,成为水库日夜的守护者。每天拄着拐儿巡视水库周围,赶走那些冒险的游泳者和那些好奇靠近的孩子,拔除库边的荒草。干旱时节各队浇地,他负责开闸放水。库里水不多了,西边的红旗渠水闸一开,哗哗的渠水就流进了巨大的圆形水库,激起的波纹一圈圈荡满整个水面。

闲了,李虎山夫妻就爱呆呆地盯水库里这些漾动的波纹,就爱看水库、红旗渠里映着的粼粼阳光,好像他俩永远也看不够这荡漾的水,好像这水的波纹和阳光里有无尽的秘密⋯⋯

1977年春末,老婆秦二妞患胃癌辞世后,李虎山仍然独自坚守着水库。

1979年秋后,李虎山开始感觉浑身无力,卧床半年后于1980年正月廿四日辞世,享年61岁。死后,李虎山葬于距红旗渠一干渠不远的山坡。

这个当年修建红旗渠的硬汉子,没留下任何照片和遗物,以至于我们现在只能依靠想象来重塑这位修渠英雄的仪容。

如今,开山的隆隆炮声已经远去,硝烟已经散尽。一条孕育了共和国创业精神的大渠蜿蜒在太行山陡峭的山腰。

无数方正的红色山石砌成这条蜿蜒的大渠,而无数红崖般坚硬的生命铸成红色精神的基石！

静静的红旗渠水从铁汉子李虎山身边缓缓流过,滋养着林州的广阔田野,润泽着林州的每一株庄稼、每一棵草木。

站在魏家庄村西整洁漂亮的渠东路,向东,眺望低处的林州大地——

此时,金色阳光照耀的美丽乡村和城市正是当年修渠人浴血奋斗的憧憬！

此时,大地草木葳蕤、庄稼丰收的景色正是当年修渠人浴血奋斗的梦想！

而回首太行,丹崖如血,大山如碑,巍峨入云。

（刘俊生）

爬过命运的坎

引 子

每一件重大的历史事件,总会诞生许多无名的英雄。他们像大海的浪花一样,闪亮地一跳便消失得无影无踪,平静得让人忘记了波澜。十年磨一剑的红旗渠工程,献身了81名勇士,还有众多鲜为人知的伤残人员。他们不享受任何待遇,不给国家和政府添些许麻烦,默默地委屈着自己,奋斗着时光,直至生命终结。

灾难降临

1958年春,林县决定兴建要街、弓上、南谷洞3座中型水库,这既是"蓄住天上水,拦住过境水,引来境外水"的具体举措,更是长远设计。

后来,弓上水库通过英雄渠可把水导入红旗渠,成为红旗渠的补源工程。

到1960年,拦河大坝的建设迫在眉睫。库区指挥部经实地考察后确定了五个采石点,其中火焰山采石点是最大的一个。为了加快工程进度,采取夜间放炮、白天运石的办法。原康公社柏尖沟大队的赵崇明和侯长聚作为正副炮手编在一个小组。

那时候群众兴修水利的积极性空前高涨,"愚公移山,改造中国""誓把河山重安排,敢教日月换新天"的标语口号铺天盖地。当前一组的炮响后,赵崇明和侯长聚迫不及待地提了马灯看石窝的爆破效果,以确定第二天的炮眼位置。这时一个炮响了,走在前面的赵崇明被震得血肉模糊,紧急送到县人民医院抢救。一个月后,尽管保住了性命,但他的两只眼睛成了枯瞎。那年他28岁。

坚强生活

从活蹦乱跳的青年变成四周一片漆黑,上厕所都需要人帮助的残疾人,赵崇明想到了死。凭健全时的印象爬到了麻地沟自然村西的悬崖边上,但还是被父亲追到了。父亲抱着手脸被荆棘刺得鲜血直流的赵崇明号啕大哭,哀求说:"咱是为修渠崩瞎眼睛的,咱不丢人。你不能死在我前面,否则外面人会笑话咱不通大理。"

可第二年,积劳成疾的父亲便过世了。后娘带着他的四弟回山西省壶关县树掌村去了。四弟是后娘的亲生儿子。

俗语说:"死过一次的人无所畏惧。"经历过天灾人祸、爹死娘走后的赵崇明反而坚强了。为了生存,他摸索着自己烧火做饭,扶着墙自行上厕所。他把自己的听觉、嗅觉、触觉发挥到了极致,甚至能搬了梯子上到门楼顶去晒切好的红薯片。

他让两个哥哥在家门口安了一个碾盘,凡是需要粉碎的粮食都由他碾碎,他会在簸箩里架起箩筛,把玉米面和玉米糁分开。

南屋的两间浑石垒成的"炮楼",按父亲的遗嘱归他所有,理由是"百年不倒"。

但生活总需要开支,他便通过亲戚介绍到邻村的老"瞎先生"处学会了算卦和弹唱本领。算卦属于封建迷信,他又干起了只允许盲残人做的小货郎生计。用自制的竹板"当,当当"敲三下,而后高喊"卖钢针、眼药、黑白线啦……"每件都是几分钱的利润,一天下来的收入能达到块儿八毛钱,这在当时是一笔不小的收入。

盲人的生活格外艰辛。出了村便不能保证一天一回家,他拉着板胡给村民唱在工地学到的《东方红》《大海航行靠舵手》《三大纪律八项注意》等歌曲讨饭吃。尽管那时物质生活极度匮乏,但民风淳朴,用他的话说"稀稠能吃饱,好歹是一顿"。晚上多在小队的场房过夜。当然夏天少不了蚊虫的叮咬,冬天会冻得一夜难眠。从一个村转到另一个村时,时常中午吃不到饭。

到大哥赵崇山的三儿子赵随林结婚时,他已近五十岁。大哥履行对父亲许下的诺言,把侄儿过继给他。也算是苍天有眼,侄儿和侄儿媳都极为孝顺,他们坚决不让三叔再过风餐露宿的生活了。

静淡晚年

农村实行家庭联产承包责任制后,年过半百的赵崇明"不当闲人白吃粮"。农忙时一吃早饭便嚷嚷着让侄儿带他到地里,他能摸索着割麦子,中午嫌误事不回去,侄儿只好把饭捎到地头。晚上推了麦子回去时,侄儿就在车后拴一条长绳让他拽着,及时提醒路面的高低。到上坡时,老赵就用两手推着侄儿的胯部。秋天的玉米棒子收回家,老赵会不分白天黑夜赶着编成长长的玉米串子,让侄儿吊到房外屋檐下。

那时村上有一个罐头厂,老赵硬是叫侄儿买回一个踏板式捅核机,慢是慢了点,但经他加工的山楂一直是免检产品。为了多挣点线,老赵时常加班到深夜。

村里免除了他的义务工,但一听到大队广播征收农业税、农林特产税、乡统筹、村提留等"四税六费",老赵总让侄儿第一个把钱送到村委会,用他的话说"国家的钱咱不能欠"。

根据国务院和河南省农村五保供养的有关规定,2005年7月,林州市民政局给他办理了农村五保供养证;2009年8月安阳市残疾人联合会给他审批了残疾人证,类别为盲残一级。经济的发展加上对修渠伤残人员的重视,从2005年起,林州市人民政府每年发给他定额医疗费。他逢人便说国家没有忘记他们。

2010年,是红旗渠通水45周年。为了弘扬红旗渠精神,铭记当年的修渠人,6月13日,林州市慈善总会、民政局和红旗渠灌区管理局向40位红旗渠伤残民工每人发放了5000元慰问金。这时的赵崇明已油尽灯枯,当侄儿媳俯在他的耳旁把这个消息告诉他时,处于弥留之际的他奇迹般地从早已干瘪的眼里流出了两行浑浊的泪水。这泪水沿着鬓角直达脑后,久久不干。

三天后,赵崇明溘然长逝。

尾　声

赵崇明过世十周年后,作者采访了七十岁的赵崇明的侄儿赵计林。赵计林有很严重的耳聋症,只是一提到他的三叔便两眼放光,连声说:"他是个苦人,也是个好人。他不让给别人说是修水库崩瞎了眼睛。一辈子没给国家添麻烦。"

"他看得开,啥活都干,是我父亲四兄弟中活得最大的。"而后领笔者到至今仍舍不得掀掉的石碾边讲他三叔的故事。

在县城,笔者见到了过继给赵崇明的侄媳郭富英。说到三叔,她便两眼含泪,哽咽道:"我出来就是为了不再想他。在家里一看见他住的炮楼,会感觉他还活着,还像陀螺一样地转着。"

当年与赵崇明一起在弓上水库做活、现年82岁的本村村民李随先说起赵崇明:"俺就没见过这么倔强的人!"

落霞时分,随行人员边走边感慨:"这真是一个善良到让人窒息、坚强到令人战栗的奋斗者!"

(罗文彬)

风门岭下

郭庄村口往西三百米处,建有一座小亭,石柱、石碑、石顶、石栏杆,碑体硕大、碑文翔实,里面重墨书写了一支英雄的队伍——风门岭反修隧洞专业队。红旗渠水就是在此地钻山穿洞从深山流进了深山,浇灌了贫瘠的土地,挽救了贫穷煎熬的山里人。

前仆后继为修渠

山里人苦啊,吃水难,庄稼收成要靠天,十年九旱的林县人不愿再苦苦挣扎,"宁愿苦干,不愿苦熬;宁愿流血,不愿流泪。"为了把两三公里外的渠水引过来,魏家庄大队决心要在风门岭上开凿一条两千五百米长的钻山隧洞把渠水引进来。为了加快进度,扩大工作面,需要在山顶开凿十五眼竖井,最深的竖井有七十七米之深,在技术条件落后,生活条件困窘的当年,工程难度之大,任务之重,可想而知。

刘朋英的二姐刘先英是共产党员,也是队里的妇女主任,她发现井下劳力不足,进度缓慢,看在眼里,急在心里,便报名下井和村里的男人们一起打平锤、钻隧洞、出石头。在她的影响下,村里的姑娘们也不甘落后,纷纷报名下井劳动,掀起了"家家参与,人人参与"的修渠热潮。

风门岭山高石头硬,隧洞工程困难连连,积水、塌方、硝烟是工程中的三大难关,不时在为难着这群为梦想而战斗的修渠人。当时民间流传着这样一句话"自古山神坐风门,谁闯风门谁要命",但这在倔强、执着的林县人眼里又算得了啥。

刘先英见弟弟刘秋才初中毕业，身体长得壮实，就鼓励弟弟说，"你看咱渠上缺人手，进度也得赶，你甭上学了，跟姐姐到渠上干吧，争取早日完工通水。"秋才虽然年纪小，但眼看着姐姐、邻居们都在修渠，为通水整日忙碌着，早已摩拳擦掌，跃跃欲试，一听二姐这样说，高兴得满口应承。

刘秋才到了渠上，吃苦耐劳，勇挑重担，从学推小推车开始干了起来。开始小推车在刘秋才手里歪歪扭扭，时不时地就倒在地上，甚至翻进了沟里，年长的大叔们告诉他一句顺口溜"推车不用学，全靠屁股活"，聪明的秋才通过勤奋练习，很快地掌握了推车的技巧，他又肯卖力，在修渠工地上逐渐成为了一把好手。

由于施工的竖井很深，每次放过炮后，浓烟短时间内排不出去，这就需要有人冒着中毒的危险下井，用衣服把烟赶出来。在一次下井施工前，刘秋才在井口拦下别人，抢着说："我年轻，下井利索，让我下去赶烟吧。"谁知这一下竟成永别，刘秋才被井下未散的硝烟呛倒，献出了十七岁稚嫩的生命。

一家人悲痛欲绝 英雄有泪 英雄不哭

村口渠边的石碑上有这样几句话："人民群众胜山神，当代愚公闯风门。千难万险何所惧，誓牵龙王进山村。"刘家人和村民擦干眼泪，绝不退缩，继续苦干。1972年，少年刘朋英也十六岁了，渠上依然缺人手，二姐拉着刘朋英的手，心怀忐忑地说："朋英，你二哥走了，他没有完成的任务，你敢接着干吗？"

刘朋英虽然个子不大，但生性倔强不服输，她头一昂："二姐，别说了，我愿意去！"爹娘心有不舍，更心存大义，修渠需要人啊，谁家的娃不是娃？老母亲眼含热泪，转身进屋找出刘秋才曾经使用过的垫肩，郑重地交到了刘朋英稚嫩的手上。姐姐把她带到了风门岭上的井口，指着井口说，"井里很深很黑，你怕不怕？"

刘朋英骄傲地笑笑："放心吧，姐姐，我不怕。"系上绳套，就下井去了。后来队里看她年纪小，安排她开绞车，查安全。在井下刘朋英总是抢着干这干那,熟练地检查设备,叮嘱大家注意安全。她干活儿麻利干脆,说话爽朗,眼里有活儿,在渠上,提到刘朋英,人人都竖大拇指。

从刘朋英家里出来,她和老伴儿、女儿带我去看村边的纪念亭。渠边的石碑上字迹模糊,但我找到这样几个字:风门岭反修隧洞专业队为"前仆后继专业队",刘家三姐弟的感人故事在当地、在渠上广为传颂。"前仆后继",是感念三姐弟感人的接力与传承,是对三姐弟的最高褒奖。

因公致残意志坚

刘朋英和铁姑娘队的姐妹们在渠上干起活儿来,不知道什么叫苦,什么叫累。竖井有七十多米,隧洞只有一米多高,地下还有积水,刘朋英和社员们只能弯着身子行走。在洞里刘朋英总是或蹲或跪,扶钎抡锤,从不叫苦喊累。当时她只有一个信念,争取早一日把隧洞凿通,早一日把水引过来。三干渠反修隧洞建成以后,由于刘朋英在渠上的出色表现,被选为"红旗渠建渠模范"。

1977年8月,国家派一个水利代表团出访罗马尼亚,刘朋英代表林县修渠人参加了出国访问学习。代表团到北京后,刘朋英还受到了原林县县委书记杨贵同志的亲切接见。杨老书记见到林县的修渠人,非常激动,紧紧地握住刘朋英的手,眼里都含着热泪。杨老书记心里还是惦记着万千林县人民的生活、生产,问东问西,民间疾苦总关情。最后叮嘱她出去后一定要好好学习,回来好好建设自己的家乡。

回国后,省会有多家单位挽留刘朋英在郑州工作,但她牢记老书记的殷殷嘱托,毅然决然地回到了家乡。组织推荐刘朋英到公社氨水厂工作,工作中她还是当年铁姑娘的性子,干什么都抢在前头,上山采石,排除哑炮,她都当仁不让。

当年采访过刘朋英的河南日报记者袁漪再一次见到了她,袁记者装作不经意地问:"朋英,如果现在领导让你回村参加治山治水专业队,你愿意回去吗?"刘朋英毫不犹豫地回答:"我去,我愿意去,我很想去。什么时候去?"

她那种发自内心的急切之情,让袁记者再一次坚信:我心里的这位铁姑娘一点儿都没有变,还是原来的"铁姑娘"。

1978年,在一次采矿钻洞施工结束撤退中,工友们喊她一起走,刘朋英像往常一样对工友说,你们先走,我收拾一下工具就走。不料洞中突然发生了塌方,眨眼之间刘朋英就被掩埋在乱石之下。当工友们把她救出来时,发现她不省人事,一条腿和一只胳膊已经血肉模糊,受伤严重。经过医院六七个小时的抢救,刘朋英的命是保住了,但永远失去了一只胳膊一条腿。

一个年轻的未婚姑娘,失去了手和脚,刘朋英能经受得起这样的打击吗?身边的亲朋好友,村里的邻居们,所有认识刘朋英的人都在关心着她,也关注着她。袁漪记者听说发生事故后,虽远在省会郑州,也深深地担心着刘朋英。但不久后有人给袁漪记者带来消息:刘朋英果然是个好姑娘,虽然拄着拐棍,却依然乐观、坚强,不愧为当年的"铁姑娘"。

1979年邻村郭庄的郭扶生喜欢上了这个顽强、上进的好姑娘,和刘朋英组建了家庭。刘朋英安装了假肢。婚后俩人共同赡养老人,抚育子女,贫苦日子也逐渐充满生机。刘朋英虽然身有残疾,却心灵手巧,热心助人。农闲的时候,常常给邻居大娘、小媳妇儿、姑娘们理发,她还会打毛衣,因为手艺好,还经常作别人的老师,教一些新花样呢。这让我有点吃惊,这怎么能够做到?刘朋英看我疑惑,亲自给我比画了几下,我暗暗佩服,心里不禁又多了几分崇敬。

刘朋英说,党和国家给了她很多关心和帮助,定期免费给她更换假肢,并安排她到镇里的敬老院工作。工作中,刘朋英依然尽职尽心,扑下身子抓卫生、搞管理,帮助照顾老人生活起居。

刘朋英这种共产党员的无私奉献的品质,面对困难挫折的顽强精神,不就是我们的红旗渠精神吗?这一切,耳濡目染,深深影响了她的女儿郭明明。

我采访约郭明明的时候,她说真不巧,他们展馆的同事们正在一位传统文化老师家里帮忙掰玉米,于是我们把见面时间改在了晚上。当明明匆匆赶来的时候,由于事先翻看过她的朋友圈,我居然一眼认出了她。她穿一件漂亮的裙子，得体又大方，我夸她好看，她腼腆地笑了，说她和妈妈都这样，爱打扮，爱漂亮。

郭明明告诉我，她经常忙碌在任村镇的"红色文化代代传"的展馆里，学习红色文化和红旗渠精神，组织并参加各种宣传活动。郭明明给我讲了很多修渠的感人故事，也讲了现在的工作和美满的生活。

清清渠水悠悠流淌，红色文化代代相传，一代又一代的林州人在红旗渠水的滋养下，在红旗渠精神的鼓舞下，精神百倍，动力满满。

如今，林州山清水秀，城区像花园，乡村像景点。当年我们全县人民倾尽全力，流血、流汗，奉献青春甚至生命修建红旗渠，不就是为了追求美好的生活吗？不就是为了今天的幸福生活才奋斗的吗？看着眼前的修渠后人，望着七一广场上跳广场舞的人群，我心里暖暖的。

（申晓芳）

真情见证

  红旗渠既是精神长河,又是流淌真挚情怀的长河。

  刘合锁那"扑通"一跪,天地为之动容。

  "他乡"变"故乡"的李银生和奶娘范土芹无私奉献:一渠跨两省,友谊长留存。

  劳动中喷溅的情感火花,照彻刘德金和郭松珍的一生……

  六十年沉淀,最难割舍的,依旧是昨日的那份不变初心!

好兄弟，红旗渠为你们作证

在林州，吴祖太是个家喻户晓的名字，提起这个名字，人们都充满了无限敬意。因为吴祖太是河南原阳人，在修筑红旗渠时立下汗马功劳，但却献出了年轻的生命，牺牲时年仅27岁。记者想采访这位英雄当年的事迹，却了解到了一段感人肺腑的人间真情故事。在他牺牲后，他的同事刘合锁把英雄的父母当作自己的亲生父母对待，并长期照顾着他们一家人。

英雄的一生 短暂却灿烂

吴祖太1933年出生于原阳县白庙村。幼时家乡闹灾荒，7岁就被迫随父母到郑州要饭，靠卖水维持生活。解放后，他考入河南省黄河水利学校，毕业后于1958年调到林县水利局工作。林县那时正在建设南谷洞水库，他在工地负责技术工作。

当时，他同淇县的姑娘薄慧贞建立了恋爱关系。薄慧贞小吴祖太6岁，是淇县高村小学的一名教师。父母希望他们早日完婚，但是由于林县缺乏水利专业技术人员，吴祖太脱不开身，只好再三推迟婚期。直到1959年春节吴祖太回到原阳老家，他们才举行了婚礼。但是，他们结婚后仅仅100多个日子，薄慧贞在一次义务劳动中，为抢救一名横穿铁路的学生而英勇牺牲。正在南谷洞工地劳动的吴祖太赶到淇县，安葬了心爱的妻子，又怀着悲痛的心情返回了工地。

以后，他投入到了引漳入林工程的测量设计工作。他同其他技术人员

吴祖太

一起，不畏艰险，翻山越岭，饿了啃几口干馍块，渴了喝点儿山涧水，最终完成了定线测量和设计。红旗渠工程动工后，他在渠线上日夜操劳，处理了许多技术难题。1960年3月，他在山西平顺县王家庄段施工。28日，他听说开挖的王家庄隧洞内往下掉土，就同李茂德一起进入洞内察看，不料，洞顶的突然塌方夺去了他年轻的生命。

娘 我就是您的儿子啊

吴祖太牺牲的噩耗传开，人们为之痛哭，当时的林县县委书记杨贵备感痛心。在工地，工程指挥部为他举行了隆重的追悼大会，追认他为中国共产党正式党员。

追悼大会后，林县县委决定派人派车把吴祖太的遗体送回原阳，同吴祖太一起在水利局工作的刘合锁和几位同事接受了任务。

刘合锁当时是林县泽下公社（后改名为五龙镇）河头村人，在水利局参加工作后同吴祖太在一起工作，工作中他十分佩服吴祖太的技术，两个人都是穷苦农家出身，脾气和志趣都很相投，在生活上也经常互相照顾。吴祖太牺牲了，刘合锁陷入了悲痛之中，但是他有时又不相信这是事实，总认为吴祖太还活着。

车到原阳县白庙村，刘合锁让车停在了村口，然后他下了车，往吴祖太家走去。他边走边寻思："怎么张口告诉祖太的父母？1958年，祖太的姐夫在公安部门工作时因公殉职，1959年5月，祖太的妻子牺牲，现在祖太又走了，祖太的父母怎么能承受得住这一连串的打击啊？"但是，走进小院，刘合锁回避不了了，他哽咽着告诉了两位老人，泪水禁不住夺眶而出。老人似乎已经得知了噩耗，吴祖太的母亲见到刘合锁，端详了半天，一把抱住他，哭着说："谁说俺孩儿死了？这不就是俺孩儿吗？"

刘合锁"扑通"一下跪在了两位老人面前:"娘,我就是您的儿子啊!"在场的众人无不潸然泪下。事后,刘合锁寻思,为什么老人会把他当成儿子呢?也许老人难忍丧子之痛意识有些混乱了,也许是自己长得有点儿像吴祖太吧。

料理完吴祖太的丧事,刘合锁从原阳打电话向有关领导汇报了情况,并谈了自己的一个想法:为了宽慰两位老人,他想认吴祖太的父母为"干爹""干娘"。这得到了县政府领导的支持。离别原阳时,刘合锁握着两位老人的手说:"爹,娘,我会经常来看望你们的。"

一封家书 亲情的自然流露

在以后的日子里,憨厚的刘合锁兑现了他对两位老人的承诺。他把两位老人当作自己的亲生父母对待,每年都要到原阳看望几次,给他们带去林县的土特产,给他们送去抚恤金。1966年和1971年,吴祖太的父亲和母亲先后病逝,刘合锁专程到原阳奔丧,为老人披麻戴孝。

临近1970年春节时,刘合锁听说吴祖太的母亲有病卧床,便急忙向单位领导请了假,向同事借了点钱,倒了几趟长途汽车匆匆赶到了原阳,一看老人病得不轻,就同老人的女儿和外甥一起用当地的排子车把老人送到了原阳县人民医院。此后,他们一起在医院照看老人,由于一直担心老人的健康,他向单位领导说明了情况,又请假继续照顾老人,直到老人康复出院,他才放心地回了林县。

刘合锁不仅像孝敬自己的亲生父母一样孝敬两位老人,还视老人的亲属为自己的家人。他们经常保持着书信来往。吴祖太的姐姐吴秀英的儿子杨根成过继给吴祖太当儿子,杨根成今年已经50多岁了,至今还保存着这样一封感人至深的书信。这封信是刘合锁在1972年4月写给吴秀英的,刘合锁在信中亲切地称呼吴秀英为"姐姐",内文这样写道:

"河南省最近在林县召开了一次小型水电会议,会议期间淇县水利局干部薄慧善问我哥祖太的情况……后来我知道他是慧贞的哥哥,他提出要

吴祖太曾经用过的木箱

把慧贞和祖太合葬在一起,我又和几个同志商议,计划咱家和他家互相取得联系,做好准备,做一个小棺材,去一辆汽车,一天把事办完。慧善还计划去咱家看一下,望你能够给他联系一下,定一下时间和准备情况,来信说明。姐姐,这件事情,我已和领导讲了,咱们姐弟两个一定办到底。你和咱舅的意见是啥,给我来信……

"家里咱妈(指刘合锁的母亲)、小孩他妈(指刘合锁的妻子)都好,过罢春节后,小孩他妈在县城住了一个多月看病,现在好了,能上工,望姐姐勿念。"

在写这封信后不久,经过刘合锁、薄慧善和吴秀英的共同努力,吴祖太和薄慧贞这对英年早逝的夫妻终于合葬到了原阳县吴祖太的家乡。

刘合锁为人忠厚、正直,敢讲真话,后来调到林县县政府办公室任副主任。1990年6月,他突发心肌梗死,在岗位上去世。

但是,在他去世后,他的爱人和子女们一直同原阳县吴秀英一家保持着亲戚关系,两家经常互相联系,互相来往,不是一家人,却胜过一家人。40多年来,红旗渠见证了这一切。

(刘剑昆)

传承"林平友谊"的使者

红旗渠建成以来,成为了一条联结山西平顺与河南林州的友谊纽带与桥梁。

年长的同志仔细回想会发现,20世纪60至70年代,平顺和林县实际上建立起来的是两条红旗渠:一条是有形的红旗渠,渠水从太行山的西边流向东边;一条是两县文化艺术工作者共同搭建起来的文化交流、艺术交流的无形红旗渠,其方向是从太行山的东边流向西边。

无疑,李银生同志的人生经历,就是后一条"红旗渠"中跳跃着的一朵美丽而耀眼的浪花。

今天,在"最美奋斗者"的光荣榜上,毫无疑问也应该把李银生的名字写进去。

李银生(1946—2010),林县河顺公社南曲阳村人,13岁考入林县四股弦剧团,经过刻苦磨炼,很快成长为林县豫剧二团的优秀演员和青年导演。1970年初,为了帮助平顺县戏剧事业,经平顺县委书记李顺达与林县县委书记杨贵协商同意,借调李银生来平顺戏剧学校担任教练,成为传递"林平友谊"的重要使者。

说起李银生与平顺缘分,还需要从平顺戏剧事业的改革说起。

平顺县农民剧团(后改名为"平顺战斗剧团")是在我党领导下,诞生于抗日烽火中的文艺团体。这个剧团曾接受过著名作家赵树理、胡丹沸,著名戏剧艺术家段二淼等的辅导与点化,培养出一批表演功底深厚的艺术人才,在晋东南以及周边县市有良好声誉。后来经过禁演古装戏、戏剧改革等,

1960年末的平顺战斗剧团,已经变成只有少数专业演员的文艺宣传队。1970年8月,根据上级"样板戏要普及,要提高"的指示精神,县里紧急从农村招收一批青年演员,恢复剧团编制,准备排演革命样板戏。然而刚刚组建起来的平顺剧团,人才匮乏,困难重重,难以胜任演出任务。

这时,著名劳动模范李顺达同志,已经当选为第九届中共中央委员,担任中共平顺县委书记(时称核心组长)。他看到平顺县没有一个像样的剧团,首先政治上就不过关,无法有效占领社会主义思想文化阵地。李顺达的老家是林县合涧东山底,知道林县剧种多、演员多,人才济济。特别是红旗渠建成后,林县两个豫剧团每年都要轮流来平顺县城和渠道沿线村庄慰问演出,侯栓琴、马梅英等著名演员,也是平顺百姓津津乐道的人物。他想:林县缺水可以向平顺求援,平顺支持他们建成红旗渠,解决了"十年九旱"的大难题;如今,平顺剧团水平不高,演员队伍参差不齐,急需培训提高,我们为何不向林县求援呢?

李顺达想到这里,没有犹豫,当即给林县县委书记杨贵同志打电话,谈了自己的想法。杨贵书记听完大笑起来:"老李啊,红旗渠已经把我们两个县

1975年11月,文艺班学员与领导、老师合影。前排左四为李银生

紧紧地联系在一起，平顺的困难也就是林县的困难。你们有什么要求尽管说，不管什么时候，林县都会全力以赴支持平顺的工作！"

很快，两县达成协议，平顺县剧团59名演职人员于1970年10月21日到达林县，在县城住下来，安心接受林县豫剧团的业务培训。林县方面对此非常重视，从豫剧一团、二团抽调精兵强将，组成李兴元、郭凤英、郭春贵、刘长林、范秋林、李银生等老师为主的师资队伍，全身心帮助平顺剧团提高演艺水平。老师们一边培养演员基本功，一边指导排练样板戏。1971年春节，平顺演员也没有回平顺，而是与林县的老师和同行搞联欢，度过了一个难忘的春节。经过近4个月的辅导学习，平顺剧团成功排出《红灯记》《沙家浜》《智取威虎山》等样板戏。这中间，年轻导演李银生同志精湛的技艺和强烈的敬业精神，给平顺同志留下了深刻印象。

1971年春天，平顺县委为了进一步解决人才队伍青黄不接问题，为了切实推动全县各项事业的发展，在平顺中学开办工技班、农技班、师资班、医卫班，第二年又开办文艺班。这些学制二至三年的中等职业技术班，成为当年发生在平顺县的一大新生事物。

文艺班的同学记得，他们1972年5月20日去学校报到，发现专业师资不足，特别是没有武功老师，成为考验文艺班能否办下去的一大难题。临时从县剧团调来的几位演员老师，不约而同想到林县年轻的导演李银生同志，如果能把他"借"来，眼前困难就会迎刃而解。

为此，平顺中学和文教办公室共同起草请示报告，呈送到县委领导的案头。李顺达与主持日常工作的副书记李振华同志碰头之后，立即与林县商量此事。林县豫剧二团起初不同意放李银生，还是杨贵书记出面协调，剧团的领导才勉强答应暂时让李银生来平顺帮助一段时间的工作。

李银生于1972年夏天来到平顺，他哪里知道这一来根本不是"暂时"，而是"长期"。

李银生的到来，让文艺班焕发出青春活力。快半个世纪过去了，这些老同学凑在一起，常常会回忆当年的生活——

冯四妹说："每到冬天，就想起李老师给我们生火炉子的情形。排练厅用土坯围起来的几个大火炉，都是李老师义务照看着。每天早晨，我们走进排练厅时，火炉子都已经烧旺了。满身灰尘的李老师，走到旁边拍拍衣服，就又开始指导我们排练。"

赵军平说："排练时，李老师手里始终拿着一根小棍子，威严地监视着大家。如果谁偷懒，谁的动作不到位，谁就会招来小棍子不轻不重的点拨'伺候'。"

冯开平说："事情就是这样怪，正因为李老师当年要求我们那样严厉，大家跟他的感情才特别深。"

李老师的妻子原芝玉说："我发现李老师待同学们，比后来待我们的孩子都要好，都要亲……"

原平顺县人大常委会主任苏和平同志，是李银生的好朋友。他说："李银生老师来到平顺帮助工作，帮着帮着就对平顺有了感情。其间，林县有要紧事情，也叫他回去处理，事情一处理完，他就立马赶回平顺来。一来二去，他'借用'的时间越拖越长，直到1982年机关单位人事制度改革，他的工作关系才正式办到平顺来，把'他乡'变成了'故乡'，成了一名彻底的平顺人。"

平顺各界都有一个共识，认为当年"文艺班"起到了"黄埔军校"的作用，那届学生几乎都成为工作上的顶梁柱，不但撑起了平顺的演艺事业，也为长治市落子剧团、长治市文化艺术学校输送许多人才。作为一手打造文艺班的李银生同志，也相继担任了平顺县艺校校长、平顺县落子剧团团长，带领着平顺演艺队伍走南闯北，获得了一系列荣誉。

1981年初，平顺县落子剧团代表晋东南地区参加山西省戏曲优秀青年演员评比演出。郭明娥、原芝玉、王海棠3位演员分别荣获"山西省优秀青年演员"一、二等奖。

1982年冬，山西省举行专业剧团中、青年优秀演员评比大会演。平顺县落子剧团的郭明娥获"山西省最佳青年演员"称号，王海棠获"山西省优秀青年演员"称号……平顺县落子剧团的名声越来越大，其中饱含着李银生同志不少心血与汗水。

李银生同志为了改善剧团的办公条件，也为了解决演职人员的后顾之忧，多方奔走筹措资金，建起一座包含办公、排练、住宿的4层综合大楼，解决了长期困扰剧团发展的难题。

1993年春天，李银生同志又担任平顺县文化局局长。他的工作领域宽了，肩上的担子重了，其工作更加投入，带领着平顺文化战线的同志开拓创新，奋力拼搏，又走出了一片新天地。

国家一级演员、长治市唯一获得中国戏剧界最高奖项——"梅花奖"的郭明娥同志，是一位家喻户晓的明星人物，她就是在李银生老师的精心培养下一步步走到前台的。

郭明娥回忆道："作为李老师的学生，他非常器重我，我很感激他，但也有点恨他，因为他对我特别凶。记得排《杜鹃山》时，为了说好一句念白，李老师打了我十几个刀劈。错一次打一下，直到我念对了才罢手。还有，他对我的器重是方方面面的，常常让我干一些别人不愿意干的活儿。比如，他指导我们练功时，手把手地辅导示范，一个一个地过，很累。厨房为他做点小灶饭，他总要分给翻跟斗最好的郭开文和曹春平吃，他们吃了饭却叫我去洗碗。文艺班有几个小一点的同学，白天练功太累晚上就尿床，他也是安排我去给他们洗洗晒晒……我当时一肚子委屈。后来我才逐渐明白李老师的良苦用心，感激他站得高看得远。我这辈子能有点儿出息，与李老师的'器重'和培养密不可分。"

如今，担任着平顺县金灯寺文保所所长的冯开平同志，也是文艺班的学生，是郭明娥的同学，曾在样板戏《杜鹃山》中饰演过反派人物"毒蛇胆"。冯开平虽然没有像郭明娥那样在演艺事业上赢得喝彩，却也在李老师的安排下走向了人生的辉煌，一次次登上领奖台，受到无数记者的采访。

冯开平多次对记者讲述自己的故事。1995年5月的一天，平顺县文化局长李银生找到他，开门见山地说："开平，我今天来找你，是想请你去做金灯寺文管所管理员。"当时，冯开平还是平顺县落子剧团演员，面临着机构改革人员分流的压力。恩师这个时候来找他,显然已经为他反复掂量过,认准了他这个人。出于对老师的信任,冯开平做通家属工作,一个人背着行囊走向了荒山野岭,在破落孤寂的金灯寺住了下来。

李银生的得意门生不少,但最突出的当数郭明娥、冯开平两位学生,难能可贵的是这两位学生正好从两个方向、两个领域,分别把李银生老师终生为之奋斗的事业推向了极致。

这是一种巧合,还是一种必然?

俗话说得好:"师傅领进门,修行在个人。"郭明娥、冯开平两人的成功固然与他们个人的勤奋和努力分不开,同时也与李银生铺路、领路的作用,以及李银生人格魅力的熏陶与感染作用密不可分。

我们在品味郭明娥、冯开平的人生经历,其实我们更多是在品味李银生同志的世界观、人生观、价值观。李银生是地道的林县人,他所在的林县豫剧二团不止一次到红旗渠工地慰问过民工,也不止一次参加过修筑红旗渠的劳动,他的行为风格中有林县人的思想秉性,彰显着浓浓的红旗渠精神品质。

红旗渠精神用文字概括起来只有16个字,即"自力更生,艰苦创业,团结协助,无私奉献"。仔细阅读可以发现其内涵相当丰富,我们从中既可以看到中华民族"穷则思变,要干,要革命",向往美好生活的迫切愿望,也可以看到共产党人"全心全意为人民服务",带领人民群众奔向美好生活的精神追求;既可以窥见古老的"一不怕苦、二不怕死"的愚公移山精神,也可以品味出新时代"一方有难,八方支援"的共产主义风格……所有这些品格特点,在"文化使者"李银生身上都有清晰而鲜明的体现。

20世纪80年代中期开始,平顺县委、县政府每年到林州的交流回访中,李银生、申万义(原籍林县,曾任平顺县人大常委会副主任)、方青和(原籍林县,曾任平顺县粮食局局长)等几位干部成了"场场不落次次到"的标配人物,他们一起为传播和巩固林平友谊做出了贡献。

李银生同志长期超负荷运转、带病工作,无休止地透支身体,直接导致他的过早离世——2010年1月20日他的生命进行曲画上了休止符,时年64岁。

听到李银生同志去世的噩耗,林州市河顺镇南曲阳村的乡亲们来了,林州市豫剧团的老同事、老朋友来了,长治市落子剧团、长治市文化艺术学校,以及平顺艺校的学生们也都来了……文艺班的同学自发在灵前举办了一场与众不同的告别活动:大家献上祭礼,一齐跪拜,用不同方式表达哀思,王海棠的一曲《秦雪梅吊孝》选段,唱得如泣如诉,哀婉悲伤;郭明娥、赵军平的男女二重声《为恩师送行》的诵读,声情并茂,情真意切……

李银生同志虽然离开我们十多年了,但人们还经常念叨他,想念他。

我们完全有理由相信,当年林平两县共同修建起来的两条"有形"与"无形"的"红旗渠",将会永远流淌下去,功在当代,利及千秋……

(申树凤)

"红旗渠奶娘"范土芹

一

昨晚,林州好友郭春生在微信上讲:"姚村镇西丰村的范土芹老人一个多月前已经去世!"

听到噩耗,笔者没感觉意外,甚至还为老人的彻底解脱而庆幸。不过,我还是遭遇了"今夜无眠",老人家的故事联翩而至,她那憨厚、宽容的笑容挥之不去。

这几年,范土芹被冠以"红旗渠奶娘"美称,不断登上报纸、电视,报道她的新闻还获得"2017年河南新闻奖·二等奖"。一生勤快、善良而默默无闻的老人,没想在晚年却成了家乡的一位名人。

2020年中秋节前夕,笔者和白杨坡支部书记兼村委主任、"山西省最美退役军人"岳安龙同志,到西丰村看望老人家。一进村,听说来看望"红旗渠奶娘",几位年轻人自告奋勇,带着我们走进了老人的住处。

让人意外的是,一向坚强、乐观的老人病倒了,在儿子、女儿的周到呵护下,她艰难地延续着生命。笔者发现老人病得不轻,也就知道她与我们"辞行"的日子应该不远了……

二

范土芹被称作"红旗渠奶娘",自然她的故事与红旗渠有关。

1960年1月,24岁的范土芹放下吃奶的儿子,随着3.7万浩浩荡荡"引漳入林"大军奔赴工地,住进山西省平顺县白杨坡村。

真情见证

范土芹的到来,对嗷嗷待哺的岳建堂来说,无疑是从天而降的"大救星"。

幼小的岳建堂,异常瘦弱。他两月前出生在上海,却并没有给家庭带来惊喜,上边有了两个哥哥,工人出身的父母难以养活这第三个儿子,便忍痛把他送进婴儿园。白杨坡三十多岁的岳科则、岳许先夫妇身边只有一个女儿,盼子心切的两口子到上海婴儿园抱养了小建堂。小建堂一路哭着,从风光旖旎的江南水乡来到高高的太行山上。两个月大的孩子适应不了北方气候,更忍受不了没有母乳的生活。尽管养父母打心眼喜欢他,给他取了"毛毛"这个可爱的乳名,却无钱给他购买昂贵的乳粉,他们提供给孩子的只有米面糊糊。面对如此不公的命运,小毛毛整日里用哭声拒绝着、反抗着……养父母无计可施,眼睁睁看着儿子一天天瘦弱下去,全家陷入了听天由命的无奈之中。

浑身洋溢着青春活力的范土芹,吃奶的儿子不在身边,乳房胀得难受。那天她正在住处挤奶水,不留神让游走着哄毛毛的养母看到了。养母眼前一

2017年岳建堂(小名毛毛,左一)带家人看望奶娘范土芹(左二)

亮,知道儿子遇见了救星!养母三步并作两步走到范土芹身旁,祈求道:快救救我这可怜的儿子吧!养母说话不及眼泪就涌了出来……养母还要跪下给范土芹行大礼……范土芹一下子明白眼前发生了什么,急忙来搀扶这对母子……作为母亲,她知道每个孩子都是娘的心尖肉!再看到可怜巴巴的毛毛,心就软了,面对嗷嗷待哺的婴儿,她怎能忍心把甘甜的乳汁白白挤掉?这奶水本来就是老天爷为褓褓中的婴儿准备的,范土芹来不及多想,一把抱过毛毛,就把乳头塞进孩子小嘴里……让范土芹没想到的是,这瘦弱的小生命一嗅到乳香,陡然唤醒了强烈的求生欲,使出"洪荒之力",恨不得三口两口就把小肚子吃饱……毛毛的吸吮让范土芹感到一阵阵钻心的疼痛……范土芹咬牙坚持着,义不容辞地奉献着神圣而伟大的母爱,让生命之泉尽情流淌。这一刻,太行山为她竖拇指,浊漳河为她唱赞歌;这一刻,她的灵魂最圣洁、最崇高,她的形象最美丽、最动人……在这短暂的几分钟时间里,范土芹用难能可贵的行动,铸造出了自己一生中最值得珍惜的荣誉与骄傲。

毛毛在吃饱喝足之后,嘴角竟然展现出一丝灿烂的笑容。养母高兴地说:快看,我儿子会笑了!毛毛把第一次笑容展示给范土芹,让年轻的范土芹彻底满足了,满足得泪眼婆娑……

这次无意中的哺育,让范土芹与毛毛建立起放不下的牵挂。在母爱力量的驱使下,她每天下工回来就去给毛毛喂奶。幸运的小建堂在生母、养母之后,又有了自己的第三位母亲:奶娘。

范土芹是一位普通修渠民工,在白杨坡住下时间不长,她另一个身份便在村里传开,都称她是"红旗渠奶娘"。

三

为了挖掘白杨坡与红旗渠的故事,岳安龙和笔者多次到西丰村调查走访。采访中,我们认识了八十多岁的常松叶老人,她的讲述,进一步丰富了"红旗渠奶娘"的形象。

当年住在白杨坡的民工,大多来自姚村公社。其中坟头、井湾、西丰3个村的十几名姑娘,组建起一支"铁姑娘石匠队",里边有李改云、范土芹、常松叶、李先菊、王狗兰(石匠队队长,在西丰村当过26年的妇女主任)、郭冬花、郭改英、范花兰、王花仔等。为了加快修渠进度,这些风华正茂的姑娘与年轻小伙子展开劳动竞赛,每天起早贪黑用铁锤和钢錾锻造着料石,火花闪烁,石片飞溅,人人有一股子"巾帼不让须眉"的自豪和霸气。

采访中,常松叶老人演唱了《铁姑娘石匠队队歌》:

铁姐妹意志坚,

不怕苦,不怕难,

坚决突破石匠关。

干劲足,决心大,

什么困难都不怕……

常松叶回忆:毛毛的养父母为方便哺育孩子,三番五次邀请范土芹搬到他们家住。范土芹虽然每天要给毛毛喂一两次奶,却不愿意一个人过去。她找借口跟常松叶说:"村里的厕所都在院子外边,一个人去多有不便,你也一块儿搬过来吧。"养母也来做常松叶的工作,于是常松叶和范土芹便一起住到了小毛毛家里。对此,毛毛的养父母一家感动得不知说什么好,每天见她们下工回来,就打发女儿赶快给拿核桃、柿饼,有时也给她们做"小锅饭"。常松叶笑着说:"跟上范土芹,我也沾了不少光。"

范土芹当奶娘的事,得到了姚村公社营部领导的赞扬。领导在会上讲:"平顺人支持我们修渠引水,范土芹用奶水养育平顺的孩子,这都是发扬共产主义风格的大好事,我们要大力支持!领导让西丰连为范土芹奶孩子提供方便,也安顿大师傅在伙食上给予照顾。"

常松叶讲:"范土芹这人真不赖!白天劳动强度那么大,晚上又要奶孩子,一般人做不到。"

是啊,范土芹白天在工地,是说一不二、战天斗地的勇士;晚上,她抱着小毛毛,又成了慈眉善目、美丽温柔的母亲……范土芹的双重付出,也收获着双重喜悦:红旗渠在一天天延伸着,小毛毛也一天天白胖起来。

四

据常松叶等人回忆,范土芹在白杨坡哺育岳建堂一个来月,这里的工程结束后,她们转移到王家庄一带继续施工。

告别那天,小毛毛被养父母抱着,站在高坡上向她们摆手,范土芹怀着万般不舍的心情,一步一回头离开了白杨坡。

一朝成母子,终生难忘怀。范土芹走了,而那颗牵挂毛毛的心却永远留在了白杨坡。

转眼之间,半个世纪过去了,年纪越来越大的范土芹老人,也越来越割舍不下对毛毛的思念。

五十多年来,范土芹没少打听毛毛的情况。

一次,丈夫到紧挨平顺的地方做工,范土芹安顿他一定抽空到白杨坡走一趟,去看看长大了的毛毛。丈夫来到白杨坡,问起半个世纪前的事情,人们摇头说不知道毛毛是谁。人生地不熟的丈夫无果而返。

2015年,林州纪念红旗渠通水50周年,旅游局局长王宏民听到"红旗渠奶娘"的故事,讲给新闻中心记者陈广红同志。职业敏感性让陈广红看到故事中的新闻价值,通过电话与平顺接壤的牛岭山支部书记张学增联系,张学增又与白杨坡支部书记岳安龙接上头。岳安龙是听着红旗渠故事长大的,非常崇拜红旗渠英雄。他经过一番调查,终于弄清楚当年的毛毛,原来就是如今在山西大同某建筑公司上班的岳建堂。

2017年2月25日,从大同回来的岳建堂带着妻子、女儿,在岳安龙的陪伴下到西丰村看望奶娘。

已经81岁的范土芹老人,做梦也没有想到幸福会在这一天降临。

老人家早早坐在巷口等待"干儿子"到来。闻讯而来的陈广红、李俊生等人,也赶来了,要共同见证这难忘时刻。

临近中午,岳建堂一下车就扑到范土芹面前,高兴地说:"干娘,我叫岳建堂,就是当年的毛毛。我带着媳妇和女儿看望您来了!"

"亲人见了亲人面,欢喜的眼泪眼眶里转。"范土芹老人高兴地合不拢嘴,端详了半天才说:"还有小时候的样子,真是我的毛毛来啦!好,咱们回家!"刚站起来老人又问:"这不是做梦吧?"她紧紧拉着干儿的手说:"我一直记着你叫毛毛,当初瘦得皮包骨头。没想到转眼之间我的毛毛已成家立业,有了这么一大家子!"

在记者的提议下,岳建堂与干爹、干娘和两位哥哥全家人合影留念,一张等待57年的"全家福"终于定格下来,把难忘瞬间转换成了永恒的纪念。

五

2020年中秋节就要到了,岳安龙惦记着范土芹这位白杨坡的尊贵客人,提出要到西丰看望老人家。笔者《红旗渠源头的故事》刚出版,里边收录着"红旗渠奶娘"的故事,正好可以送老人家一本。于是,笔者陪同岳安龙再次走进西丰村。

让人意想不到的是,原来范土芹老人已经病倒多日,已经脱了形,骨瘦如柴。当时,女儿正在给母亲喂饭。只听女儿说"张开,张开",经过多次提醒老人才会茫然地张开嘴,女儿趁机送一勺饭进去。这一声声"张开",成了老人家唯一能听懂的单词;那一次次木然地张嘴,也成为老人回应这个世界的唯一行动。

这不是造化在捉弄人吗?我们心何以安!情何以堪?!

当年的范土芹,能够把皮包骨头的毛毛,哺育得又白又胖;今天病床边的人,却只能看着老人家日渐消瘦,回天无力……

当年的范土芹,白天与"铁姑娘石匠队"的姐妹们奋战在红旗渠工地,贡献着辛勤的汗水;晚上哺育着非亲非故的毛毛,贡献着自己甘甜的奶水……老人奔波着、奉献着,没想到最后自己连张嘴吃饭的动作都快要忘记了。如果不是儿女的提醒,她就会像吐丝已尽的春蚕一样,不吃不喝安静地等待着,等待着属于自己的漫漫长夜逐渐降临……

我和岳安龙面对毫无表情的老人,不知道说什么好。岳安龙拿出慰问金和月饼,默默放在床前,表达着白杨坡村民对老人的祝福。笔者拿出一册《红旗渠源头的故事》,告诉老人的女儿:"老人家的故事广为人知,河南林州不会忘记,山西平顺更不会忘记。"

昨晚,郭春生在微信上告诉我,84岁的范土芹是2020年10月30日去世的。

笔者辗转一夜,多次想起臧克家的诗句:"有的人活着,他已经死了;有的人死了,他还活着……"

范土芹老人属于创造历史的人,同时,她也会被历史记住。

红旗渠水日夜不息流淌着。作为"红旗渠奶娘"故事里的主人公,范土芹所践行的那种道义与精神,将永远传承,地久天长……

(申树凤)

一渠幸福水　两代修渠人

引　子

在采桑镇下川村，流传着一则刘根新与水的故事。水贵如油的年代，下川村要到翟曲村的活水井里挑水吃，翟曲人自然不愿意，因此常常闹生气打架。刘根新看见一块断成两截的祖碑，主意来了，他让人暗地里把一截碑扔到翟曲村的井里，而后状告到县衙，说听祖上讲过井是下川的先人们买地打的，并提供碑的证据。县太爷派人把断碑打捞上来，然后对接两块断碑，果真严丝合缝，于是判决允许下川人优先吃水。

故事不一定真，意义也有点消极，但下川村祖祖辈辈缺水却是事实，它表达了那个时代人们对水的企盼。

去修渠主动请缨

1960年，引漳入林战役开始打响。这一年的正月初九，正好是立春节气，外面还是冰天雪地的世界，在下川大队部院子内，全村群众动员会正开得热火朝天，支书姚福元声若洪钟作动员讲话，然后宣布修渠参战人员名单。修渠队男连长王孟全、女连长常先菊先后代表男女作战队员进行了表态发言。听说渠修成以后，水就能流到自家门口，再也不用为水发愁了，老百姓热情异常高涨，散会以后，大家都有说有笑回家去了。而47岁的刘明却没有离开，作为下川村数一数二的好石匠，修渠名单里竟然没有他，他想不明白，缠着要支书姚福元作个解释。

"老兄,我们也知道你技术过硬,也想让你去,不过考虑到你的家里情况特殊,所以才把你留了下来。"姚福元解释说。此时的刘明家,上有老下有小,妻子长年有病在床,五岁的女儿患小儿麻痹症双腿残疾,作为一家人的顶梁柱,干部们思来想去,不忍心让他离开。

刘明对姚福元说,"这算什么理由,我刘家二弟抗美援朝为国牺牲,作为大哥,我去为家乡人修修渠有啥不能,弄石头是我的长项,你们同意,我要去,不同意,我也要去。"话说得斩钉截铁。

几位干部轮流上前劝说,刘明则是不答应不走。没有办法,大家只好答应了他们请求,并委任他为下川连施工技术负责人。

正月十五,刘明推着小推车,带着铺盖卷和锤钎工具,随着浩浩荡荡的修渠大军向任村盘阳出发了。

遇塌方光荣牺牲

盘阳集训动员结束之后,刘明所在的采桑营,被分配到山西平顺的青草凹村施工。春寒料峭,冷风刺骨,大地还没有解冻。一镐下去,只能刨一个小点,一炮响了,只能炸开狗窝大的一片,施工难度非常大。民工生活也相当艰苦,晚上在石崖下搭铺睡觉,要冻醒好几次,一日三餐按份分配吃,主食是玉米疙瘩和小米黏饭,把干红薯秧用水泡开下到锅里当菜吃,又苦又涩,难以下咽。

困难压不倒英雄汉,采桑营开展劳动竞赛。下川连在男连长王孟全、女连长常先菊和施工技术员刘明的带领指挥下,全体民工天不亮就起床,摸黑才收工,中午也不休息。农历四月,他们连率先完成了挖沟任务,提前进入砌石阶段。作为技术员,刘明对质量严格把关,并总结经验向大家传授。破石头,"宁用小錾开两边,不用大錾开中间";砌料石,"像与不像,俯脸在上";垒陪石,"陪石怕转动,越转越稳定";灌灰浆,"灰浆饱满,不透缝隙"。放线、照平、基础定位,兄弟连施工技术上有难题,也来请他去帮忙解决,他成为采桑营里真正的"刘技术"。

进入农历五月,山西的夏季姗姗来迟,青草凹村也已是满山披绿,百花争艳。工地上到处红旗漫卷,锤钎声叮当。县委命令:"克服一切困难,到7月底前总干渠山西段完成通水。"

为赶工期,人人都像上紧了的发条,精神抖擞,干劲冲天。一天中午,刘明和工友辛翼西、常贵德三人吃过午饭,撂下饭碗就来到工地砌渠石。突然,渠内岸上头出现塌方,一堆土石轰然滑下,刘明双手将年仅17岁的常贵德推出了七八米远,辛翼西被砸压住下半身,刘明则完全被砸压在塌方下。工友们马上把二人从土堆里刨出,送到山西王家庄的工地医院。

常贵德安然无恙,辛翼西后来被截去一条腿,刘明则全身瘫痪。由于内脏受损严重,大小便失禁,医生只能从他小肚上开个口子帮助外排。治疗一个月后,伤情不见大的好转。在被伤病折磨九个月后,刘明于1961年3月不幸去世,这一年,他四十八岁。

谁说女子不如男

在山西青草凹村的红旗渠上,架着一弓"姐妹桥",桥上有座石碑,碑上刻有"十二姐妹"的名字。"十二姐妹"是指挥部送给南采桑连十二位女同志的光荣称号。记者魏德忠当年拍过一张"凤凰双展翅"的照片,照片上的主人公叫郝改秀,是南采桑连的女连长,也是十二姐妹组的组长。手握双钎,留着长辫的她,当年才二十一岁。那时候,十二位女同志抡锤打钎,抬筐出碴,开山锻石,样样出彩,处处领先,一点也不亚于男同志。哪里有硬骨头,就让她们去突击。河口城关槐树池施工段,山高坡陡,施工难度非常大,死伤了几个人,吓得其他人都不敢上了,最后全县挑了几班突击队去突击,其中一班就是"十二姐妹"铁姑娘突击队。

杨贵书记有一次视察工作,听说了她们的事迹,专门去看望她们,并鼓励说,你们十二姐妹干得好,为女同志争了光,全县民工都应该向你们学习,指挥部出的报刊上专门报道了"十二姐妹"铁姑娘的先进事迹。

在"十二姐妹"当中,副组长是一位身材高挑,长得漂亮的小姑娘。她最年轻,当时刚满十八岁,名字叫郭松珍。郭松珍年龄小,干起活来却不认输,不叫苦不叫累,在青草凹工地抬筐出碴比赛中,她与宋春英搭档,多次获得第一,抡锤扶钎锻石头,各种活不挡,她还当过炮手点过炮,采桑公社女营长郭金花夸奖她说,郭松珍是咱们采桑公社的花木兰。

刚开始来青草凹工地打钎时,个别女同志技术还不大熟练。有位工友打锤时打偏了,打在了郭松珍的手上,伤口都露见了白骨。去工地医院上药包扎后,她没有休息,用一只手继续扶钎打炮眼。采桑连和下川连相邻施工,彼此都很熟悉,刘明觉得这个活泼能干的小姑娘十分可爱,多次教给她干活的技巧。郭松珍的手负伤后,刘明把自己戴的一双棉手套送给她,并安慰她说,千万别让伤口冻着了,还叮嘱她去采来蒲公英熬水喝。在郭松珍心里,这位憨厚善良的伯伯就像自己的亲生父亲。

刘明负伤后,郭松珍很伤心,每天吃过晚饭后,她总要到工地医院去看望一下。刘明的大儿子刘德金和郭松珍同龄,在照看父亲的日子里,他心里喜欢上了这个心地好的姑娘。郭松珍心里也对这个精心护理父亲的孝顺儿子很有好感。爱情之火在双方身上燃烧,心照不宣。

结婚后子承父业

1960年阴历年底,冬雪飘白,银装素裹,滴水成冰。修渠工地停工放年假,郭松珍回到了南采桑家中,第二天早上,她就匆匆去下川看望刘明伯伯。

这时的刘明已瘫在床上八个月,形容枯槁,瘦骨嶙峋,进入了生命的倒计时。郭松珍坐在大伯床头,执手相看泪眼,刘明有气无力轻语:"姑娘,我家这摊子,以后可咋整啊。"郭松珍不知哪来的勇气,她安慰刘明说:"大伯,你就放心吧,这个家就交给德金和我了。"这时候,双方都流下了激动的泪水。当郭松珍告诉刘明大伯,红旗渠山西段已如期通水,目前正在青年洞附近的老虎口会战时,刘明脸上露出了欣慰的笑容。

新年过后的正月初十,郭松珍和刘德金二位青年举行了俭朴的婚礼。一个月后,刘明无憾地离开了这个世界。

结婚后,郭松珍和刘德金商量,由郭松珍在家照看老人和弟弟妹妹,刘德金到红旗渠工地继续修渠。

南雁北归,春草吐绿,柳絮轻舞。刘德金带上父亲留下的锤钎等石匠工具,来到任村卢家拐青年洞附近砌渠,他要完成父亲未竟的事业。

此后十几年,刘德金一直战斗在农村水利建设和农田基本建设第一线。像父亲一样,他也成了下川村数一数二的好石匠。总干渠完工后,他又参加一干渠建设,在桃园渡桥等渠段施工中担任过技术员。特别是在家乡的斗渠、毛渠、水库等水利配套建设中,他一直担任施工技术组长,起着关键作用。妻子郭松珍在撑起家中一片天空的同时,也积极参加了家乡的水利和农建劳动。那几年,下川大队的农田水利建设工作在全县名列前茅,经常有人去参观学习,"学大寨,赶下川"的标语到处都是,口号响彻全采桑。

当年红旗渠水流到下川村的那一天,村里的男女老少奔走相告,踊跃前往观看。刘德金和郭松珍特意来到父亲刘明坟前报告通水的消息,二人长跪不起,泣不成声。

乡里乡亲美名声

2001年8月9日上午,碧空如洗,秋阳高照,微风轻拂。南采桑村委会,老记者魏德忠专程从郑州前来看望"十二姐妹"的铁姑娘们。四十年过去了,当年的女连长郝改秀已是六十二岁的老人。她也是在那一天才知道,自己还有一张"凤凰双展翅"的照片,心情特别激动。而同样是花甲之年的魏老师,却对这群生活中如此低调的女英雄们敬佩万分。

支部书记宋来生走上前去作双方介绍,当十二姐妹副组长郭松珍跟魏老师握手时,魏老师动情地说,"咱们都老了,一定要保重好身体",这时,六十岁的郭松珍感动得热泪盈眶。

前几年,村委通知,上面让去修过红旗渠、获得过荣誉的人来村委报名。郭松珍却没有去,还是村干部知道她的情况替她上报了。她说,都过去了,咱为自己修渠,算不上啥贡献。老两口直到2019年先后病逝,从来没有去找过上级领导或在村里要求特殊照顾。

我去采访他们的事迹时，除了与修渠有关外，听到更多的是夫妻俩有口皆碑的好名声。

抗美援朝烈士刘元勋的儿子刘更有，是刘德金的本家堂弟。他说："郭松珍嫂来到德金哥家时，小弟水金才八岁，残疾的妹妹新鱼才六岁，他们辛辛苦苦把弟妹抚养大，又帮他们成家，真不容易，就像亲父母一样，真是遮风挡雨的好兄嫂。"

常先菊是当年修红旗渠的女连长，今年八十二岁了，娘家和刘德金家对门。她说："我和郭松珍在红旗渠上就认识，郭松珍人好心善良，嫁给德金后，对这个家没少付出，对邻居也好。邻居辛瑞云残疾，三岁时娘就不在了，全靠郭松珍照顾她，教给她做生活，有时她就在郭松珍家吃住。长大后郭松珍又帮她找了一个可靠的上门女婿，今年也六十二岁了，一家人小日子过得挺好的。"

退休教师辛林生说："德金哥是好石匠，我家盖房子的石头活儿都是他帮助干的，我后来给他工钱，他说什么也不要。他帮助的不止我一家，我们村有很多人家，盖新房的基础石都是找他去垒的，从来没有拒绝过谁，人很实在，是个大好人啊！"

……

尾 声

刘根新的故事依然在下川村传说，但缺水在林州已成为历史。在党的正确领导下，经过几代人的共同努力，同全国一样，下川村已经是旧貌变新颜。特别是美丽乡村建设以来，更是发生了翻天覆地的变化——种田机械化，吃的自来水，做饭天然气，购物有快递，排排楼房靓丽，条条大路平宽，处处花园美景，人人脸上春风。在村的东边，投资一亿多元的采桑镇农副产品加工园已经完工，等待厂商入驻，"红旗渠"品牌食品将从这里走向全国，走向世界……

（李周龙）

文化使者

　　一个个抡锤打钎的身影,一行行推车奔忙的足迹,一张张凌空除险的雄姿在历史的长河里定格,凝固的画面在文字里复活……

　　小报、日记、纪录片……当文化之花盛开在修渠的山川阔野时,石头也能开出灿烂的花朵!

他见证了红旗渠修建的全过程

红旗渠修了10年，他在渠上干了10年。

10年3600个日子，他把人生最美的时光留在了红旗渠工地。

从办公室打字员到办公室主任，最后成了总指挥部副指挥长，他见证了红旗渠修建的全过程。

他，就是1936年3月18日出生的王文全，红旗渠建设乙等模范。

稀疏花白的头发梳理得一丝不苟，几处褐色的斑块印在刻满皱纹的脸上，两只稍显浑浊的眼睛不时闪现出几丝精光，这是八旬老人王文全留给我的第一印象。

谈起当年的修渠岁月，王文全记忆的闸门一下子打开了：轰轰隆隆的开山炮声仿佛在耳畔响起，抡锤打钎、推车挑担、砌石垒墙的修渠人身影在太行山的悬崖峭壁间闪现……

催人奋进的《红旗渠快报》

引漳入林工程动工之前，王文全在林县县委办公室当打字员。

1960年2月5日，当引漳入林工程建设的序幕即将拉开时，总指挥部筹备组就已经开始紧锣密鼓、紧张有序地运行。风华正茂、业务能力突出，刚刚24岁的王文全被抽调到了引漳入林工程总指挥部办公室，负责打字工作。作为先遣队，王文全他们提前赶到了红旗渠总指挥部所在地——任村公社盘阳村。

王文全说："按照县委安排，我和李广平、路茂林等人一块儿先期赶到盘阳村，做开工前的筹备工作。李广平负责起草引漳入林工程总动员令，我负责打字、校对、刻印。"

谈起修渠往事，王文全的脸上一下子有了神采，声调突然高了起来："当时，宣传部的田永昌负责采写报道内容，一个人忙不过来，后来又从电影队借调来一个人帮忙。那时候，工作任务重，我一个小时能够打1000个字，这速度在当时全县也找不出几个人。就这还忙不过来，每天都要熬夜加班。"

1960年2月11日，农历正月十五，引漳入林工程的号角正式吹响。37000名修渠民工从林县各地或步行、或推车、或坐马车，汇成绵延不绝的人流，浩浩荡荡奔赴修渠工地。

那是怎样一幅壮阔的战天斗地的画卷啊！昔日寂静的大山顿时热闹起来，太行山的沟沟坎坎红旗漫卷如画，铁锤钢钎的叮当声此起彼伏响彻山间，不屈的林县儿女正式向大自然宣战。

如何把修渠大军的思想统一起来；如何进一步动员群众、鼓舞士气；如何把总指挥部的决策快速传到一线工地，宣传工作的重要性立马凸显出来。工地战报应运而生。

一开始，王文全他们在修渠工地上编发油印的8开《引漳入林》小报。1960年3月10日以后，引漳入林工程正式改名为红旗渠工程，报名也随之改成了《红旗渠快报》，一天一期，总印数1000余份。这些小报主要是分发给各公社分指挥部，每个民工连至少要分到一份报纸。报纸刊发的内容主要是领导讲话、工地上发生的好人好事。

王文全几个人还负责记录红旗渠日记，主要记录工地上发生的事情。"动工开始时就记录，第一个是路茂林记录，接下来是我记录，再后来由秦永昌记录，什么都记，内容很全，工程标准、任务、领导指示等。"这些日记成了后来研究红旗渠、研究红旗渠精神的重要史料。

满满一兜子救急款

"1960年2月,引漳入林工程动工了,那时虽然是困难时期,但县里还有储备款、储备粮,咱心里不慌。当时,县里对修渠民工还有一定的补贴,不仅补助粮食,一个人一天还能补助两毛钱。"王文全说道。

随着形势的逐步恶化,1960年底,全国实行"百日休整",要求基本建设项目全线下马。

轰轰烈烈的红旗渠工程,已经取得初步成效。红旗渠总干渠一期工程竣工了,清凌凌的漳河水顺着渠道流到了林县境内的河口村,却又哗哗地放到了漳河里。看着河水白白地流走,林县干部群众的心疼极了。执行上级指示,停工,群众心有不甘。违背上级指示,需要承担风险。

怎么办?林县干部群众陷入两难境地。中央的指示不能违背,但红旗渠建设也不能停工。以杨贵为代表的林县县委经过研究,决定因地制宜,除了留下少部分人继续开凿青年洞,其他渠段停工。

就这样,300多名青年留在工地,经过一年零五个月的奋战,凿通了全长616米的红旗渠咽喉工程——青年洞。

王文全说:"大概是1962年春节前下工那阵子,红旗渠工地上困难得很,就连民工一天两毛钱的补助都发不了。有一天,指挥长马有金找到我,让我去安阳,找找安阳地委的领导,看看能不能要点钱救救急。"

于是,王文全坐车到安阳,千方百计找到当时主管财政的一个副专员,向他诉说了红旗渠工地遇到的困难。

"我一边说,一边哭,请求领导无论如何也得帮帮忙,要不我们就过不了这个年。这个领导很不错,拨给了我们2万元。"提起这事,王文全至今还很感激。

王文全找来一个大兜子,把面额10元的两万元现金装得满满的,背着回到了工地,给各大队分发了补贴。

这是雪中送炭的救命钱！几十年过去了，王文全对当年给予帮助的好人依然念念不忘。

一个"会说话"的红色笔记本

采访中，王文全从抽屉里小心翼翼拿出了一个红皮子的笔记本。

这个笔记本已经有些年头了，暗红色的封面有点儿破损。第一页上写着马克思的一句名言："一切事物的开头总是困难的。"下面是王文全的签名，还盖着他自己的私人印章。最下面写着：1960年8月5号14点25分购于山西王家庄，0.58元。随后是他当年摘抄的一首《艳阳天》的词曲，还有几天的日记。再往后是红铅笔写的几个字："红旗渠有关数字"。

我们慢慢地翻看着，一张张发黄的纸张，记载着有关红旗渠的各种数据：林县红旗渠总干渠各公社实完任务统计表（包括第一、二、三、四期的长度，挖土石方、砌方、合工），三期工程截至1962年4月底各公社下余任务情况表，林县红旗渠各期工程计划开支情况，引漳入林历年资金来源情况，引漳入林总干渠历年施工投资情况等。

这是历史的见证，这些数字见证了红旗渠修建的艰辛。

一页一页慢慢地翻着笔记本，我的思绪仿佛飞回到了60年前的修渠工地，仿佛看到了千军万马战太行的热火朝天的劳动场景，仿佛看到了县委一班人围在一起彻夜开会研究修渠大事的身影……

"这些数据都是当时县委开会确定了的东西，我又誊写了一份。老书记生前多次叮嘱我，要好好保存这些资料。"

至今犹忆吴祖太

红旗渠工地技术员、原阳人吴祖太为修建红旗渠献出了年轻的生命。他参与设计的空心坝、王家庄隧洞等早已成了红旗渠的标志性工程。

1960年2月，红旗渠工程动工后，吴祖太担任工程技术股副股长，负责工程设计测量。他既要依据勘测实况,绘制每项工程设计图纸,还要考虑每个工段施工的安全措施,工作十分忙碌,但他从不叫一声苦。

在王文全的印象中,吴祖太是一个特别爱学习、爱琢磨的人。有一年春节,吴祖太专门跑到三门峡参观学习。空心坝的设计理念,就是他参观三门峡黄河大坝后产生的灵感。

1960年3月,吴祖太发现山西省平顺县王家庄隧洞有几处裂缝,当即和民工研究除险办法。为保证施工安全,他把原来设计的"单孔洞"改为"双孔洞"。这种设计既能缩小洞顶跨度,又能确保隧洞更加坚固。

"王家庄隧洞洞顶一直掉土石,存在安全隐患。"3月28日那天下午,吴祖太和姚村公社卫生院院长李茂德先进洞内察看险情。我吃过饭才和田永昌一块去。刚到洞口,就有人拦住我们,说出事了……吴祖太和李茂德牺牲了。"王文全对那天的情景记忆犹新。

"一个外乡人,为了改变林县人干旱缺水的现状,不辞辛苦,成天钻山沟搞测量搞设计,为修建红旗渠献出了自己的生命。这种精神值得我们学习,所以说,咱林县人到啥时候都不能忘记吴祖太,他是咱们的功臣。"王文全一再强调。

甘当幕后英雄

1965年4月5日,是一个值得铭记的特殊的日子。

经过5年苦战,全长70.6公里的红旗渠总干渠终于竣工通水。当天,在分水岭举行通水庆典仪式。河南省安阳地区,林县数万干部群众见证了这一激动人心的时刻。

看着桀骜不驯的漳河水顺着红旗渠乖乖地流进了林县的土地。随着分水闸门缓缓提起,奔腾的渠水喷涌而出。

渠水哗哗地流着,人们欢快地笑着、跳着,一张张经典的画面定格住了那个难忘的历史瞬间。

文化使者

但是，当时作为红旗渠总指挥部办公室副主任的王文全，却并没有出现在庆典现场。

"那天，我在总指挥部所在地姚村公社坟头村值班。通水前，任村公社回山角渠段决了一个大口子，好几十米长。我在现场指挥，组织人进行抢修，堵上了豁口，才确保了通水庆典如期举行。"王文全回忆道。

1960年4月到10月，190多天，仅7月落了半场小雨，淇、洹、淅、露四河断流，库塘干涸，许多村庄吃水困难。唯独红旗渠总干渠、临时一干渠和二干渠沿线的任村、姚村、城关公社的十七八万亩庄稼能够用上红旗渠水。渠水所到之处，绿意盎然。而渠水未到之处，禾苗一片干枯。真是有水无水两重天。

人们看到了渠水的威力。漳河水来到了家门口，干旱的土地却不能喝上甘甜清冽的红旗渠水。林县人再也不能等了。严重的旱灾，进一步激发了人们的斗志，干部群众决心加快修渠进度。不到一年时间，一干渠、二干渠、三干渠三条干渠相继竣工。

1966年4月20日，红旗渠三条干渠竣工通水仪式在"红英汇流"举行。

这次，成了红旗渠总指挥部办公室主任的王文全并没有在庆典现场。当时，王文全听从领导安排，坐汽车赶到河南、河北、山西三省交界处的河口村，背着一台步话机，沿渠线观察水流情况。走一段，就要给总指挥部报告水流到哪里了、水量是多少。

王文全介绍，红旗渠水从渠首流到合涧红英汇流处，需要3天时间。这期间，领导要随时掌握渠水的流量情况。他就得跟着渠水走，坐车走一段路，再上到渠岸上步行一段。

就这样走走停停，他一直看着渠水顺利通过桃园渡桥，才算完成了任务。

淡泊名利的红旗渠劳模

谈起红旗渠工地上的各种制度,王文全说道:"一开始,也就是1960年前半年,各项制度还不太健全。后来,各项制度才逐步健全完善起来。"

有几件事,王文全印象很深。一件事是王家庄村西南处一个叫白杨坡的地方,第一期工程试水时,一下子冲毁了100多米渠岸。查找原因,主要是施工时,垒渠岸的石头太大导致坐浆不实导致的。吸取这一教训,总指挥部制定了石料标准,要求每块石头重量在二三十斤。

"1965年4月5日,红旗渠总干渠竣工通水时,指挥长马有金对那段渠线还不放心,专门安置人到那里盯着。"王文全补充道。

另一件事是放炮的问题。一开始,放炮震坏了山西平顺老百姓的房子,惊跑了老百姓的牛羊,当地群众意见很大。为了避免事故的发生,工地制定了严格的安全制度,要求各公社分指挥部定点定时点炮。

1966年,王文全被评为红旗渠建设乙等模范。"这只是个荣誉,说明咱出了力就行了,不能看得太重。"王文全淡淡地说。再后来,王文全成了红旗渠总指挥部副指挥长,参与组织指挥红旗渠配套工程的建设。

10个寒暑交替,3600多个日出日落,王文全伴着红旗渠的修建,从一个风华正茂的青年成为一个年富力强、工作经验丰富的领导干部。

红旗渠渠线一米一米向前延伸,逐渐演变成一个配套齐全、功能完善,全长1500公里的大型水利工程,成为享誉天下、震古烁今的世界奇迹"人工天河"。红旗渠的每一个变化,王文全都了然于胸。

岁月不居,时节如流。时间的年轮永不停息,60年一晃而过,因为红旗渠,王文全经历了太多太多。但一提起红旗渠,王文全依然一脸自信:"修过红旗渠,是我这辈子最大的骄傲!"

(陈广红)

为红旗渠扬美名

纪录片《红旗渠》诞生的前前后后

1970年下半年,县委郭新太安排我到北京,协助新影厂剪接、编辑纪录片《红旗渠》,在那里一呆就是一个多月。工作之余,聊起拍摄经过,郝玉生兴致勃勃地说:"这事儿还要感谢你老乡赵天顺。"

赵天顺,林县姚村公社趄石板村人。曾参加抗美援朝,战场上负责保护新影厂战地陈记者,为此二人建立深厚友谊。陈记者邀请赵天顺退役后到新影厂工作。战争结束后,赵天顺被新影厂接收,担任该厂灯光师,同新华社、新影厂记者驻中南海拍摄中央领导的活动。

1960年初,赵天顺请假回老家探亲,看到全县群众轰轰烈烈修建红旗渠工程。一周后其即回去上班,便将看到的情况告诉新影厂总编郝玉生。郝玉生听后十分吃惊。当时郝玉生正在拍摄一部大型纪录片《人民公社》,就想把修建红旗渠的镜头添加到片子中,于是安排新影厂摄影记者赵化先到林县看看情况。赵化看后向郝玉生汇报说:"红旗渠工地上了好几万人,到处在放炮,漳河山西段到处都是人,场面非常壮观。"郝玉生听后当即决定到林县看看,于是于1960年3月中旬带一班人来到了林县红旗渠现场,看后高兴不已,听说计划几个月时间就要把渠修成,心中有点怀疑,但决定不管结果如何,资料一定要留下来。当时即拍摄并编辑了一段《人民公社的威力》的影像资料,在《新闻简报》播出。回到北京,新影厂当即组织了一个强大的摄制组,派韩浩然带队,携带两部摄影机,常驻林县进行拍摄。纪录片中放大炮的镜头、县委领导上工地的镜头,包括后来通水典礼的镜头,群众踊跃交纳爱国粮的镜头，都是他们拍摄的。

当时条件非常艰苦，摄制人员都住在工地一间简陋的房子里。

为拍摄放大炮的镜头，马有金特地安排搭建了一个木庵棚，外面包裹上玉米秆儿，并对韩浩然说："你甭害怕，我来陪你！"因为点炮后时间较长，韩浩然说："怎么还不响？"他是心疼胶卷。老马安慰说："快了，快了。"大炮一响，碎石哗啦啦落在棚子上，老韩有点害怕，老马安慰说："落在咱这儿都是小石头，甭怕！"

县委为了照顾好摄制组人员的生活，特地为他们炸了一次油条，没想到饭后全体人员都中了毒，一个个呕吐不止，这可把县委一班人吓坏了。杨贵得到消息，亲自安排医疗人员前去抢救。幸亏抢救及时，才没有发生伤亡。后来才听说是因为食用油使用了盛过桐油的油桶，真悬！

指挥长马有金的外号"黑老马"，就是韩浩然给起的。因为在一起待的时间长了，工地领导和摄制组人员已经非常熟悉，相互之间不分彼此，经常开玩笑。一次拍摄马有金抡锤打钎的场面，老马已经拉开了架势，韩浩然却说："老马，你停一停，你的脸太黑，我需要调一调光圈儿。"从此，"黑老马"的名字便传遍了工地。

先后参加纪录片《红旗渠》摄制的有总编导郝玉生、制片员方平、拍摄助手刘树源和摄影师韩浩然、赵化等六七人。

红旗渠修了十年，摄制组在林县跟拍了十年，该片也成为新中国拍摄时间最长的纪录片。那时，我是林县文化馆馆员，多次被县委领导安排协助拍摄，又被派往北京协助制片厂编排、剪辑。制片厂送给林县的纪录片《红旗渠》，还是我从北京带回来的呢。

郭沫若两度为红旗渠题字

大家都知道分水闸正上方屹立的"红旗渠"三个大字出自郭沫若之手，但不一定了解题写经过，更不知道题字还有前后两次的经历。说起这事，不能不提到马全民。

文化使者

马全民是中国人民大学留校生,原籍林县东姚下郊村,后调任林业部行政司司长。别看他常住北京,却说得一口地道的林县话,几十年来与家乡一直保持着联系,并与当时的林县县委第一书记杨贵、县委书记郭新太是好朋友。同时,他还担任过郭沫若的小女儿郭平英的老师。

1970年下半年的一天,马全民出差路过洛阳,前去拜访时任洛阳市"革委"副主任的杨贵,同行的还有正在洛阳外国语学院读书的郭平英。寒暄之后,马将郭介绍给杨贵老书记。杨贵书记一听站在自己身边的郭平英就是郭沫若的小女儿,随口说道:"可不可以叫你爸为林县红旗渠题个字呢?"郭平英满口应承。

一边有求,一边有应。事后,由马全民牵线,郭平英担任向导,林县前去承办此事的赵树东拜会了郭沫若,顺利拿到了郭老第一次书写的"红旗渠"三字手稿。据我所知,该手稿只在出版《红旗渠导游图》时使用了一次。

1972年4月,北京《人民画报》社宋桂琴一行来林县采访,与县委领导协商,拟在1972年的第12期《人民画报》上开设红旗渠专栏,大版刊登红旗渠工程图片,随即问起有无国家领导人的题词。当时我也在场,就把请郭沫若题字的情况做了介绍。大家找出题字欣赏,一致感觉"红""旗"二字不太协调,事情便暂时搁置下来。

没过多久,县委接到通知,称中联部将安排客人参观红旗渠,在来访人员名单中分明就有郭平英。郭新太书记灵机一动,与《人民画报》社宋桂琴商定,趁郭平英来林,托她再请郭老为红旗渠题字。

中联部客人到林后,一天齐聚四所南楼。作为东道主,郭新太书记向画报社客人介绍了郭平英,又介绍郭平英认识了宋桂琴,说宋桂琴就是新华社著名摄影记者齐观山的爱人。郭平英讲,齐观山在土改时期拍摄了许多著名作品,在全国很有影响。郭新太书记顺手拿出《红旗渠导游图》上郭老题写的"红旗渠"字样,问郭平英:"你看这几个字是不是你爸写的?"郭平英说:"我只要看看那两点,就知道是不是我爸写的。"说着用手遮住"渠"字的上半部分,只露出"渠"字的下半部分"木"字端详,爽快地回答:"这是我爸写的。"宋桂琴接着问："怎么样？"郭平英答："不怎么样。"郭新太接口说："让你爸再写一个吧！"郭平英说："让我妈写吧。"宋桂琴说："你爸名气大，还是让你爸写吧！"郭平英回答："可以。"郭新太便把事先打印在纸上的书写内容递给了郭平英。这次题写的内容除"红旗渠"外，还增加了"青年洞""红英汇流""分水闸"等字样，郭平英看后说："估计写不了那么多。"宋桂琴说："红旗渠必须写。"郭平英便掏出笔来在"红旗渠"三个字下作了标记，并把字条收了起来。

《人民画报》社宋桂琴她们心中有事，等得焦急，郭沫若的题字却一直未能到手。

在等候郭老题字的这段时间，县委安排我到北京参加红旗渠办展工作。按照郭新太书记指示，我先到水电部报到，并与组会人员请了代办写字事宜的假，随即又找到马全民，具体协商取字事宜。当时，我和宋桂琴、马全民、郭平英之间一直相互催要催办，一晃就是两个多月。这时天气已很冷，宋桂琴看到我仍然身着单衣，立刻拿出了他爱人留下的一件崭新的呢子大衣让我穿，我执意不肯穿，她就到别处给我找了件棉衣。终于有一天，马全民接到郭平英电话说"字已写好"，马全民立刻赶往中联部郭平英的办公室，取到了郭老写就的"红旗渠""青年洞"两份题字。题字写在两张纸条上。每张字条约三厘米宽，十厘米长，十分精美。

我与马全民约定第二天在画报社见面，与宋桂琴交接题字事宜。我们紧张地对"红旗渠"三字进行整理翻拍。此时，第12期画报已完成编辑，挂在墙上等待出版。事后才知道，由于时间紧迫，这期画报只好改在1973年第1期出版。

我把拍照的"红旗渠"字样直接寄给了郭新太书记，留水电部一份，马全民留了两份，并收藏了郭老的手迹。他对我说："等我到北京荣宝斋装裱处理过后，再给你们。"2007年春，林州市举行全国人大原副委员长郭沫若题写"红旗渠"原件收藏入馆仪式，专程从北京赶来参加会议的马全民非常激动，在主席台上当众从红色硬皮本内取出郭沫若题写的"红旗渠""青年洞"作品原件,郑重交到了林州市档案局副局长张秀琳手中。

自此,郭老题写的"红旗渠"手迹原件,才郑重地被林州市档案局登记收藏。

为红旗渠办展的日日夜夜

为宣传红旗渠,我曾数次参加红旗渠展览。记得第一次策划展览红旗渠工程是在1968年的11月份,由杨贵书记直接到场安排,当时展线200米长,照片最大12寸,展点就在县文化馆展厅。

1970年3月,红旗渠一、二、三干渠全部建成通水。河南省委在郑州召开全省学"毛选"积极分子大会,有10万多人参加。会议安排代表们参观展览馆,其中有林县红旗渠工程展览馆、焦裕禄事迹展览馆、杨水才事迹展览馆等内容。林县的红旗渠项目位列第一,是这次活动的重中之重。根据时任县委书记郭新太安排,领队由文化馆馆长路明生担任。我担任摄影组组长,赵树东担任文字组组长,彭天贵担任美术组组长。我们全身心投入工作,与当时的军代表宋合保、总设计师牛俊才和总后勤主管郭金龙商议解决面临的各种问题,这是红旗渠展览首次迈向省城。

县里成立了策展办公室、文字图片组、模型组、实物组、展出组、后勤组等,共计100多人。县委对办展工作高度重视,从全县各行各业抽调能工巧匠,有美工、木工、电工、泥塑、摄影等行家里手,也有后勤服务的精英。刚到时因为大家分别来自不同单位,相互还有些陌生,但几天过后大家便亲如兄弟,相互配合,分工协作,不分彼此,展现了一个山区县优秀团队的战斗风貌。

大家的辛苦付出没有白费,展览首先通过了省委政工组的现场验收。开展后,林县又对展品做了不少改进和增删。经一年多展览,全省及全国各地观众给予了极高的评价。在全省五个参展单位中,林县办展面积最大,展线最长,质量最高,受到时任省委书记刘建勋同志的高度赞赏。

我还参加了红旗渠工程在国外的展出。1971年冬,林县县委接到通知,红旗渠工程将在德国世界博览会展出,宣传的项目确定为"红旗渠宣传画册"，要求用英、法、德、意、日等十多种外语，各编辑出版一本介绍红旗渠工程的画册。每一个语种出版 2000 册，共计出版两万余册。

接到任务，我还在郑州办展。郭新太书记在电话中强调说："编辑出版红旗渠工程画册的事，必须做成做好。"语气十分坚决。显然，这是一项光荣而艰巨的任务。

当整理好图片资料后，首先就是联络印刷单位。我与水利部的崔建章主任跑遍整个北京西城区，依然没有找到合适的铜版纸。我们又同水电部展办主任李景中协商，决定到材料完备的上海寻求帮助。我携带水电部的介绍信赶往上海，找到上海市政府、水利厅，终于将印刷任务交给了中华印刷厂。

翻译工作也是个大难题。我通过宋桂琴找到北京《人民画报》社翻译负责人张吉年。他听了我急切的请求，随手翻了一下材料，感觉翻译量也不算太大，就一口答应下来，并表示"马上安排"，说大约"需 10 多天时间"。当时，承担法语翻译的是一位花白头发的女性，她的汉语讲得很标准。她说："没问题，会做开！"对行家来说好像不成问题，但真要把解说词准确地表达出来，也并不容易。比如"吃水贵如油"，要翻译成斯瓦西里语，就不是那么简单。因为，在非洲有些国家，"油"比"水"便宜得多。我记得展出前河南省水利厅郑总工看后，说这句话不能直译。他用了当地一句谚语作了更正，那句谚语的本意是"寡妇花钱"。

20 世纪 70 年代，在对外宣传方面，我还参加了林县红旗渠工程分别在丹麦、日本、法国等国的展览。我们做好展板，交给中国贸易促进委员会，由他们运往国外展出。

（梁生廷 口述 杨军强 赵长生 整理）

《林县报》报小作用大

半个世纪前就已停刊的一张县级小报《林县报》,如今是各路专家、记者、学者、文人追捧挖掘的宝贝。

这是一张什么样的小报?为何停刊50余年仍有这么大的魅力?

带着这一串串萦绕脑际渴望破解的问号,笔者于近期多次回到故乡林州采访。

创办《林县报》

林州市档案馆(局)藏馆资料显示和徐礼拴回忆,《林县报》是杨贵和林县县委请示河南省委批准,决定办的县级地方报。于1956年1月27日创刊,1962年9月29日停刊,历时6年零8个月,共912期。发表各类题材文章27500余篇。当时国家百废待兴,要改善民生,提高人民生活质量,当时的林县县委敏锐地指出,只有一条路可行,那就是凝聚民众力量自力更生搞建设。这一切都需要媒体来宣传发动,《林县报》就是在这样的大环境下诞生的。《林县报》积极围绕县委各阶段的中心工作展开宣传报道,当时从县委书记、县长到一般群众都积极为《林县报》撰稿。

《林县报》是县委机关报,是党的喉舌,是群众的代言人,是忠实宣传执行党中央省地委县委指示的先行者、实践者。当时的社论均由徐礼拴负责起草,由编委审定。有时社论的内容就是杨贵书记的讲话。每一篇文章做到准确性、鲜明性和生动性相结合。

徐礼拴1932年10月出生在林县河顺井上村，旧社会随父母到山西逃荒要饭，因饥饿一个妹妹被饿死，卖掉一个弟弟换来5斗玉茭面才得以活命，解放后参加工作。

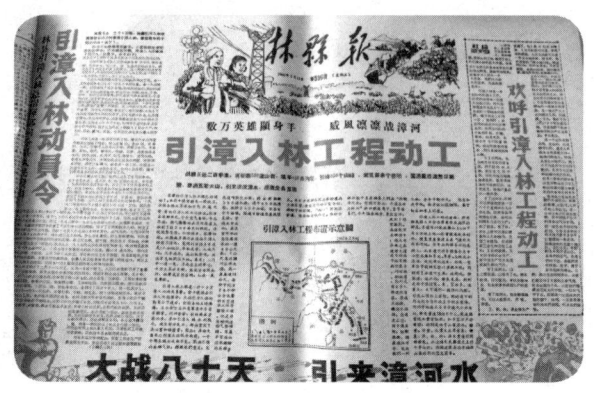

《林县报》影印件

徐礼拴1955年9月，被时任林县县委书记杨贵点名保送参加了由河南省委宣传部、河南日报社举办的"党报新闻学习班"系统学习了新闻理论知识，到河南日报社学习了采编、排版、付印、发行一整套办报流程，还到《河南日报·农民报》进行实习锻炼。培训结业回到林县县委机关工作。在杨贵书记和宣传部长石文生等同志领导下，年轻的徐礼拴和县委办公室的李广平、赵迎秋三人具体负责筹备办报工作。

徐礼拴回忆当年办报，杨贵同志非常重视："办报是大事，要翻阅林县党史，看过去县委是怎样办报的，要求一定的财力支持，组建强有力领导班子培训新闻队伍。"

在筹办《林县报》时，财政拨款35000元，又拨3000元买了照相机、收音机。杨贵任总编（兼），李广平、赵迎秋任副总编，徐礼拴任编委、编辑记者。抽调16人组成报社工作班子，对报纸版面报道内容作了分工：第一版为要闻版，由徐礼拴负责；第二版为经济版，由山区建设办公室干事张忙夫、杨清吉、刘玉昌、秦秀生共同负责；第三版是文化艺术，由文化馆张生毅、王清刚负责，美术编辑常俊杰、李爱美；第四版为时事版，宋迪州负责；财务后勤由李斌、张国政负责。

徐礼拴谈起当年岁月，讲得不动声色，仿佛在叙述一件和自己无关的往事，但那一份骄傲和自豪之情仍会在眉梢和嘴角的挑动中微微表露。对徐礼拴而言，那段过往峥嵘岁月，无论多么值得向后辈炫耀，也都看得平淡如洗了,也都可以如此淡定地娓娓道来了。这或许就是八十余年岁月磨砺沉淀的缘故吧。

由于我国1959～1961年连续三年自然灾害造成的困难,为了支持红旗渠建设,县委和报社干部职工每月粮食由29斤降到28斤,拿出一斤支持工地。县委机关总务处在烈士陵园租了2亩地种红薯、蔬菜和小麦补助生活。

杨贵同志跟大家一样在大食堂排队买饭吃,大家看到他喝的小米稀饭吃的硬疙瘩棒子炒面。报社同志晚上工作饿了用大铁壶煮红薯。报社院内种的红萝卜拧成辫子挂到墙上晒干生吃。有一次因报道红旗渠建设,徐礼拴、赵迎秋、王清刚骑自行车跟着杨贵往红旗渠工地送面粉到山西省王家庄,晚上8点回来加班写稿子编报。机关干部没有星期天,晚饭后再工作两个小时,超过夜12点吃一次加班饭,二两面、一个鸡蛋。

从林州市档案馆(局)珍藏着的不完整的报上获悉,《林县报》围绕县委中心工作紧扣建设社会主义幸福繁荣新山区这一时代主题积极展开宣传报道工作。

首先,通过山区建设调查,从很多方面进行了专题报道。当时困扰山区建设的最主要最突出矛盾就是严重缺水及交通不便问题、群众扫盲问题、教师短缺问题、病人看医难问题、贫困山区光棍脱单问题……总之,当时问题形形色色。放到现在看就不是问题,但在当时就是关系国计民生的天大问题。人民群众政治上当家做主,经济上贫困,对建设社会主义新山区缺乏信心。群众思想政治工作赶不上革命战争时期紧密,不仅影响党在群众中的威信,也影响各项工作的推动。当时杨贵书记说,要在全县建立650个农村政治辅导员队伍,带领群众学党的各项方针政策,破除山区建设悲观论。

二是根据县委发展山区经济建设总体规划,对分段实施的目标进行专题深入报道。树立典型,表彰先进,以群众身边看得见摸得着的榜样力量来鼓舞广大干部群众前进。

三是敢于斗争、善于斗争,为了实现"重新安排河山""劈开太行山引来漳河水",建设繁荣幸福社会主义新山区远大目标,不怕苦、不怕累,迎着困难,勇往直前,不达目的誓不罢休的精神开展工作。

杨贵书记当时在《林县报》创刊号上发表讲话,指出:"从胜利走向胜利"。当时全县已有 96% 的农户参加了合作社,是组织起来走社会主义道路、脱贫致富的重大创举,此举受到党中央、中南局的表彰。要求大家动员起来兴修水利,扩大灌溉面积,治理溅水地,增加耕地面积,大搞积肥,保证增产、除四害、讲卫生增强人民体质。

《林县报》报小作用大

1956 年 10 月 15 日《林县报》第 42 期报道,林县县委、山区乡领导和群众代表 897 人参加的山区工作会议,杨贵书记在会上作了《为建设社会主义新山区而奋斗》的报告,报告中首次提出了"头可断,血可流,不建设好山区不罢休"的豪迈誓言。

1957 年 1 月 13 日,《林县报》第 172 期报道了中共林县第二届第二次代表会议。杨贵书记在会上作了《全党动手,全民动员,苦战五年,重新安排林县河山》的报告,规划提出了从 1957 年到 1967 年山区经济技术社会发展远景。要求全县干部群众艰苦奋斗十年,基本控制全县水土流失,大力兴修水利,迅速提高农业产量,在大力发展农业生产同时,林业、牧业、副业生产要有很大发展,对粮、棉、油等方面除满足自用外,还要向国家多做贡献。

1960 年 2 月 12 日《林县报》第 536 期以通栏大标题报道了太行山民工上工地的消息。头条消息:《林县引漳入林指挥部向全县人发出引漳入林动员令》,以生动的语言讲述了引漳入林的伟大意义和对全县人民的要求,该文由李广平同志起草,县委集体研究通过。第二条消息:引题——数万英雄显身手,威风凛凛战漳河;正题——引漳入林工程动工。该消息要点:战线长 200 华里,将斩断 550 道山头,架起 450 座桥梁。配发长篇社论《欢呼引漳入林工程动工》。可以说,当时的大事小情,《林县报》都及时进行了报道,也发挥出了应有的作用,"小报不小"的故事就是这样在林县人民中传开的。

林县报发表社论说:"我们在同大自然斗争中摸索出一种规律,困难欺负的往往是胆小鬼、是懦夫、是懒汉,怕的是我们大搞群众运动,是我们的干劲,是我们的志气,是我们这些敢想敢干、勇于冲锋陷阵的勇士和好汉,林县人民心中千百年来对水的渴望和对美好生活的向往一下子就激发起来了。"当时《林县报》增印6000份发送到公社大小队,县广播站播发到农户听众达42万人,仅三天时间优秀儿女开上太行山引漳入林工地37100人。党中央、新华社、人民日报、中央新闻纪录片厂领导都很关注林县县委搞大型"引漳入林工程"水利建设的动向。《人民日报》国际部新闻部长姚力文写了《山区建设的脚步声》连续在人民日报发表,中华全国新闻协会副秘书长王仁义等都来到林县蹲点,他们对《林县报》逐期进行查看研究。认为《林县报》紧跟中央和省委指示,在县委领导下及时真实地报道林县人民艰苦奋斗自力更生建设新山区感人事迹,反映了时代脉搏,为集中建设红旗渠伟大工程吹响了进军号。他们回北京后就向《新闻战线》编辑部做了汇报,决定召开一次县级地方报纸座谈会,参会人员来自山东省两个县,河南省林县、鲁山县。杨贵同志对此十分重视,和县委常委、宣传部长石文生,报社李广平、赵迎秋共同研究决定,让徐礼拴同志于1960年4月20日带已出刊的全部《林县报》,到《人民日报》《新华社》招待所开会,4个县的同志逐一进行汇报,对报道的内容版面设计进行了评比,受到《新华社》社长、《人民日报》总编辑吴冷西接见,后又到人民大会堂聆听朱德委员长、中央农村工作部长邓子恢的报告。会议结束后,徐礼拴写了《在改造山河斗争中的林县报》发表在6月份的《新闻战线》刊物上。在新疆工作的林县毕业生崔德录来信赞扬并要求帮他订报。1962年8月15日,《林县报》《鲁山县报》被评为先进单位,《林县报》副总编赵迎秋出席全国文教战线群英会受到国务院表彰奖励,并领回一面锦旗挂在了档案馆。徐礼拴被评为先进个人。

  当时徐礼拴任《林县报》编委、记者,是现今唯一健在的创刊人,也是这一切的见证者、参与者、行动者、支持者、报道者和弘扬者。从某种程度上可以说徐礼拴就是那个年代、那段光辉岁月活的标本和化石,是那个时代最美奋斗者的榜样。

在红旗渠纪念馆，在中央和省委举办的红旗渠精神展览时，在北京、广州、郑州农展馆中，成千上万人包括国际友人都通过观看"林县报"及制作版，看到了林县党员干部、群众不怕牺牲，不怕困难，为建设新林州的英雄气概。

困难时期的《林县报》

《林县报》创办时，正值三年经济困难时期，办报经费相当困难，办报设施也很简陋。编辑部就设在县委会东墙外的一个农家小院，堂屋五间，分东西两截。西边三间既是报社办公室，又是二版编辑张忙夫的编辑室。堂屋东头两间是副总编李广平、赵迎秋和一版编辑徐礼拴的办公室和住室。东屋是用麦秆盖顶的两间草房，为三版编辑王清刚和四版编辑宋迪周同志的办公室。西屋是张生一、李斌几个编辑的住室。一间南屋很潮湿，美术编辑牛俊才在那里办公、住宿。还有几个同志在小院南边几间旧房里办公，窗户又小又暗，屋地很潮湿。办公用具也很简陋，办公室除了一个橱柜、一个案板、几个报夹外，别无他物。每个编辑仅有一张桌子、一把椅子、一张床，连个小凳子也没有，喝水茶缸都是自备。稿纸、笔记本、蓝墨水、红墨水、蘸笔尖、曲别针，每月领发一次。公社的通讯员要稿纸还得到总务处用证券领取，印报时印错了的半成品都要翻过来印成稿纸用。各项开支确实卡得很紧，真可谓"发扬老抠精神""精打细算""勤俭办社"。

当时的县报是县印刷厂承印的，设备落后，印报还是早已过时的平台石印。报纸的内容是很受群众欢迎的，就是纸质太差。用的大都是新闻纸次品，有时，紧张得连次品也供不应求，只好用废纸浆加工纸，纸面又粗又黑，有的小字由于受纸面不平的影响，印得花花点点，看不清楚。铅字老化也有直接关系，想把老字翻新为新字，厂里又没有铸字炉。排印报稿，大号、小号字也不全，更没有特号字、标题字。每期报稿送到印刷厂后，排版工人按编辑画的版样，把报文排好，留下大标题地方，标题字由王清刚用药纸（硫酸纸一类的透明纸）写好后，再往留标题地方粘，报版拼好后，整体往锌版上轧，制一回版可不容易。有时县委领导看了清样，版上标题或文章需要改动，就得重新排写、重新轧制，直到定版后才能付印。

那两年虽然生活清苦，但同志们都个个干劲十足。一说到红旗渠工地采访，都是争先恐后。编稿校对认真负责，期期报纸都能突出中心，按时出报。

尾　声

几经风雨、几度春秋，一张张报纸、一条条消息像冲锋号吹遍了林县大地，吹响在太行山脉，也承载着悲欢历史，记录着勤劳善良、勇敢朴实的林州人民奋斗的足迹。

（李金富）

山碑立在他心中

"十万大军战太行那时候儿,还没有我呢。"靳林峰风趣地说。

的确,他出生的时候,已经是中外宾客纷纷到林县参观红旗渠的时候了。

"可是,我是喝着红旗渠的水长大的。红旗渠总干渠就在我家村后的山上,从小我们就到渠边去玩耍,还经常遇到外国朋友坐着公共汽车打村头过,那时好奇地向外宾招招手,得到回应,我就兴奋老半天。因此,便不断向大人打听这些外国人的来历,父母就给我讲修建红旗渠的故事。听得多了,红旗渠就在我幼小的心灵深处扎下了根。"

于是,靳林峰给我讲起了他的人生阅历,讲得最多的还是家乡的这条红旗渠。

他出生于70年代初,也算是红旗渠的同龄人。上小学时,就受到了红旗渠文化的熏陶。班里常组织红旗渠演讲比赛和征文活动。他曾在作文里写道:"我爱我的家乡,因为那里有条举世闻名的红旗渠!"先辈艰苦奋斗的精神,激励着他勤奋学习,刻苦钻研,小小年纪就展现了艺术的天赋。他出生在剪纸世家,从小就跟着家人学习剪纸,对剪纸有着浓厚的兴趣,剪得有模有样。那时,他不仅功

靳林峰剪纸

课优秀,绘画作品也常常在学校的橱窗里陈列着。小伙伴为他点赞,他心里也美滋滋的。

因为喜欢绘画,高中毕业,他报考了美术专业,被鹤壁教育学院录取。大学期间,学校邀请当时的中国剪纸学会副会长、河南剪纸学会会长李笑白教授到校讲课。他亲眼目睹了这位剪纸大师的风采,亲身感受了他的风趣幽默,也激发了自己的剪纸热情。有名师指点,他的剪纸技艺长进很快。

1993年大学毕业后,靳林峰在林县图书馆举办了一次个人剪纸作品展。"那时我的作品大部分都是模仿,虽然还很稚嫩,但20多岁就能办展,对我是极大的鼓励。"

2004年,他到林州市旅游局工作并当上了办公室主任。在这里,陪客人参观红旗渠,是一项经常性的任务。每当宾客对"青年洞"等伟大工程翘起大拇指点赞的时候,他也同样会被感染。一次次的精神洗礼,让他更加热爱自己的家乡,也想着如何利用自己的特长,为家乡做点事情。能不能用剪纸的形式来表现红旗渠,推介林州旅游呢?他暗自在心里揣摩着。

要把红旗渠剪出来,可不是一件容易的事情。大学里学的,大都是模仿民间传统窗花类的作品,最常见的即花鸟鱼虫等吉祥图案,要用剪刀剪出现代水利工程和旅游景点,对入道不长又搁置多年的靳林峰来说,确实是个不小的难题。

"红旗渠就在咱林州人的家门口,父老乡亲不仅参加过修渠的战斗,年轻一代也经常到红旗渠参观游览,如果剪得走了样,失了神韵,不仅难以起到正面的宣传作用,反而可能产生负面的影响。剪纸,也像当年修渠,不干就不干,干就要干出个样子,绝不能叫人背后笑话咱!"靳林峰暗暗下了决心。

"青年洞"是红旗渠的咽喉工程,是红旗渠的主要景点,更是红旗渠的象征。他决定先剪一幅《青年洞》。

利用陪客人到红旗渠参观的机会,他带了相机,从不同角度把"青年洞"拍下来。回到家,又找来各种有关"青年洞"的绘画、图片作参考,反复构思,画了好多张草图,又试着剪了两幅,挂在墙上仔细端详,总觉得不尽人意。

"之所以不满意,主要还是单纯用阴刻或阳刻技法分别去表现时单调呆板,缺乏神韵。有的景物太多太杂,导致主题不突出。有的构图虽以洞口景物为主,但又缺乏人们在青年洞参观时那种身临其境的感受。总之,要在一幅小小的画面上把青年洞雕刻修剪得栩栩如生,确实不是一件容易的事情。"靳林峰说。

"两句三年得,一吟双泪流。"作诗如此,剪纸也应如此!他决定推倒重来,也来个"'剪'不惊人死不休"。

又熬过了几个夜晚,经多次尝试,同时用阴阳结合的技法来表现"青年洞"的剪纸图样终于创作出来了。他再次把图样挂在墙上仔细端详,露出了满意的笑容。

要把画作变成剪纸作品,须要下另一番功夫。说是剪纸,其实仅靠剪刀根本不行,必须剪刻并用,宜剪就剪,难剪就刻。

长时间伏案工作,又加上不断使用电脑、手机,他年纪轻轻,却已经高度近视。戴上眼镜,打开台灯,在家人都已进入梦乡的幽静中,他开始了"青年洞"剪纸的制作。随着欻欻的剪刀声,一块块纸屑飘落地上,恰似春天纷飞的花瓣。伏案雕刻的身影,更像当年描绘红旗渠蓝图的工程技术人员。爱人醒来准备早饭的时候,他案上的台灯依旧亮着,显然还在创作。她悄悄递上一杯热水,却见喜悦写在靳林峰的脸上,那模样,简直又回到了天真烂漫的童年。

"正好,快来看看,提提意见!"靳林峰一把把妻子拉到鲜红的剪纸跟前。

但只见,滔滔渠水奔涌入洞,高高山峰耸立云端,"青年洞"三字紧贴岩壁,"山碑"二字及题写人"李先念"三字引人注目,周围树木、台阶、栏杆、渠岸、拱券惟妙惟肖,生动形象。"好,好!你又一夜没睡啊?"妻子不停地赞叹,埋怨中透着心疼。

这一年春节,市直各单位纷纷向上级和外地林州籍人员寄送明信片,靳林峰的"青年洞"剪纸作品成了明信片上的封底装饰品。

听着同学、同事、朋友赞美的话语,林峰兴奋得不能自已。

还有更让他兴奋的事情。

2015年,北京举办"问渠——中国文联第八期全国中青年文艺人才(视觉艺术)高级研修班学员暨林州艺术家红旗渠精神主题作品展",他创作的红旗渠十连幅剪纸作品入展。更让他想不到的是,那天,杨贵老书记也来观展。老书记站在他的作品前瞩目良久,连说:"不错不错,用剪纸表现红旗渠,这办法很好。"

展览结束,他的作品被中国文联文艺研修院收藏。

这次经历,让他更加热爱剪纸艺术,下定决心,把震撼人心的红旗渠十大工程一一剪出来,并做成精致的剪纸册为红旗渠增光,为林州市添彩。

心中有梦想,行动有力量。如今,这些梦想已经全部变成了现实。《红旗渠》剪纸册已经被评为安阳市"十大礼物"。《红旗渠连环画》剪纸也进入尾声。在佩服这位民间艺术家非凡技艺的同时,我更为其孜孜以求的精神所折服。

让我对靳林峰刮目相看的,是在学习强国里看到的一篇图说:"剪出一条红旗渠!"好奇之下,打开一看,简直惊呆了,多么壮美的红旗渠风景啊!红旗渠本来是青山绿水,只不过名字叫红旗渠罢了,但靳林峰用剪纸艺术剪出来,红白线条一勾勒,便成了真正的"红旗渠"!火红火红的青年洞、桃园渡桥、分水岭等红旗渠名胜,格外喜庆,格外令人神往!

我觉得,剪纸艺人靳林峰,以及像靳林峰一样默默奉献在弘扬和传播红旗渠精神战线上的人,都是新时代的最美奋斗者,是红旗渠精神的传人。

(赵长生)

红旗渠工地的红孩子

三月七日

全县十五个公社的 6300 余名民办中学师生,到工地进行为期两个月的劳动锻炼。学生们扛着行李工具,边走边谈笑,沿途招待学生的招待站,准备着充足的开水、米汤让学生们随时随地喝。同学们相亲相爱,表现了崇高的共产主义风格和对引漳入林的无限热爱。

——摘自《红旗渠日记》

走 修渠去

郝顺才出生于 1946 年 10 月,是林县东姚公社下庄村西窑岗自然村人,1960 年 2 月红旗渠开工后,他正在伯文农中读二年级。

这天吃过早饭,郝顺才他们像往常一样到了学校,上课钟声响后,老师走进了教室,对同学们说:"学校接到通知,县文教局根据县委的安排,决定从全县的初中学生中抽调一部分师生到引漳入林工地参加建设,咱们今天就不再上课了,大家现在就回家准备准备,要带上铺盖和日用品,可千万不要忘记带语文和算术两本书,因为我们到工地还要上课呢!明天上午同学们统一集中到学校一起走。"

老师说完,同学们便冲出教室,兴冲冲地跑回家去,把这个好消息告诉家长。

郝顺才当年十四岁。他回忆说,不知什么原因,那时他几乎每天夜里总要尿床。为此母亲特地给他缝制了一个半截身子的小褥子,一块儿打在被卷里。听说要去引漳入林工地参加劳动,郝顺才特别高兴,因为他的父亲已经在工地上了。想到马上就可以与父亲见面,笑容写在那稚嫩的小脸上。

第二天一早,同学们就赶到了学校,路上才看到还有东姚、洪河、伯文、洞上四所民办初中的学生也去修渠。在校长和老师的带领下,他们各自背着自己的行李,排着整齐的队伍,像部队行军打仗一样,向工地出发了。

当时的公路可不像现在这样平坦,更没有汽车。郝顺才他们虽是学生,年龄小,却也同大人们一样,无论路程多远,全靠自己的两条腿。同学们背着自己的行李和干粮,一开始还雄赳赳气昂昂的,但走着走着就感到累了,于是老师就让大家坐下来休息休息,饿了就吃点干粮。指挥部安排沿线村庄为修渠民工准备了茶水,渴了随时都可以喝几口。一直走到太阳落山,才到了姚村。

晚上同学们就住在四中的教室里。大概是走得太累了,夜里他睡得很死,竟然又尿在了小褥子上。第二天早上被老师叫醒后,发现褥子湿漉漉的,也不敢声张,卷巴卷巴赶紧塞在行李中,匆匆吃过早饭,就继续出发了。傍晚,他们终于来到了马家岩村自己大队的驻地。

儿子见到父亲,心里有说不出的高兴。

学推车

当时公社刚成立,生产大队很大,是几个农业生产合作社合并到一起的。西良大队就是由下庄与西良两个生产大队合并在一起组成的,在工地共有近400名民工。郝顺才他们到工地后,马上就投入了引漳入林工程的建设,任务是修筑白家庄空心坝。民工正在挖基础和准备垒砌的石料,学生就在清基往外运石碴时管装车拉车,或到铁匠炉去把石匠们用钝了的手钻重新锻造锋利。开始垒砌后,大人们无论抬石头和垒砌都有定额,而学生们只有任务却没有定额。郝顺才他们的任务共有三项:一是大部分学生负责供应垒砌使用的砂子;二是抽出个别学生负责给运料抬石头的民工记号;三是抽出一些学生上山采野菜,用来补助民工的生活。

运砂子，小推车是主要运输工具。

同学们平时在家干活就不多，小推车根本就没有用过，可以说没有一个人会推车。好在学生干活没有定额，于是大家就五个人组成一组，学习推小车。大家分了工，一个人管推车，两个人管帮车，两个人管拉车，就这样有时候还发生人倒车翻的事，虽没有伤到人，车也没有损坏，但砂子供应不上，就会影响垒砌施工。因此，大人们就手把手地教孩子们，并把推小车的口诀唱给同学们听："推车不用学，只要屁股活。上坡往前瞧，屁股往后撅。下坡往后扯，使劲拉刮脚（刹车）。车轮平又正，拐弯儿慢慢儿斜。只要用对劲儿，保证不翻车。"时间一长，郝顺才他们在运送砂子时，也逐渐掌握住了推车技术。偶尔有谁翻了车，大家就一齐高声唱："推车不用学，只要屁股活……"

尽管慢慢学会了推车，但毕竟大家年龄太小，活又太重，在运送砂子时，大家便自觉地把小推车一辆接一辆地排起队来，只要听到垒砌那边有人喊："来砂子！"学生们这边也就跟着唱起来了："小车一辆挨一辆，挨到哪辆哪辆上！"

抢饭吃

那时他们都还是十四五岁的孩子，正是长身体的时候，吃得多饿得也快，加上生活条件差，等不到开饭时间，一个个早就饿得肚子咕咕直叫。工地上是军事化管理，上工下工和放炮，一切都靠号令指挥。就说中午吧，第一遍号响是下工，第二遍号响是放炮，第三遍是解除放炮的警戒号，第四遍则是上工号。学生们边干活儿边观察，见司号员总是站在北山坡上一个固定的位置吹号。只要临近下工时间，负责垒砌的也就不再要砂子了，郝顺才他们也就把目光集中在了北山坡上，聚精会神地注视着司号员的每个动作。当司号员站起来准备吹号时，郝顺才他们也就做好了起步跑的姿势，只要号声一响，就往饭场上跑。时间一长，郝顺才们的活动规律也被司号员发现了，他就跟孩子们开起了玩笑：有一次，他把铜号举起放在嘴上，但却不吹响，而同学们见他准备吹号，早已向饭场跑起来了，眼看就到了饭场上，可号声却始终不响，抬头一看,司号员早已又把军号放了下来。大家只好垂头丧气地往回跑,还没等跑回工地,号声却又"滴滴答答"响起来了。

记 号

学生们除供应砂子任务外,每天还要抽出几个人去给抬石头的大人记号。所谓记号,就是记抬石头的次数。分管记号的学生坐在抬运石头的路上,当大人们抬着石头从面前经过时,就在他们的名字下画上一道,抬五次正好画完一个"正"字。到下工时,将一个个"正"字加在一起,就是他们已完成的任务。如果完不成,到晚上就得加班。有个别完不成任务的,就会掏出一支"火车"牌香烟来"贿赂"负责记号的学生,却没有听说哪个同学吸过他们的烟。有时,孩子们见谁身体有病,或其他原因实在完不成任务,也会给他多画一道,照顾一下。孩子们谁也不敢抽他们的烟,一来怕老师发现后批评;二来有好多学生的家长就在工地。如果家长发现孩子小小年纪就学抽烟,那还了得,说不定会狠狠地打屁股。

那时的生活条件虽然十分艰苦,但郝顺才和同学们每天在一起生活劳动,一个个都很乐观。

采野菜

引漳入林工程开工那年,正是国民经济严重困难时期,参加修渠的民工劳动强度大,每人每天只有一斤多粮食,生活十分艰苦。当时不仅粮食标准低,还没有蔬菜吃,民工们经常忍着饥饿干活,就只有靠上山采野菜填充肚子了。

采野菜是学生们的强项。工地每天都要从学生中派几个人上山采野菜。上山时,每个人到伙房去领一条麻袋,到山上无论是野草还是树叶,只要能吃,毒不死人,见啥采啥。半天采回一麻袋,扛到伙房,炊事员把采回来的野菜分类处理,像榆叶、桑叶、楮叶、刺甲菜、米谷菜、大叶鬼圪针苗等等,随时都可以煮着吃。炊事员洗一洗,做野菜面片一锅焖。郝顺才清楚地记得,那是当时自己最爱吃的一种饭。其余如洋桃叶、椿叶、白杨叶、桐叶等等,刚采下来的叶子都很苦,要先放到锅里煮熟,然后放到河里浸泡几天,再将这些野菜捞上来,挤干,切碎,用盐腌一腌,配小米饭吃。

上山采野菜常是单枪匹马,一个人在深山里转,有的人愿意去干,有的人生来胆子小,单独一个人在深山里害怕,就不愿意去。而郝顺才却认为,采野菜一个人很自在。每当几个学生一起上山后,大家便分头各自去找野菜。郝顺才有自己采野菜的窍门,那就是采树叶,既快又省事。春天的黄楝树上刚刚长出了红红的嫩芽,他只要爬上一棵树,很快就可以采满一麻袋。春天并不长,扒树芽的机会也不多,但还可以去扒桐树叶,这种树叶叶子大,也比较容易采集。在山上采野菜时,他还发现满山遍野有很多的山韭菜,当把树叶装满麻袋后,乘机还可以捎带着采些,回去后再从供销社买些盐巴,将山韭菜腌制成小咸菜,林县人称为"小就吃子"。每到吃饭时,大人们也会纷纷围拢过来,品尝这清香扑鼻的野味儿。

战地学校

学生们在引漳入林工地,既要劳动,还要上课,实行的是"二一制",就是劳动两天,然后再上一天课。为了适应这种学习体制,就把其他课程全部砍掉了,只剩下语文和算术两门课程。刚到工地时是按原来的班上课,郝顺才他们由伯文学校的郝新喜老师负责教算术,洪河学校的程治安老师负责教语文。没几天,县委在盘阳村召开会议,"引漳入林"工程被命名为"红旗渠",同时决定集中力量首先完成山西省平顺县境内20公里长的渠段,全线民工都移师山西,学生们也随着本大队民工迁了过去。由于空心坝是红旗渠总干渠的咽喉工程,就将参加空心坝建设的几个大队留了下来。

当时,留下来的学生绝大部分是东姚中学的,便安排东姚中学的郭用太老师负责教算术,语文教学仍由程治安老师担任,伯文学校留下来的学生也加入了这个班集体。这一格局,一直延续到学生撤离红旗渠工地。

在这一段时间里,虽只学两门主课,但学习安排与在学校时没有多少差别,上午和下午,第一节课都是算术,其次才是语文。课后老师也布置作业,同学们就在参加劳动的这两天抽空自学,老师会在下一次上课时检查和提问。

上课时,大家也像电影中战争年代那些孩子们一样,从来没有固定教室,走到哪里,就把课堂设在哪里。老师把一块小黑板放在山坡上,或挂在大树上,同学们就坐在小黑板下听老师讲课,把课本放在膝盖上当课桌,所有的作业也都是在膝盖上完成的。因工地离柏树庄比较近,他们还经常在那棵大柏树下上课。郝顺才至今还清楚地记得,有一次他们四五个学生手拉着手,才勉强合抱住那棵大柏树。有时马家岩和白家庄两个村的小学过星期天,战地学校也会借用他们的教室上一天课,但这样的机会并不多。

有一次的期中考试就在马家岩村小学的教室里举行。说是考试,老师的监管并不十分严格。郝玉吉是郝顺才的本家哥哥,自幼兄弟俩相处就很好,考试时两个人就坐在了同一张桌子上。郝玉吉的算术好,郝顺才的语文好,俩人在考试中就来个互补,考算术时郝顺才就请教郝玉吉,考语文时郝玉吉就请教郝顺才。结果,俩人考的分数最高。成绩公布后,郝玉吉的语文比郝顺才少一分,这下郝顺才排名第一,郝玉吉屈居第二。

后 记

这批学生一直在红旗渠工地干了100多天,直到6月中旬,才从工地返回学校。在往回走时,第一天就回到了县城,住在林县一中的教室里,就是文化街的老一中。安排好住处后,就到对面林县人民大学食堂去吃饭。晚上是面条汤,汤里面条不很多,里边放了莙荙菜和倭瓜等蔬菜。第二天的早饭是小米稠饭,里边也有很多蔬菜。这两顿饭,同学们吃得很香很香,郝顺才说,那是他到红旗渠工地以来吃得最美的两顿饭。

转眼半个多世纪过去了,当时郝顺才他们还是不懂事的孩子,而今已两鬓斑白,都已是七十开外的老人了。那段往事,不乏童年的稚嫩,更有从幼稚走向成熟的历练,可说是人生中值得称道的一段色彩斑斓的往事。

1961年红旗渠再次开工后，民工人数大减，各生产队修渠实行轮换制，每两个月轮换一次。此时，郝顺才回到生产队参加农业生产。当轮到郝顺才自己时，他就再次去参加红旗渠建设；轮到父亲时，他就去顶替。这样郝顺才就经常投身红旗渠工程。他先后参加过阳耳庄后沟渡槽建设，杨家坟南明渠建设，露水河东山隧洞开凿，南谷洞水库溢洪道开挖和大坝外面护砌，以及弓上水库溢洪道加深和加宽等项工程。1968年10月，他被批准转为红旗渠工程维护管理人员，从此与红旗渠有了更深的情结。

2020年10月，郝顺才再次接受林州市关心下一代工作委员会的聘请，成为"五老"宣讲团的一员，继续承担着入校宣讲红旗渠精神的重任。

（赵长生）

文化使者

红旗渠工地上的宣传员

红旗渠总干渠开工建设时期,正是国家经济困难时期,人们忍受着饥饿,腰系绳索,在太行山的悬崖峭壁上干活,艰苦程度是常人难以想象的。那时有句名言:"政治工作是一切经济工作的生命线。"工地党委始终把思想政治工作放在首位。工地建立了143个宣传队,413个宣传组,共有3897名宣传员,做到了"哪里有民工,哪里就有宣传员"。这些宣传员随时搜集工地上的好人好事,办墙报、写黑板报、演小戏、放幻灯,形式活泼,即编即演,深受民工喜爱。在宣传工作的鼓动下,大家虽然生活很苦,却精神饱满,斗志昂扬,处处开展劳动竞赛,个个按时完成生产定额,先进集体、模范个人纷纷涌现,工程进展日新月异。

那宣传队伍中有没有先进个人呢?今天我们就来认识几个。

路永修是合涧公社庙坪村人,是英雄渠工地上的宣传员,被人们称为快板诗人。

英雄渠引的是弓上水库的水,它开工于1956年,采取的是农闲修渠、农忙暂停的方法。1958年1月13日,县委在合涧召开动员会,英雄渠再次复工。那时,社员修渠的积极性很高。大年初一,温家掌村农民张长青和他的妹妹张瑞青争相参加水利建设,谁也不愿留在家里,于是索性把家门一锁,一块儿上了工地;腊月二十八才结婚的新媳妇元三姐,正月初二就上了英雄渠。冬天工地上北风刺骨,天寒地冻,部分民工没有住处,就住在山洞里。

宣传员都是革命乐观主义者。困难面前,路永修编快板说:

英雄楼,英雄房,玉石柱子玉石梁,

玉石门前玉石路,民工睡的玉石床,

北边有个大食堂,饥了就吃饭,渴了就喝汤。

其实哪有什么"大食堂",只不过是在悬崖峭壁间有一个自然山洞,是个勉强能容两个铁匠捻钻和捎带给民工做饭吃的地方。

开初修英雄洞时,遇到坚硬的岩石,工程进度缓慢,民工个个双眉紧锁。后来组成突击队猛攻猛打,效率大大提高。路永修又编快板说:

东洞口,正前线,坚硬岩石连成片,

突击队,上了栈,千锤打,万锤炼,

大小石头被崩散。

找窍门儿,出主张,一心要崩老山岗,

不怕老山头皮硬,铁山也要钻个洞。

跟路永修一样,秦易的快板也非常乐观。

红旗渠刚开工,为动员民工参战,秦易编了一段"引漳入林"快板:

千年干旱无人问,群众想成心里病,

白天想,夜里盼,何时漳水到门前。

林县县委做决定,男女老少齐出动。

千军万马战行山,红旗飘飘遮满天。

手牵漳河到林县,旱地变成水浇田。

就是老天不下雨,农业也是丰收年。

秦易在工地,看见什么就说什么,很快就能给人送上欢乐。因此,认识他的人很多,有人一见面就要他给来几句,他也从不推辞。

一次,几个女民工打钎子累了,就坐在石板上休息一下,正好老秦路过,其中一个便要他来几句。老秦张嘴就来:

青石头,光板喽,小妞都坐这儿打眼喽……

老秦还要往下说,大家急忙把他后面的话拦住了。老秦没走多远,身后就传来叮叮当当的打钎声,自然还伴随着朗朗的笑声。

前面又一群女民工在抬石碴。那天刚下了一点雨,路有点滑,有两个女孩子不慎摔了一跤,其中一个眼泪几乎就要流下来了。老秦上前把女孩子扶起来,顺口溜也跟着就来了:

下了雨,道路滑,抬土还得把坡爬,

她一扯,你一拉,一下儿跌个仰八叉……

不等老秦说完,两女子早已破涕为笑,飞快地跑进了抬石碴的队伍。

红旗渠建设经过了总干渠开凿、三条干渠修建、支渠配套、灌区建设、维修加固、工程技术改造、红旗渠精神宣讲等众多历史阶段,各个时期工作重点不同,但宣传工作却一直贯穿始终。这期间,究竟有多少人投入了宣传工作,又有多少人为节目的创作编排付出了心血和汗水,肯定没有一个确切的数字。然而,有许多节目口口相传,久演不衰,居然一直流传到现在,真正称得上是艺术精品。这其中,表演唱《红旗渠上好铁匠》即当之无愧。《红旗渠志》56页有一幅照片,图片说明为"文工团在工地演出",演员是谁还有待考证,但一看画面,就知道表演的是《红旗渠上好铁匠》。时间过去了五六十年,演员换了一茬又一茬,节目却依然活跃在林州城乡,成为重要的保留节目。在台上演员表演为钻头淬火一节时,台下观众会情不自禁地一齐发出"嘶"的声音,紧接着便是掌声和笑声。要告诉大家的是,这个表演唱的词作者就是刘中生。

刘中生是城里人,吹拉弹唱无所不能,还爱好书法绘画,真可谓多才多艺。他长期在文化馆工作,不仅从事节目创作,还经常亲自登台表演,词写得好,表演更出色。因为擅长现场创作,县里领导常带他下乡表演,至今仍留下了很多脍炙人口的段子。

20世纪70年代,我是任村公社一名驻村干部。那时的中心工作,就是深翻改土,扩大水浇地面积,提高粮食产量。当然,还要动员所有劳力投入农田改造。

记得广播站小喇叭播送过一段快板,描写老两口同时参加生产,老头管推土,老伴儿管装车。身体有病很少下地的老伴儿那天表现却十分积极,这让老汉儿十分好奇。他说：

过去你光会做吃的儿,天天不离锅台根儿。

阴天下雨就有了病,哼哼歪歪不能动。

连饭你也做不中,支应你都得好几（解）工。

今儿哩你咋就稀了罕,几锨就把俺胎（带）压扁!

你看,生活气息多浓郁,真是把人物给刻画得活灵活现。为了把这段快板记下来,我可没少下功夫,听了一遍又一遍,记了这段记那段,最后终于把快板记完整了,然后就给老百姓表演。我估计,像我这样热爱地方文化的人,那时各公社都大有人在。

后来我工作调回县里,也走上了快板创作表演的道路,方才知道,这段快板同样出自刘中生之手。

（赵长生）

能工巧匠

　　红旗渠工程荣获经典设计奖,每一块界碑上,镌刻着工匠团队的名姓!

　　大国工匠,以匠心赋予建筑灵魂!

　　钻山腰、架涵洞、錾雨线、开竖井……

　　智慧渊薮融入千里长渠,绽放出灵动而隽永的光芒!

最"土"的人 最红的渠

一

眼下,正是红英汇流紧张施工的时候,技术员路银在忙着测量汇流点,红旗渠水和英雄渠水马上就要"胜利会师"了!

红英汇流是红旗渠上的重点工程、难点工程,新华社记者也来了。记者看到路银的时候,路银正在测量渠线。只见他一身黑蓝色的中式衣裤,和任何一个林县老百姓一样,粗糙开裂的双手,灰白的发茬,额头横着"山岭",两颊尽是沟壑,唯眼睛明亮。彼时,他蹲在一人高的渠岸上,左手紧拉麻绳线,宽大的右手攥着皮尺,又伸出食指,对麻绳弹了弹,指挥对面:"稍往东移一点点,再移一点,好!就这样。"然后咧嘴,扯出一个微笑,于是满脸的褶子更深了,像极了太行山的褶皱。

记者到处转了转,看了看,咦?连个水平仪都没有?这一发现,非同小可,他一把拉过红旗渠指挥长的手,急切地说:"如此重要的水利工程,咋我就没有看到水平仪呢?"

指挥长呵呵一笑,娓娓道来。

二

合涧,有宽宽的淅河。

可合涧也缺水,早在400年前,就开始抗旱修渠。明万历年间,知县谢思聪指挥修建了一条渠,宽、深各约一尺,全长9公里,名"谢公渠",解决了沿途村庄的用水短缺问题,但更多的村子还是"化外之地"。

能工巧匠

路银出生于 1910 年,13 岁时,林县大旱,河干井涸,粮食断绝,父亲被活活饿死。这一年开始,少年路银就摇摇晃晃挑起了生活的重担,靠跟父亲学的石匠手艺,扛起锤钻出外给人锻磨、锻碾挣钱,养活家人,成了一名专业的石匠。长期的走乡串户给私人做活儿,养成了他心细、手艺好、爱钻研的特点。后历经磨难,苦水尝遍,到了兰州铁路局工作,并任铁路局工队长,也算是熬出头了。

1957 年,路银回老家休假。那一年,英雄渠复工,虽说即将横空出世,但也遇到了前所未有的困难,合涧区委请他到工地作技术指导,毕竟,他是有三十多年工龄的老石匠啊。探亲期满,为了家乡人不再像父亲一样饿死,他毅然选择留下建设家乡,在这里又学会了水利施工,从此与红旗渠结下不解之缘。

全县只有两台水平仪,一直在总部服役。在大量的工作和实践中,路银就发明了一种可以代替水平仪的"土水平仪",指挥长对记者说:"红旗渠上有很多工程都是老路的'土水平仪'抄平,还纠正过几次误差,可以说是万无一失,你就放心吧。"

记者还是不放心。

英雄渠,渠如其名,像一个性情勇猛的英雄,勇武有余,温柔不足,这由它高高在上的地势所决定,渠道非常陡峭,如同悬挂在山上,渠底怪石嶙峋,面目狰狞,流量为 10 立方米 / 秒。红旗渠,是桀骜不驯的漳河的孩子,任性起来,曾冲毁渠岸。二者汇流,搞不好如"两虎相争"呢。

首先,不能让英雄渠水倒灌进红旗渠,所以,这个汇流点很重要,要让他们友好握手,不容易呢。

对于"土水平仪"的往事,只能从某些老人的只言片语里窥其一斑。他们说:"就是洗脸盆盛上水,把空碗放在水面上,碗上放直棍儿,通过棍子两端的两个顶点和要测定的点三点一线,来测定是否水平。工具很简单,不过是皮尺、麻绳、洗脸盆。"林县人,多"旱鸭子",却给这个"土水平仪"起了个颇形象又颇有希望的名字——"水鸭子"。想明日,渠修成,水上鸭子乱扑腾。

当年修渠人回到家乡,给人建房子抄平,总会习惯地说:"用'水鸭子'校对一下!"若有人说简陋,修渠人就会反问:"简陋?小物件办大事!当年造原子弹,不是还拿着算盘儿做过演算?"

所以这次,指挥长面对新华社记者的质疑和询问,回答得蛮有把握。

事实证明,"土水平仪"和他的主人再一次出色完成任务。1966年4月,红英汇流工程顺利完工。

当时很多工段靠的就是农民水利"土"专家,和他的"土"水平仪。建成后的红英汇流,是红旗渠十大工程之一,是红旗渠上标志性景点之一。

三

后来合涧营又到红旗渠二干渠工地,接受了修建焦家屯渡槽的施工任务。根据图纸设计,渡槽须要建在水库的坝基之上,可路银拿着图纸实地勘察后,觉得万一大坝有沉陷,渡槽将随之下沉,必定报废。

后来路银一次次上山看地质、看地形,经过反复考虑、计算,最终向上级反映,并且针对这个情况大胆地提出了一个建议。

修改后的方案是绕着水库修明渠,在水库上游修小渡槽。即使小渡槽,高度也达18米,由路银负责施工。渡槽修建开始,就遇到了前所未有的困难:木料需要400根,总指挥部只给了200根。

巧妇难为无米之炊。路银只有再一次向上级请求,上级答复:红旗渠各段都物资短缺,这200根,还是挤出来的,剩下的只能自己想办法。

那段时间,他把头皮都挠破了。晚上一闭眼,满脑子都在想去哪儿找木料;早上一睁眼,还是木料、木料。他不断地和工友们商量,互相点拨,又长时间地思考。终于,在不断地试验中,灵光乍现!于是一种全新的搭渡槽方式就此诞生。

什么办法呢?是个"土"办法,借鉴民间盖房子的原理,用渡槽的腿为支柱,三梁起架做拱胎,这样能节省一半的木料。这个方法也得到了领导的支持。为确保质量和安全,他把铺盖卷儿背到了工地,吃住在工地,每天从早守到晚,亲自参与搭建拱胎,并逐一检验。

拱胎终于搭成了。可是,木料少用了一半儿,能保证安全吗?

这一天,指挥部的领导来渡槽查看施工情况,远远地就看见拔地而起的渡槽拱胎。又走近些,发现有个人在上面走,甚至还在上面蹦,大家七嘴八舌地说:"我看像老路啊。"指挥长扯着嗓子喊:"老路你干啥?我们要的是施工的质量,可不是要你的命!"

路银嘿嘿一笑,带着指挥长又上去走了一遭,下来问:"咋样?牢稳不?"指挥长马有金哈哈一笑:"牢稳!就像西山一样牢稳,上去干活吧,没事。"

大家紧锣密鼓在拱胎上劳动,路银一边指挥,一边还不误干活,待渡槽顺利合龙。大家说:"老路,你无愧于农民水利'土'专家这个光荣称号!"

路银,从一个石匠,熬成铁路局工队长,又放弃长期工,来当农民工,没技术学技术,没设备做"土"设备,没办法就创造"土"办法,没专家,就硬把自己锻炼成了"土"专家。

还有一次,修建皇后沟渡槽,半夜下大雨,他去挖泥胎,累到吐血,浑身都是泥,成了名副其实的"土"专家。

在红旗渠修建过程中,还有许许多多像路银这样的人,他们没有高学历,没有深奥的理论,他们有的,是长期的实践和实践中摸索出的宝贵经验,是自力更生、吃苦耐劳。他们运用自己的钻劲儿和智慧,为修建红旗渠献计献策、付出心血。

他们是最"土"的人,修出了最红的渠。

(申向利)

测出红旗渠的"水平仪"

1959年夏,林县遇到前所未有的严重大旱,流经林县境内的淇、淅两条河道断流,发源于本县的洹河也干涸,使修建的渠道无水可引,大部分庄稼都没种上,人畜饮水特别困难,有的地方,人们往往要往返十几里地去取水,大旱将林县人民逼上绝路。干旱,是世世代代林县人心中的痛;干旱,迫使多少林县人背井离乡外出逃荒;干旱,严重制约着林县人民的生存与发展!水,历来是林县人最大的心灵期盼。水!水!水!

一

新中国成立后,林县县委带领人民群众修了几条水渠和多个水库,但面对大旱,境内水源枯竭,也只能是渠断库干。为彻底解决林县缺水的问题,林县县委进行了调查研究后决定,不能只盯着林县境内,要把眼光放远,打破区域去找水。于是组织了三个调查组分别沿淇河、淅河、漳河逆流而上到山西省陵川县、壶关县、平顺县去找水源。

1959年6月14日,林县县委书记杨贵和书记处书记周绍先带领寻水考察队,徒步来到了山西平顺的河峧沟,面对滔滔漳河水,他们一个个拍手叫好,激动不已。当下决定,一定要把漳河水引回家乡。1959年10月,林县县委指示,从各公社抽调勘测人员,组成了25人的勘测队,到山西平顺进行实地测量,李天德便是勘测队中的一员。

李天德,生于1928年农历10月15日,林县合涧公社北小庄大队北小庄

能工巧匠

村人,中共党员。年幼时读过私塾,高小毕业。1955年,学习水利测量技术,参加了淇北渠、淅河英雄渠、新民渠、弓上水库等工程的测量修建工作,具有较高的测量技术和丰富的施工经验。勘测队由石玉杰和民政局的崔万林带队。勘测队员分成两个组,由李天德和常伏兴担任组长。两组队员到任村后,徒步先进行目测。常伏兴的一组从盘阳村往上,沿漳河南岸的王家庄、克昌、崔家拐等村,一路向西目测。李天德的二组从任村公社的圪针岭往西到骡子断,越过山巅到遮峪村目测。两组队员越过太行山后到平顺县侯壁村会合。巍巍太行山,从北向南匍匐延伸,到河南省境内后,猛地抬起了头,把山西和河南分界两面。从山西省引水,必须穿越峰峦叠嶂的太行山!

十月,秋高气爽,层林尽染。李天德和队员们顾不上欣赏太行美景,背着仪器和生活用品,在群山中跋涉。没有地形图,没有定位仪,他们只能望山前行。山上到处荆棘丛生,无路可走,他们时不时地被那些"热情"的荆棘给"拉扯"一下,在身上留下一道道印记。

两组队员在山西侯壁村会合后,共同研究了解的情况。要想穿越骡子断,必须钻山洞,根据当时的技术条件,别说20里长的山洞,单单打洞时通风一项就难以解决。大家一致同意,把渠首定在耽车东河,沿漳河南岸绕山而下,进行测量。勘测队有两台水平仪,李天德用的水平仪是河南省为表彰林县兴修水利颁发的奖品,这台水平仪是进口货,测量距离远,误差小,特别灵敏。对搞测量的技术人员来说,这台水平仪就像一名战士得到先进武器一样,李天德特别爱惜它,总是形影不离,即便是睡觉,也要放在身边。两个组一前一后进行测量,晚上把白天的数据进行计算。当时没有计算机,用的是算盘。如果两组数据吻合,第二天继续往下测,否则就得重新测量。他们起早贪黑,白天爬山越沟,晚上还要在昏暗的油灯下计算到半夜,一遍不行两遍,甚至三四遍,直到准确无误,"九个数字一个零,天天憋得脑子疼,一遍一遍又一遍,搅得日夜不安宁!"流传于勘测队里的一句俗话,就是他们工作的真实写照。

1959年,正是人民群众吃大食堂的时代,在生活上特别困难。经林县县委和平顺县委沟通后,平顺县开具了介绍信,到沿测量线附近村庄派饭住宿。每天早饭后,李天德带领勘测队钻进山沟,由于测量任务紧,中午饭有人直接送到测量点。测量是随时移动,有时送饭的人难以找到他们,勘测队员们只好饿肚子干活,实在顶不住,就顺手摘点酸枣、柿子等野果充饥。

勘测队沿河南滩、敖上村、车当村、侯壁村、崔家拐、青草凹村、老申峧、克昌、白杨坡、雨水、滚水、西丰等村一路测量而下,每次测量一般为4000～5000米,他们居无定所,一两天换一个地方。

生活再苦、工作再累,勘测队员们没有一个人有怨言、闹情绪。他们明白:"咱们是受县委县政府和全县人民重托,干一件史无前例的大事,如果成功,将彻底摆脱林县缺水的困境。"

经过25天紧张工作,11月4日测量完毕。

11月5日,李天德、石玉杰、崔万林、常伏兴到县委汇报工作,杨贵表情严肃,摆摆手让大家坐下。

杨贵:"漳河水能不能引到林县?"

石玉杰:"能,但是有困难。"

杨贵:"困难我们可以解决,我只想知道测量结果。"

李天德:"从测量数据分析,漳河水能引进咱县。"

杨贵脸上露出了笑容,他右手紧攥,高高举过头顶,然后猛地落下来:"好!同志们辛苦了!"

二

为了缩短渠线,林县县委决定,勘测队再赴平顺,展开备用渠线的测量。

11月11日,李天德和勘测队的同志们再次踏上西去的征程。出了县城,抬头就看到"鲁班壑"。李天德边走边给大家讲起了鲁班壑的传说:"很久以前,鲁班巡查路过林县,看到林县干旱缺水,人们生活贫困,遂决定劈开太行山,把山西的水引过来。鲁班用尽全力,一斧头劈下去,倔强的太行山被劈开个小壑子,大斧却被震坏,鲁班摇摇头,转身离去,再也没回来。"

一位队员摇着头说："这么高的山，神仙都引不来水，咱们能行吗？"

"求天不管用，求地也不管用，神仙更是靠不住，我们只能靠我们自己，只要有'愚公移山'的精神，就没有办不成的事！"李天德说。

平顺的冬天来得早，树木光秃，满目荒草，一片萧条，寒风在山沟里肆虐，发出"呜呜"的怪叫声，冻得队员们又是跺脚搓手，又是捂耳朵。

李天德立在寒风中，像一尊雕塑，任凭狂风吹得衣服乱摆，身体巍然不动，那上下不停摆动的右手，像一座指示标，坚强地和寒风抗衡。水平仪是很精密的仪器，需要耐心地调节，稍有不慎，就会偏差。调节仪器不能戴手套，李天德只能光着手干活，几天下来，他的手冻得都是疙瘩，握笔都困难。尤其到了晚上，钻进被窝，好不容易暖和了，手脚就开始发痒，常常晚上痒醒好几次，又是挠又是掐，手被挠破成了疮。

"好记性不如烂笔头。"李天德从学习测量开始，就养成了写日记的习惯，抽空他就写日记做记录，记载下各个工段的可靠数据，建立工程技术档案。这天，李天德利用吃饭的空隙做测量记录：11月15日（农历10月15日），多么熟悉的数字。他拍了一下脑袋，说了句："今天我生日啊。"坐在他身旁的康家兴悄悄告诉队员们："抽空到刨过红薯的地里找些红薯，或到树上摘些柿子，晚上烤着吃。"下午两点多，天空飘起了雪花，风卷着雪花，在空旷的山野咆哮着，肆无忌惮地钻进勘测队员们的衣领、袖口里。老天爷给大家放了半天假。晚饭后，风住雪停，圆月如洗，月光倾泻在薄薄的雪地上，天地一片银白。有人在院子里点燃一堆篝火，大家围火而坐，讨论着测量的问题，憧憬着清水绕田园的美好，情不自禁地唱起了"一条大河波浪宽，风吹稻花香两岸……"

烤着红薯，烧着柿子，唱着歌儿，大家跟着李天德在异乡"奢侈"了一回。李天德在日记里写道："这是我有生以来最隆重、最开心、最难忘、最有意义的生日！"

三

1960年2月11日，林县引漳入林工程正式开工了。几万修渠大军浩浩荡荡奔赴修渠工地。李天德被县委任命为引漳入林工程总指挥部工程股副股长，紧急对渠线进行选线、定线、测量。李天德勘测队测量过的两条渠线的渠首，都在侯壁断的上游，如果依照测量过的渠线施工，就把平顺县几个即将上马的水电站给废了。经过林县县委和平顺县县委商量，决定把渠首设在侯壁断的下面。侯壁断下的河床海拔高度，较北耽车和赤壁断下的海拔高度低了许多。这条渠线，李天德他们根本没有测量过。

漳河水能不能从侯壁断下引入林县？李天德心里没底。

渠底设计总宽为十一米，这么宽的"河"能不能设计好？李天德心里也没底。

几万民工已经来到工地，箭在弦上，不得不发！

情况紧急，李天德迅速组织了五个测量小组，进行分段测量。利用已测过的渠上的BM点高程点向下移的办法，仅用了三天时间，就测量完毕，然后把测量结果汇总到总指挥部，李天德和吴祖太共同计算、设计。这三天，李天德忙得连饭都顾不上吃，闭上眼满脑子都是数字。最后结果，分水岭比侯壁断下的海拔仅仅低十几米，70000米长的渠线，只有十几米的落差，还要穿越崇山峻岭，这就需要技术人员把握好这个"平"，不能有一丝一毫的差错！为了得到准确数据，随后李天德和卢公亮又重新全程测了一遍。1961年9月省委领导来林调研，提出了目前面临的三方面问题：一是红旗渠这么长，测量是否准确？二是地形这么复杂，会不会发生山体滑坡？三是浊漳河泥沙很大淤积堵塞了渠道怎么办？问题摆在了杨贵书记的面前，经过日日夜夜的深思熟虑，决定复测。任务交到红旗渠指挥部，指挥部当即组织技术人员进行复测，并要求参加复测的全体人员，设计时务必充分考虑泥沙淤积问题。李天德作为主测，处处小心谨慎，有一天结束测量后回到驻地，两个组对谱时，发现相差1米，这可把李天德急坏了，一时满头大汗，连夜对两个组的手谱一一进行计算，最后发现还是在计算上出了差错，直到此时李天德才放下了悬着的心。经过十几天的精心测算，结果终于出来了：两个组测量的数据完全一致，还是同过去的一样。

吴祖太是渠上唯一一名水利学校毕业的专家,尽管李天德比他大五岁,仍虚心向他请教、学习。两个人常常彻夜不眠,进行计算、讨论,有时会因意见不同而争吵得面红耳赤,但转眼就和好了。李天德从吴祖太那里学到了很多先进测量知识。1960年3月28日,吴祖太在检查王家庄隧洞安全时,突遇塌方,不幸牺牲。那晚,李天德一夜没合眼,他失去了一位好战友、好兄弟、好老师。他擦干眼泪,下了决心:"一定要把漳河水引回家乡!"

勘测队就是先锋队,既艰苦又危险。在青年洞进口测量,面对人称"小鬼脸"的悬崖峭壁,李天德只能把水平仪支在陡峭的斜坡上,半跪着测量,时间久了,双腿麻木,不小心把机器碰了一下,机器失去了平衡,倒了下来。说时迟,那时快,李天德一把把水平仪抱在怀里,整个身子头下脚上从斜坡上滑下。站在李天德下面三四米远的康家兴,一把抓住李天德的一只脚,猛地坐下来,双脚死死地蹬着斜坡上的石头,终于两人在离悬崖两米远的地方停了下来,李天德手上脸上都是血,怀里还紧紧抱着水平仪。"哗啦、哗啦",崖下传来石头坠地的声音,当他站稳往下一看,竟是绝壁,顿时吓出了一身冷汗,李天德伸了伸舌头,拍了拍康家兴的肩膀,苦笑着说:"这小鬼脸够孬的,想勾咱哥俩的魂呢,咱就和它杠上了,非从它身上穿个洞过去,看看到底谁厉害!"一句话逗得大家都笑了。

四

红旗渠的修建,没有先例可鉴,全靠摸索前进。总干渠是边定线、边测量、边施工,李天德背台水平仪,奔走在70公里长的渠线上,哪里有问题,李天德就出现在哪里,脚上磨出了血泡,也不敢休息。1965年4月5日,红旗渠总干渠全线竣工放水。分水岭上,红旗飘扬,锣鼓喧天,成千上万的干部群众聚集在这里,见证这一历史时刻。李天德挤在人群里,翘首以待。

等待,给人以憧憬、给人以希望和梦想。这个梦李天德已经等了五年多,多少个日日夜夜,都盼望着这一伟大时刻。而现在的等待,对李天德来说是一种焦灼,更是一种折磨。

当浩浩荡荡的水,顺着红旗渠一泻而下时,霎那间,大家欢呼跳跃,人人脸上洋溢着发自内心的欢喜。

此时,李天德双手掩面,蹲了下来,他落泪了,这是激动的泪、这是自豪的泪、这是幸福的泪。成功了,五年多的压抑,在这一刻得到了释放,一颗悬着的心终于落下。

他突然感觉好累,他想休息,想躺下来睡一个踏踏实实的觉,可是还有很多工作等着他,他不能休息!

李天德先后参加了红旗渠总干渠,一、二、三干渠和多条支渠的选线、定线、测量工作,红旗渠的水是顺着他的脚印流进林县大地的。当红旗渠水打着涟漪,从"鲁班壑"下流过时,李天德仰天长笑:"求神不如求己啊!"为了漳河水早日来到林县,李天德一心扑在修渠上。一次,同村的人从渠上回到村里,见到其爱人方腊英时,说李天德在工地受伤住院了。爱人方腊英急忙赶到医院后,只见他脸上缠满了绷带,就像从电影里看到从战场上下来的伤员,她顿时满脸泪水。平时李天德忙于渠线测量,从未考虑过家中的事,就连家里盖房子,也从没帮忙过问。甚至在一干渠测量时,他从自家的门口路过,也没踏进自家门槛一步。就此事,他本家的一个爷爷跟方腊英开玩笑说:"天德不要你和家了,你看他从家门口路过,也不进家看看你。"爱人最了解李天德了,说:"我知道他工作忙,顾不上回家,我不埋怨他。"

1966年4月20日,在庆祝三条干渠通水典礼大会时,李天德被表彰为红旗渠建设特等模范。红旗渠建成后,他留任红旗渠灌区管理处工作,担任工程股股长。

1988年,李天德从红旗渠灌区管理处退休,当组织问他有什么困难和要求时,一生清廉的李天德在退休时"腐败"了一次,他请求把那台跟随他大半生,已经损坏的水平仪带走。李天德花了几百块钱,请人把这台水平仪修理好,放在了他的卧室,有老朋友作伴他心里充实点。

退休后的李天德,身在家中心在渠,时刻关注着红旗渠的运行情况。当红旗渠出现问题,领导找到他,他就能把出事地点的地质特征、地貌特点准确无误地描述出来,并制定合理的处理方案,红旗渠已经成为了他生命的一部分,大家都敬佩他,说他是一张"活的红旗渠地图"!

2012年,红旗渠纪念馆建成,向社会公开征集当年修建红旗渠的实物。李天德的儿子李长斌、儿媳索瑞红同李天德商量,把这台水平仪捐献给红旗渠纪念馆,李天德真心舍不得。后经李天德的女儿李秋娥共同做思想工作后,他才答应了。当李天德一家人将要离开红旗渠纪念馆时,李天德抚摸着这台水平仪囔囔着:"老伙计啊,我们都老了,你也该歇歇了,抽空我就来看你……"如今,这台水平仪静静地立在红旗渠纪念馆内,默默地向世人讲述着昨日林县人民千军万马战太行的故事。2016年夏天,李天德和其他三位红旗渠劳模去北京看望老书记杨贵,杨贵拉着李天德的手动情地说:"天德啊,你辛苦了,水能来到林县,你功不可没,祖太牺牲后,你身上的担子更重了,你们测量组全体人员无怨无悔,为了水你们做出了最大的贡献,全县人民不会忘记你们的。当年我们修渠的这帮人都老了,可红旗渠精神不能老也不会老,她的精神一定要传扬下去!要把红旗渠保护好,多宣传修渠人,尤其是你们这些技术人员,宣传太少了……"

(吕建周)

巾帼锤

八磅大锤！十二磅大锤！！

20世纪60年代，林县红旗渠上的赵子竹，一个16岁的小姑娘，竟然把这等大锤抡得虎虎生风，得心应手，抡得声名鹊起，众口称誉。

当年腼腆的小姑娘，如今已是76岁的老人。2020年12月27日午后，赵子竹老人微偻着身子立于任村镇上一个小街口迎接笔者。她面容温婉，眼神亲切，语调柔和，带些江南女子的气韵，微微一笑，牙齿和眼睛皆如阳光般亮泽。单从外貌看，是绝对不会把她和"锤"联系在一起的。然而，当坐在简单的老式儿沙发上谈起修渠的往事，赵子竹很快就"原形毕露"了，说到关键时"腾"一下就从沙发上弹了起来，伸胳膊踢腿，白鹤亮相般示范起抡锤打钎的各种姿势来——

弓腿；侧腰；仰头。

下打；横打；上打。

"嗵！""嗵！""嗵！"一边造型，一边模拟打钎的声响，气发丹田，厚重雄浑。

抡锤有抡锤的技巧，打钎有打钎的窍门，若锤力不够，发出的则是"滴当儿""滴当儿"的浅表清脆音。赵子竹就是赵子竹，76岁了，一系列动作亮相依然那么"飒"，足够还原出她当年的"巾帼锤"形象——她的锤来得高，来得沉稳；落得迅疾，落得坚定。一锤千钧，那是要把钢钎砸进石之骨髓里，是要把内劲儿发进山的内脏中，山会为之摇，地会为之动！

能工巧匠

　　1959年，南谷洞水库的建设工地，人欢马叫，热火朝天，赵子竹也鏖战在这场战斗之中。南谷洞处于太行山腹部，是一座堆石坝，修水库首要就是爆破除险，而爆破的第一步就是打炮眼儿。赵子竹和付保英结为一组，子竹主锤，保英扶钎，偶尔互换一下略作调整歇息。那年，她15岁，梳着两个小辫子，胆小、怕羞，不敢和生人说话。施工期间，马副县长时常到工地巡察指挥。当马副县长发现抡锤打钎的赵子竹时，一下住了脚。赵子竹本想招呼一声，却就是张不开嘴，反添了点怵，只闷声把一把老锤高高地抡起，稳稳地砸下，锤起生风，锤落钎响，"嗵！——""嗵！——""嗵！——"

　　"你这小姑娘真办事（办事：了不起。）！叫啥名字？"

　　"赵子竹。"

　　"哪儿的人？"

　　"任村。"

　　"哦，任村的小子竹！"马副县长发现了宝贝似的不住地点头微笑。所以，后来，在红旗渠上，马副县长动不动就会撂出一句："任村有个小子竹。"

　　确实令人惊奇，一个弱女子怎么就如此铜膀铁臂？事情总有其存在的缘由和道理，赵子竹既染有"大家"之风，又沾了"苦难"的光。

　　赵子竹，祖籍任村赵家墁，爷辈起迁于任村集镇，营设粮行，门楣阔亮；父承祖风，更兼文化，给她和弟弟分别起名"子竹""国林"。谁知，天有不测风云，子竹五岁时父亲去世，子竹不得不从小就帮母亲料理生活，她自然就成了家里的"小大人"。首先，她和弟弟每天要到任村南大街的井里去绞水。路距远、大井深，辘轳大得两人合搂。子竹身高不及辘轳，绞水谈何容易！虽常遇善邻相帮，却总是磕磕撞撞，桶内一少半桶外一多半，上身两襟水下身双腿泥……外加家务、种地、喂驴、放驴。十二岁的子竹辍学，彻彻底底成了全劳力。身心坚强，得益于苦难和艰辛；童子臂劲，幸磨于庞大的辘轳以及又粗又长的井绳。

　　1960年2月11日，林县红旗渠全线动工，浩浩荡荡的修渠大军开进了太行山，16岁的赵子竹理所当然加入"任村连"，奔赴到山西石城，参加崔家拐渠段的工程建设。赵子竹和付保英仍结为一组,负责打钎。不料想,十来天之后,赵子竹突然得到渠首连长卢国辉的通知:"特调'渠首突击队'。"

渠首突击队!那全是精兵强将啊!渠首侯壁断打钎凿洞,更有强中之强的"突击营"!那是实打实的硬仗啊,硬要从铜墙铁壁般的太行山上抠开一个口子——太行山森严壁垒,黑着脸,咬着牙,不松一丝缝儿。这一场较量,注定是钢钎与磐石相击相搏的火迸星闪,以及轰隆轰隆的大炮呐喊。上级领导巡察至此,发现工程极其艰巨,打钎的力量和技术很不够,就吩咐连长卢国辉:"任村的赵子竹,抡锤打钎没得比,把她调来!"

赵子竹临艰受命,欣喜自豪,转赴渠首。渠首突击营人员分为两组,昼夜两班儿倒,人歇工不停,夜里点着汽灯通宵干。万事开头难,开始凿洞,空间位置狭小,容不下身,抡不开锤,纵有多大的劲儿,也若猛兽入笼干转圈儿。撬开一个小口,要向四周扩大,时而得平打,时而得斜打,时而得仰打……

平打、横打已属在磐石上"挠痒痒",仰打的难度就更可想而知,用赵子竹的原话说就是"真是淘死那神了啊,也受死那罪了!"钎进一寸,力透筋骨,每一寸都是体力和毅力的极限。炮眼有炮眼的技术含量,作业有作业的任务要求:下打,1.2米;横打,八寸;仰打,六寸。两人一组,限时、限质、限量,在一个班儿内,每组必须打够这个总量,打不够就加班儿。

"这么硬性吗?"

"对。做啥事总得有个制度,没有制度就办不成事啊。"

"你有完不成的情况吗?"

"我一般都超额,还常帮助别的姐妹。只有一次,生病了没完成,回到住地时正好碰见帮厨的一个本家大婶,不知怎的一看见她我抽抽搭搭就哭了。大婶叹了一口长气,抚着我的背说,别哭了,咱就恁样坚持吧,苦是苦点儿,咱也能挣个工分不是……我擦了擦泪点了点头。第二天就补够了。"

"生病,是指女孩儿的生理期吗?"

"生理期?"赵子竹愣了一下才转过弯儿来,苦笑了,"没有没有,哪有那啊,吃的木薯面掺红薯面疙瘩、小米掺杏叶,活儿又恁重,去哪会有那个?都是二十几了才有的。"

赵子竹若上夜班,第二天上午睡觉,下午就会出去到处转转,走到哪儿,都有人招呼:"子竹过来了啊。"有一次,遇到一个因完不成任务而气得大哭的姐妹,子竹二话没说,"呸"一声往手心一唾,两手一搓,接过锤"嗵""嗵""嗵"打了三十多下,钢钎立马下了三寸许。打钎,若没技巧,就只有"滴当儿""滴当儿"的空响却不见钎下,尤其是身疲力乏时那简直就全是"无用锤",所以多这几寸,就很容易完成任务了。"要得亲,换手巾",那个受帮的小姐妹扯着喊着硬要交换手巾拜成干亲。诸如这类的干亲赵子竹被拜了无数个,延河站、潘阳、尖庄,都有。2018年的某天子竹到河北白山顶上,突然听到"子竹、子竹"的叫声,回头一看,是个老头,子竹愣了,那老头却说:"你不认识了,以前咱们在渠上,你总是照顾俺妹妹,帮她打锤……"

赵子竹人小锤硬,更可赞的是,她的锤不是"直锤",而是"智锤"。有一天,赵子竹原来所在的"任村连"派人跑到渠首叫她:"指挥长让来请你。"原来,指挥长巡察到"任村连",看见端端正正一块巨石,提醒大家破之垒岸很好,可巨石长、宽、高都足有三米多,比一间房子还大,谁也奈何不了它,只乱嚷嚷着用锤砸。指挥长灵机一动:"去把子竹找来。"

赵子竹本在歇班睡觉,一骨碌爬起来赶去了。众人擎她上石后,她扫描了几下就吃准一个点(并非正中间),开锤起示,告之大家:"只打八寸。"夜里装药,一炮响过,巨石果然一开四瓣儿,规规整整。但还是搬不动啊,子竹抽个空又过去,逐块划出一个线,吩咐:"只可下錾。"——大锤打下錾眼儿,四个铁錾分别塞下,12磅大锤"嗵""嗵"几砸,一块石头裂两块,四块石头切成了齐齐整整的八大块。

指挥长又过来时,左瞧右瞧不见巨石,便问:"大石头哪了?"大家嘻嘻哈哈地答:"早垒进岸里了。"

张随录连长歪着脑袋用手指着赵子竹,拧眉眯眼地纳闷儿:"你这赵子竹,你的小脑筋是咋想的,你咋就知道从哪儿打眼儿、从哪儿下錾呢?"

"不知道,我就觉得得从那儿。"

赵子竹又能说出什么高深理论呢?但,她就有这绝活儿!

凭眼看、凭心想、凭直觉——这就叫经验智慧吧!就叫劳动人民的经验智慧吧——长时间摸索、日积月累而产生的只可意会不可言传的一种技巧。熟能生巧、巧能生精,亦即此吧。"巾帼锤",红旗渠上真正的锤啊,那就是把老锤和石头真正摸透吃准了,像庖丁把刀和牛摸透吃准了一样,做起事来心神合一,游刃有余。

不幸的是,赵子竹也曾受过伤!渠首凿洞奋战了四五个月,将要完工,洞口上方还凸出着一块"石顶子",这个活儿不太大却有点棘手,不除去就得再设一道岸,若除去又轻不得、重不得。轻了不行,重了又怕崩着崔家拐,连长卢国辉瞪着热切的眼神:"子竹,你上去掏个小老炮吧。"赵子竹应声上去,整身巧锤,眼看弄成,最后因臂上用力,脚下也带了劲儿,竟把一块石头踩活了,哗啦啦一声响,人、石、锤统统掉下,落进乱石堆里,赵子竹当下就直不起腰了。送到医院检查,腰椎有损伤。赵子竹休息了一天,第二天就说"不碍事"要求上班,领导看她还弯着腰,就派她去照看了几天汽灯。赵子竹年轻时觉得"不碍事"是真的,可如今,她因伤而愈来愈显疼痛的腰椎也是真的,愈来愈弯的后背也是真的,上衣显得特别"前长后短"也是真的!

"渠首钻洞"是最艰苦的岁月,可赵子竹说"苦"事一直含着笑。让她叙之盈泪的是她参加的"渠首截流"!

如今看到的红旗渠水似乎总是很平和,总是从从容容的悠闲样儿,但那是从漳河降伏过来之后的样子啊,它原来在漳河里可没那么好脾气!漳水如龙,奔腾咆哮,红旗渠首一带的漳河水汹涌浩荡,气势雄浑,它认定的道路是汤汤而下的阳光大道,怎肯轻易俯首钻入一个人设的山洞?五月的天气,山西的寒冷仍入肌入骨。"渠首突击队"里的20名女子先隔河拉紧一条大粗绳作为第一道拦截线,男人们分成两组交替着下水。激流冲击,挺身逆立,河水没胸,寒彻上下,必须先喝两口白酒方能抵些寒冷!酒后疾脱棉衣,赴入清流,臂挽臂膀靠膀一扑溜齐靠着大绳筑起一道人墙!血肉之墙啊,硬是让河水溜边南走了,然后,趁着人墙下水流变小赶紧把沙土麻袋填进去,一袋挨一袋密密摆过,再一层一层摞高……为防人被河水冲走,下面还有一队人马又设拦截防线。就这样,从北往南,一截儿接一截儿,漳河河水被"渠首突击队"队员们逼着靠了南边儿,拦河大坝逐段立在了河之中!

"敢教日月换新天",这是林县人的胆魄,但"换新天",真的很难。赵子竹述说男队员奋不顾身跳入漳河与之搏斗时,所盈之泪是心疼,是自豪,更是敬佩:"冷也不行啊,豁出去了,不然怎么截住水,怎么垒开坝……我们女的没下水,可不知怎的身上也是青一块紫一块的……"

渠首完工后,赵子竹又被调到青年洞投入了战斗。青年洞完工后,她又回到任村连分别奔赴卢家拐、清沙、一干渠、仙岩、曙光洞等建设工地。锻石头、背石头、抬石头、和泥、垒岸,不管啥活儿,都干。不管哪里,只要有活儿她就去。

讲述修渠往事,赵子竹说得最多的一个词就是"调",她总是被"调"到最艰难的打钎岗位,调到更需要她的地方。1966年4月20日庆祝红旗渠三条干渠通水典礼大会时,她受到了"红旗渠建设乙等模范"的表彰。她的奖状曾让老母亲裱了小纸框子,如今看到的皱皱巴巴支离破碎的证书就是把纸框儿重新泡软后又剥离下来的。

赵子竹是"笑着讲苦"的一个人。笑,始终贯穿在她的生活中:"儿子也给钱,老年补助每月108元,从小苦惯了,现在虽不富裕,腰椎的伤也明显露出来了,但从来没想过给国家添麻烦。"尽管,她后来曾接连受到丧女、丧夫之大悲痛,尽管她晚年生活很清贫,但她依然乐于助人,而且把清贫的生活过得很精致,花花草草养了一大堆,一个小板凳也要包个面儿绣个样儿,每一道布帘子上都是她精裁细描的花。尤其是她身段一旋,眉眼一扬,兰花指一翘,又能抑扬顿挫来一段经典豫剧:"咿呀呀,呛咚呛,真乃不一般的巾帼哟。"

"巾帼"一词多和"英雄"相搭配——"巾帼英雄",你听,能不心魂一动吗?花木兰、冯婉贞……呼啦一下都从历史的战鼓中冲了出来。"巾帼锤",是英雄锤,是专属于林县红旗渠的锤,是红旗渠上独一无二的"子竹锤"。

(王玉芳)

能工巧匠

红旗渠上的特种兵

引 子

　　红旗渠有永远讲不完的故事,而红旗渠除险队的故事尤为曲折动听。因为除险队是建设红旗渠的特种兵,他们进行的是一种为了保障民工施工安全、避免伤亡事故、把自己的生死置之度外的"战斗",是修建红旗渠的开路先锋。

　　除险英雄、特等模范王天生,仿佛是出生在天上的人,一辈子和大山相伴,在太行山悬崖峭壁间凌空除险,不惜洒热血、流热汗。他带出的除险队成为活跃在太行屋脊上的一支"铁军"。

　　一个隐居深山,默默无闻的农民,把一生献给了大山,献给了太行山腰的这条生命之渠——红旗渠。

太行五猴　开路先锋

　　1958年4月,修建南谷洞水库的进军号吹响在太行山麓。

　　南谷洞水库是一座堆石坝,巨大的工程量就像一座山一样。工程建设首任指挥长是县长李贵,他感到压力很大,即召开指挥部领导会议,决定成立一支爆破除险专业队,并让任羊成负责组建。

　　任羊成机智、勇敢自不用说,点炮、抡锤、打钎更不在话下。爆破除险队很快组建起来了。可是,凌空爆破除险确实是个新的大难题。正在他一筹莫展之时,有队员说石板岩公社的大山顶上,有一个会下栈掏五灵脂的高手。任羊成一听,风风火火找到石板岩公社的副社长郭更福,请求帮助寻找这位高手。消息传出,马上有个叫王天生的中年人,主动前来请缨。

王天生,石板岩公社上坪大队的下栈高手。他出身贫寒,从小跟着叔叔伯伯们学下栈掏五灵脂、烧柏炭、炼柏油,卖些零碎钱养家糊口。苦难的岁月磨炼了他不怕苦、不怕死的坚强意志,大山里滚爬练就了他"飞绳下栈"的好武艺。

在王天生的带动下,石板岩公社的张怀昌、贾永伏、李运成、李江林四位青年,也纷纷向郭更福请命参加爆破除险队,这就是后来被人们称颂为"太行五猴"的五位热血青年。

当郭更福把这一喜讯告诉任羊成后,晚饭后席棚里的民工炸了锅:"任队长,我要去学下栈,我不怕死。""任队长,我也要去学,我更不怕死!"

任羊成高兴地跟大家说:"咱们队员里只要想学下栈,就轮流学,学会这武艺的人越多越好。明天咱们就开始学习!"

第二天天还不亮,郭更福带着王天生、张怀昌、贾永伏、李运成、李江林五人来到了任羊成的住地。王天生一见面就说:"任队长,我是一个大老粗,说话没水平,以后你不要见笑。"

"你是师傅,以后就不要叫队长了,你比我大八岁,叫我老弟就行,这样我觉得亲切。"任羊成紧接着说。

王天生十分高兴:"今天是学习除险的第一天,大家对下栈不懂,这里有许多技巧,我先给大家做示范。"

在烟囱栈顶,选好下栈方位。王天生叫一位民工砍了三根米把长的硬蚕坡木头,王天生边干边给他们讲,先把三根木桩呈等边三角形放好,用大锤砸入地下,露出三、四十厘米,这叫打桩,同时在三根木桩中间放石头,然后他拿起10米长、3厘米粗的麻绳,绾了个绳套绑身上,这叫绳套,接着又绾了一个梅花型结,说这叫护心疙瘩。

"绾绳套和绾护心疙瘩,这可是下栈的基本功啊!"王天生叫上贾永伏,"你在上边给我看绳,我给大家做个示范。"

王天生虽是个粗人,但是粗中有细。他带上绳套,结好护心疙瘩,把大绳绑在身上准备下栈,转身又给大家讲道:"大绳下边要放些杂草,这样绳子不易磨断。大绳下栈,不管栈上栈下的人千万不能叉绳,不能坐在绳上休息,下栈要有口令:'呜儿……呜儿……'这是叫栈上的人给放绳。这口令有停、有放,没有什么讲究,都是搁伙约定,栈上栈下各自理解明白就行。"

今天是王天生第一次下栈做示范,也是让大家见识一下。只见他来了一个飞身跳栈,有时像雄鹰一样在空中展翅,飘荡自如,身轻如燕;有时又像壁虎一样伏在悬崖,成功除下了一块又一块险石。

他从栈下返上栈顶,继续讲道:"首先心里不要紧张、不要害怕。一般下栈需要四个人,栈低一点三个人也行。必须记住:木桩打好,石头卡紧,绳下必须铺垫杂草和软树枝,以免岩石磨断绳索。还要提前检查一下绳索是否有断裂,栈上看绳的人要全神贯注,万一木桩有松动,千万要把大绳控制住,不能抛丢,否则后果不堪设想。下栈人心里不能有杂念,要放下一切顾虑。常言说:'人有天胆,马有神力。'边放绳边用两只脚蹬山壁,这个是必须经过锻炼才能磨出的胆量和坚强意志,要在锻炼中去摸索经验……"

王天生掏五灵脂练就的武艺,在修建红旗渠工地上有了用武之地。王天生既是老师,又是参谋,更是一员虎将。在他的指导和帮助下,除险队员们不畏艰险,英勇善战,成为了工地上的开路先锋。

党的温暖

南谷洞水库建设过程中的爆破除险队,来自不同的村庄,他们不是父子、兄弟、亲友,但他们同甘共苦,团结友爱,情同手足。他们心里只有一个目标,那就是:"坚定不移跟党走,重新安排林县河山。"

为加速南谷洞水库工程进度,除险队员们在王天生的指导下,用最短时间学会高难度的凹凸崖和走平绳技艺,凌空作业大显身手。

隆冬季节,北风呼啸,天寒地冻,除险队员依然坚持在悬崖峭壁选炮位、打炮眼、装炮、点炮、除险。

1959年冬天的一天,任羊成来到王天生、贾永伏的爆破除险小组时,发现王天生的棉衣破得不像样子,花絮早已飞光。贾永伏依然还穿着两三件补丁摞补丁的单衣单裤,两人的手冻得皮开肉绽。脚上的打掌鞋,脚指头从鞋里拱出来,冻得通红。当时,王天生手被砸伤了鲜血直流,任羊成看着很心疼,连忙说:"快,我领你到医务室包扎一下。"王天生笑着说:"不用,当个老农民,还能少了磨些皮?"顺手从山坡上找了一把羊粪蛋,用石头砸成碎末,用手按到伤口处说:"这可以止血、不疼。"

任羊成让他们休息一会,他们说:"不休息!不累!我们爱出力,出力就能换来火龙衣。"任羊成心里十分感动,掏出8分钱的"火车牌"香烟给他们一人一支,抽着聊起了家常。

王天生的爱人刚过世,孤身一人无儿无女,家里没人给他缝补衣衫。贾永伏全家六口人,三个男孩、一个女孩,生活也十分困难。

中午时分,任羊成跑到总指挥部找到指挥长马有金,给他汇报今天所看到的情况,马有金听后急忙就说:"你是队长你解决不就行了?"任羊成顿时发火说道:"我也是没钱才来找你们领导给帮助解决的。"

指挥长马有金说起话来嗓门高,听起来怪吓人,可是他有一颗善良的心,说:"当领导要学会吃苦在前,约束自己,要爱兵如子,关心同志。"正说着他们看到民工陆陆续续出工了。

"那两位是在哪个队干活?"马有金指向王天生、贾永伏问。任羊成说:"他两个就是我给你说的那两位好同志。"马有金看着他们的背影心里一阵难受,说:"任羊成,这个事儿你今天晚上给他们解决了,千万不能冻坏同志。今天晚上带他们两个到供销社每人买一身棉衣、一双棉鞋给他们换一下。关于贾永伏家中困难的事,你给他买上十来斤棉花,扯几丈布叫他带回家,你看着解决就行,叫供销社开个报销单。像这样的同志应当帮助解决,以后有什么困难再给我说。"任羊成一听心里热乎乎的。

当天晚上,任羊成带着王天生、贾永伏二人到供销社买了棉衣、棉鞋,又买了十斤棉花、两丈布,给了贾永伏,让他明天带回家去给老婆孩子用。顿时,王天生、贾永伏搂住任羊成痛哭起来。任羊成说:"这是政府对你们的照顾,要感谢党和政府,感谢毛主席!"

书记掏钱补助

1959年腊月的一天,民工们刚吃过早饭,工地指挥部通知各公社、队停工休息。可是,爆破除险队里的任羊成、王天生、申起艾三人为了削平一个对工程有巨大障碍的山头,依旧背上大绳、钢钎、大锤来到栈头边,选好炮位以后,依旧在山头打下了木桩,拴上麻绳。为了万无一失,把剩余的绳头拴在栈边一个大蚕坡树上,准备下栈打炮眼。当时由于天气冷,他们在栈上捡了点树叶和干柴生起了火,烤一烤钢钎驱一驱寒气,先暖和一下,等太阳升起后,再进行工作。

不知什么时候,栈边来了一位身材高大魁梧,脚蹬着砍山鞋,身穿中山服的人,左肩上还挎着一个小黄包。啊!这不是杨贵书记吗?

"杨书记你来做啥哩,这么冷的天。"三个人异口同声地说。

"你们三个在干什么?工地不是今天放假吗?"杨贵书记问他们。

"是放假啊!但是这里障碍较大,年前不处理了它,等到年后也是麻烦。现在下边没人施工,正是个处理它的好机会,明年开工进展顺利,能提前完成任务。"任羊成回答。

杨贵书记微微一笑说:"想得好!工作就应当与时间赛跑。我看你们很辛苦的,今天我要和你们在这里一起干活儿。我听说任羊成、王天生都是干活不要命的人,阎王殿里敢敲门,今天我也领教领教!"杨贵幽默地说着,和他们一起烤起火来。

由于离火特别近,杨贵发现王天生他们的双手已冻成了冰棍,鼻流清涕、满脸灰土。他忙从小挎包里掏出了手套:你们每人戴一副。又从上衣兜里掏出了香烟给他们抽。杨贵从来没有一点官气,每到工地都及时了解干部群众生产生活状况,不论大小事,他都要掏出小本本记下来。今天也不例外。问他们每个人年龄多大了,在这里干活累不累,吃饱吃不饱。说着说着,杨贵两眼湿润了。他说:"我这个县委书记没有当好,国家现在正穷,修水库让你们受罪了,太辛苦了。"

这时,杨贵书记深深地抽了一支烟,从口袋里摸出点钱来:"给你们每个人五块钱,过年回家都割上几斤肉,补一下。"任羊成说:"杨书记你的工资也不高,听说你经常接济老百姓,我们受点伤、受点累算个啥!改变家乡面貌是应该的,我们绝不能要你的钱!"他们三人推辞着。那年月,一天挣一个工日三毛多钱,一斤肉才四毛钱。杨贵一下子给他们十五块,他们想都不敢想……这时杨贵书记说道:"任羊成你刚入党就不听党的话了?你们都拿好,就当我是代表党向你们的慰问。咱们下栈吧!"

此后,杨贵把各公社大队的领导集合在一起说:"现在虽是困难时期,干部都要想办法,从今以后每个工地都要让民工吃饱吃好,大队要多补助一些粮食,既要让人吃饱,还要勤俭节约,要珍惜每一粒来之不易的粮食,任何领导和干部不能搞特殊化起小灶,包括我在内。工地各个伙房,民工吃饭全不定量,吃多少拿多少,要记住'能吃才能干'。"

除险马牙峰

红旗渠工地上,为了民工安全施工,任羊成、王楼全、桑广付、杨青、小雷等人在马牙峰西栈下栈除险。

"呜儿……""呜儿……"随着两声悠扬的呼号,从栈顶上抛下一团团大粗绳,两个人在悬崖间一个接一个腾空而起,瞬间又风驰电掣般地飞进罗窝崖里。可是刚冲进罗窝崖里时,又荡了回来,没能钻进去。接着,他们又反复冲了几次,还是没冲进去……这已经是第三天了,天已黑得看不清人了,指挥部马有金正在焦急地等着他们。

指挥长马有金是一个善于做思想工作的人。他知道大伙在栈上遇到了困难,于是,便爽朗地笑着招呼道:"怎么样?你们这些'孙悟空'也叫'白骨精'给难住了?"

桑广付笑着接上说:"难不住!俗话说'魔高一尺,道高一丈',白骨精毕竟是妖精,终究是要被我们这些孙悟空们拿住的。"

任羊成忙说:"老马,根据这两天俺们下栈的情况,罗窝崖确实不太好对付,所以还是派人去把俺的老师王天生请来。他经验丰富,他来了就好办多了。"

马有金说道:"县委负责同志对这里的除险工作特别关心。昨天在县社干部会议上已通知了石板岩公社,让王天生到这里来。郭更福社长说王天生仍在南谷洞水库工地上,他这两年过年都没有回家!"

第二天天刚拂晓,雄伟秀丽的太行群山还被一层晨雾盖着,除险队员们早已拨开晨雾,登上了马牙峰顶。

几乎在同一时间,一个四十多岁的彪形大汉,沿着巍峨的太行山路,正向马牙峰栈走来。他身上的衣服全被露水打湿了,下半截裤子沾满了泥泞。他一边走,一边打听上马牙峰的羊肠近道,他,就是奉命从南谷洞水库工地赶来的王天生。

来到工地,王天生一边了解情况,一边查看地形,随后他大声说:"兄弟,给我把绳取过来!"

任羊成急忙拦住说:"天生哥,你当好参谋就行了,下栈还是让我们这帮年轻人下吧!"

王天生嘿嘿一笑,挥着满茧的大手,说:"没事儿,甭瞧我年纪大了几岁,干下栈这活儿,要比你们年轻人强多了,先让我下去探探路!"

王天生一边说着,一边迅速绾好绳套,结好护心疙瘩,便下去了。真不愧是老手,下得又稳又快,身子也不摇摆,除险队员一个个看得出神。

只见他一纵身,在半空中荡动起来,越荡越快,越荡越远,荡动的速度与时间的间隔结合得相当完美。最后他认准绝好的时机,突然从遥远的漳河上空向崖里扑去,可是就在接近成功的最后几秒,绳索松了,荡劲也用尽了,第一次失败了。

"呜儿……呜儿……"

王天生发出信号,大家一股劲手把倒绳上了栈顶(不在万不得已的情况下,是不准手把倒绳的),他对任羊成说:"我探了一下不好进,只能使用我们掏五灵脂时师傅传下的一招了：腰间再拴一道绳，让栈下边的人拉着，帮助荡动，增加荡力。"

接下来王天生开始分工：任羊成负责看绳指挥，王天生下栈示范，小雷在山腰渠线上等待拉绳。上下左右安排就绪，王天生选好突击点，把拴在腰间的绳子丢了下去，小雷立刻跑过来抓住绳子，像打钟一样，一游一荡摆了起来。王天生随着便在半空中荡动起来。从地面上看，那荡动的幅度已经够了，可是王天生还嫌荡劲小。这时，任羊成果断地对小雷说："用劲儿拉！把劲儿使匀些！"小雷被提醒后，加大了拉甩的力量，这一回，由于上下配合得当，同心协力，王天生一游一荡，像一只矫健的雄鹰一样，翱翔在天地之间。少许，他"呜儿…… 呜儿……"的一声哨，向山顶发出了下绳的信号，任羊成迅速放开绳，小雷也立刻松了摆绳，王天生闪电般向罗窝崖冲去，还没等人们看清，他已经顺利地站在了崖的石壁上了，山上山下，发出了一阵欢呼声。

那罗窝崖里的石头，龇牙咧嘴的，有的像碾盘，有的像石磙，在王天生的钢钩下一个个落入漳河……

渠不修成誓不回家

山西境内渠段建成后，工程进入林县境内，但是山势更险恶了，除险队在闯过鸧鹉崖、谷堆寺、马牙峰、通天沟、老虎嘴等之后，新的挑战又出现了。

青年洞、四眉栈、鹰雕鼻子、小鬼脸，道道天险，尤其在四眉栈、葡萄沟放过大炮以后，这里出现了一段六七米深的直角大倒檐。那大倒檐的崖壁上，怪石横空而出，落石不断，修渠民工无法靠近施工。

任羊成看着这种情景，决定自己下栈，让老师王天生留在上边看绳，可谁知王天生已绾好了绳套绑在身上，任羊成一把拉住不放。王天生严肃地说："羊成！你已经连续下了一天栈了。这一次轮也该轮到我了。"弟兄们都拉住他说："王老师，您年纪大了，又加上今天这里风大险多，不安全啊！"王天生激动地说："弟兄们，正因为风大，险情复杂，我才更要下！"说完，他便冒风下栈了。刺骨的狂风卷起一阵阵雪粒、石子，打在人们脸上，像锥刺一样疼。王天生一游一荡地在空中撬动着活石，任凭风吹雪打，不见他有一刻消停。正在这时，有一组岩石从他的正前方迎面倒了下来，眼看就要劈头盖脑地砸在他身上。在旁边负责观察的任羊成，大声呼唤："注意！险石下来了！"其实他早已看出了危险，当机立断，顺着险石用脚一蹬，顺势腾在了空中，险石从他面前擦身而过，哗啦一声，落到了漳河里，激起了几丈高的水柱，人们禁不住发出一片惊叹声。落石伴着一阵风卷着沙土，把王天生的眼睛给迷住了，不巧这时又一组险石掉下来，他躲闪不及，腿被砸伤了，他空中忍着疼，坚持把险石扫除干净后，才降落到渠线上。人们迅速把他围了起来才发现他负了重伤。王天生由于伤情严重，流血过多，很快昏迷了过去。

指挥部党委非常关心王天生的伤势，决定送他到盘阳住院治疗。可是他执意不去，决心要留在工地当除险参谋。

在王天生的精心指导下，爆破除险队越来越精锐能干，在修建红旗渠中发挥了非常重要的作用。

由于业绩突出，1959年8月24日至26日，林县县委召开第一期水利英模会议，王天生被评为特等模范；1965年4月5日，在庆祝红旗渠总干渠通水典礼大会上，被评为模范；1966年4月20日，在庆祝红旗渠一、二、三干渠竣工通水典礼大会上，他被评为特等模范。

据任羊成说，红旗渠建成后，王天生和任羊成二人先后到河南荥阳、鹤壁等地给打钎、放炮、除险当技术指导老师。石板岩太行隧道开工时，王天生又积极投身于隧道建设中，直到工程结束，他才返回离别多年的老家高山顶上。

在石板岩上坪村，他默默无闻独自一人生活，从未向政府提出过生活上的任何补助要求，直到八十年代与世长辞。但是，他的动人事迹早已融入巍峨的太行山巅，铸就一座英雄丰碑，让世世代代永远仰望……

（白青年）

峥嵘岁月

那段岁月,慷慨激昂把时光拉长。

硝烟散尽,炮声远去,一渠清流穿山越岭逶迤而来。

每一个日子,都被点燃的激情照亮:钎舞石飞硝烟起,锤打钻嵌把山撬!

平凡人成就了非凡!历史的河流之上,激起翻涌澎湃的浪花。

问　水

他的一生,和水结下了不解之缘。

40年,14600天的每个日日夜夜,无论寒来暑往,还是风雨霜雪,他都在和"水"打交道。

水,牵着他的心;水,扯着他的魂;水,赌上了他一辈子的情!

一

他就是红旗渠建设甲等模范、林州市合涧镇小付街村杨家庄自然村八十岁的傅开吉。

早春料峭,乍暖还寒,电暖扇像个小太阳,散发着热量。傅开吉坐在沙发上,翻看着明显有些破损的《红旗渠的故事》一书,高度数的老花眼镜刺得他眼睛发红,"吭、吭"的咳嗽让他瘦小的身子颤抖。笔者问起修红旗渠的事,他摘下老花镜,摸了下长满褶子的脸说:"修红旗渠,是我这一生最大的骄傲,我无怨无悔。"

1958年,年仅十八岁的傅开吉参加了弓上水库工程的修建工作。当他来到工地,看到那清凌凌的水从河里流过,从小就惜水如油的他感到可惜。要是家乡也能有这么多水,不用大老远去挑水有多好啊!

一旦美好的梦在心里扎下了根,就会为这个梦努力奋斗。在工地,他踏实勤奋,一干就是两年。1960年春节刚过,正月初四,傅开吉背起铺盖卷,投入到高丰渠的修建之中。正月十四,接到通知,去参加"引漳入林"工程的建设。

1960年2月11日,天刚蒙蒙亮,傅开吉和本大队的八九十个民工,在民兵连长崔合伏的带领下,背着铺盖卷,步行向县城方向前进。过了县城,路上的人越聚越多,有步行的、挑担的、推车的,最牛的是赶汽马车的,看到别人羡慕的眼神,更加来劲,"嘚、唔、驾"吆喝个不停。马车上坐着的妇女们,随着马车的颠簸,一摇三晃,悠然自得。路边自发送行的小学生,手举标语,挥舞着红花欢送。口齿伶俐的大年龄学生,手握竹板,"呱嗒、呱嗒"说着快板"千年干旱无人问,群众想成心里病,白天想,夜里盼,何时能够解困难?林县县委做决定,男女老少齐出动……"路上人头攒动,熙熙攘攘的人群排成了一条长龙,比集市还热闹,傅开吉感觉这次要搞个大动作。

天快黑的时候,他们才来到了任村赵所。他们负责皇后沟口一段的工程。在工地上放炮是个很危险的工作,懂放炮的人很少,傅开吉就担负起放炮的工作。干了一个月后,他们又转移到山西豆口村,主修豆口大桥。他们的驻地在漳河北岸,工地在漳河南岸,每天上下工,民工们都要蹚过没膝的冰凉的漳河水。为了节省时间,中午饭派人到漳河北岸去挑,直接在工地吃。让谁去挑饭呢?连长崔合伏发了愁,平时蹚水过河大家都战战兢兢的,何况再挑两桶饭呢!

"我去挑饭!"这时傅开吉站了出来。

"你行不行啊,把咱的饭给倒漳河里喂鱼事小,别把你也给冲跑了啊。"崔合伏笑着说。

"算命先生说我命里缺水,正好可以补充一下啊。"傅开吉开玩笑说。

傅开吉个子不高,只好把饭桶挂到扁担最上面的钩上,赤着脚卷起裤腿,小心翼翼地蹚河。有一次走到河中间时,脚下打滑,左手拿的鞋掉到河里,想捞回来鞋就得放下饭桶,他只能眼睁睁看着鞋被冲走。每次崔合伏都要在岸上张望,怕漳河水真的把他冲跑。

二

1960年冬天,红旗渠工程响应上级"百日大休整"号召而停工,指挥部决定留下一部分思想上进、身强力壮的青年,组成突击队,对红旗渠咽喉工程"青年洞"进行突击会战。

"我要留下来打洞!"傅开吉找到指挥部报名。

"开吉啊,开山洞又苦又累,就你这身板,会不会顶得住啊?"站在指挥部门口的崔合伏说。

"我身体强壮着呢,打山洞个子高了还不利索呢。这石头活我干了三年,有经验了,无论如何,我也要留下来!"傅开吉坚定地回答。

青年洞,位于林县任村公社卢家拐村西南,由横水公社300余名青年施工,故取名"青年洞"。青年洞进口左面是一道万丈深渊,西面是形如刀削般的"小鬼脸",中间是好像要倒下来的"弯腰崖",东面是石质坚硬的"狼牙山",洞就是从"狼牙山"中间穿过去。为了加快工程进度,在山崖上开了五个旁洞,并以数字命名,7号洞是进口,1号洞是出口,五个旁洞依次是6、5、4、3、2排列。

傅开吉被分在6号旁洞。很自信的傅开吉来到洞里,甩开膀子,抡开大锤就打钎,十几锤下去,石壁上仅仅出现了几个白点。几个人轮番上阵,钎头都给震断了,石壁还是原样。大家你看看我,我看看你,都默不作声,他们这次是碰到了真正的"狼牙"。换根钢钎继续打,还是断,连着断了三根钢钎后,有人垂着头蹲在地上,怎么办呢,就这样败下阵来?连长孙来伏开了腔:"咱报名时都立下了军令状,咱们就这样软蛋了吗?"傅开吉说:"坚决不认怂,就是抠也要抠个洞,让水流过去!"大家群起而响应:"对,石头再硬也硬不过咱们的决心!""就是铁山也要钻它个窟窿!"

青年人有股永不服输的精神,在他们面前,办法总比困难多。他们先用炸药炸,然后用钢钎打眼,打不动时再用炸药炸,就这样用"蚂蚁啃骨头"的精神,让洞一点一点前进。他们把八磅锤换成了十二磅锤,日夜不停,坚持奋战。不出三天,傅开吉胳膊肿胀,双手握锤把都困难,他强撑着,不叫苦不喊累,决不认怂。"三天不见血,赛过活神仙",干石头活难免磕磕碰碰,抓把石头面子往伤口上一捂,继续干。朝天锤、溜地锤、抡背锤、舞圆锤、旋风锤,站着打、跪着打、左右开弓打,大锤在他们手上舞得呼呼生风。洞的最里面是最难打的地方,由于空间小,粗大的汉子憋在里面动弹不得,更别说抡锤了。这时候,傅开吉"得天独厚"的自然条件就显现出来了,他总是在条件最差的最里面干活,他还风趣地说:"我名字叫开吉,就是开山大吉的意思。"

工程进度越来越快,十二个工作面同时展开,十二个小组明争暗赛。洞越打越深,困难越来越大,首先是放炮后排烟问题,由于空气不流通,炮后的烟雾一时难以散去,民工们就脱下衣服,到洞里扇风驱烟。其次是照明问题,除了1号洞有电之外,其他洞里全是煤油灯、提灯,那冒出来的油烟,呛得大家"吭、吭"的不停地咳嗽,每个人的脸上都是白石头面子,鼻孔处留下两道黑煤烟"胡子",一个班下来,鼻孔里都是满满的灰垢。

最先打通的是6号和7号洞,当"轰轰"炮声过后,烟雾反常地从洞口滚滚而出时,大家就感觉到应该透气了。傅开吉第一个跑进洞里,烟雾中,他看到了对面的亮光,那时候,就像一个漫漫长夜赶路的人看到了曙光,那种心情无法言表。大家又跳又唱,山洞里成了欢乐的海洋,有的人喜极而泣,蹲下抽泣起来……洞打通了,空气流通了。那寒风吹着口哨,打着踢脚,肆无忌惮地在山洞里横冲直撞,冻得大家瑟瑟发抖,一个个像风中的树叶。

腊月二十九放假时,除了1、2号洞较长没打通,其他全部通气。

1961年正月初四,红旗渠工地复工,傅开吉等一百多名青年集合青年洞。青年洞设计高度5米、宽6.2米,年前打的洞仅2米高、3米宽,他们的任务就是拓宽加深。这一百多号人分成了两个连队,由合涧公社木纂村的孙来伏和东姚公社的李来拴担任连长,分白班和夜班,昼夜不停。傅开吉和孙来伏在同一组,专管打炮眼、装炮、点炮、清理瞎炮、除险等。瞎炮,就是没有引爆的炮。清理瞎炮是最危险的活,一不小心就有可能爆炸,随时都有生命危险,这就要求干这活的人必须胆大心细。傅开吉自告奋勇要去除险清理瞎炮:"我弟兄五个呢,即便有啥意外,还有四个弟弟支撑家门。"孙来伏看他人很机灵,手脚利索,就同意和他一起清理瞎炮。每次放罢炮后,傅开吉和孙来伏最先进洞,把顶上崩松了的石头除下来,看看有没有瞎炮,处理完险情,才让大家进洞。

有一次放罢炮之后,他们发现有一个炮没响,傅开吉准备上前处理,孙来伏一把拉住他说:"我是队长,又是当哥哥的,我来处理吧,你到洞口把风。"说完就上前处理。付开吉刚走到洞口,听到身后"轰隆"一声巨响,然后就不省人事了。等他醒来之后,队员们告诉他,孙连长出事啦,已经走啦……他咬咬牙,想让自己坚强点,可不争气的泪水,还是流了下来。群山默立,镌刻下这悲壮事迹;山风呼啸,诉说着不朽传说。几朵野黄花,低着头在风中摇摆,给孙来伏送行……

三

寺沟洞,紧挨青年洞,中间有一个涵洞相连,打青年洞的傅开吉等一百多人,修建好涵洞桥后,接着打寺沟洞。寺沟洞,全长 160 米,比青年洞短了许多,石质也没有青年洞的石质硬,指挥长王才书在动员大会上下达了任务:"坚决在三个月之内完成任务!"

"不用三个月,四十天就可以了。"连长岳松栋说。

"四十天?如果四十天完了工,我请咱县豫剧一团来给大家唱慰问戏。"王才书拍着胸脯说。

岳松栋说四十天完工,并不是信口开河的,他和傅开吉等工友考察之后才敢这样回答。打寺沟洞开始比较顺利,当打到一半时,让人始料不及的是遇到了塌方,刚刚清理完,"轰隆隆"又塌下来一大堆,看着没完没了的塌方,大家愁眉不展,身为队长的傅开吉给大家鼓劲:"佛争一炷香,人争一口气,咱都是响当当的爷们儿,一口唾沫一个钉,说出来的话就要算数,不能让别人看不起,大家努努力,争取四十天完工,高高兴兴看大戏,它就是整座山塌下来,咱也要把它搬走!"

青年人自有青年的优点,有一种永不服输、永远向上的精神,只要是认准的事,可以不惜一切去完成。

铁罐车"吱吱扭扭"日夜不停地在山洞里穿梭,他们累了,南腔北调的吼上两嗓子;饿了,抽空去摘几颗酸枣之类的野果充饥,勒紧裤腰带继续奋战。四十天,准时完工。王才书激动地说:"兄弟们辛苦了!咱说到做到,请大家到卢家拐,看咱县一团的慰问演出!"霎那间,欢呼声、掌声响彻整个山谷。

1962年,傅开吉被调到护渠管理所,进行渠道维护、修理、清淤的工作。1965年总干渠通水典礼,他都没顾得上参加,劳动模范的奖品,还是别人给捎到工地的。

曙光洞,位于东岗公社的卢寨岭,全长8华里,是红旗渠三干渠上规模最大的工程,它要穿过虎头山、豹子垴、火石岭三座大山。这三座山,地质复杂,有坚硬的花岗岩,有碎石、风化石,有土石混杂,有的地方还出现了渗水、塌方的险情,工程遇到了很大困难。该工程的领导、县水土保持局副局长石玉杰向时任红旗渠管理所队长的傅开吉发出了支援的请求,傅开吉二话不说,立刻带领队员们投入到工程援助工作中。他充分利用打青年洞和寺沟洞的经验,深入到61米深的竖井里进行挖掘,每次从井下上来,都是灰头土脸的,和下煤窑的工人一样,分不出眉眼,穿的白衣服都变成了黄衣服。

由于表现突出,在1966年4月20日庆祝红旗渠三条干渠通水典礼大会时,傅开吉被表彰为"红旗渠建设甲等模范"。

四

20世纪70年代在生产队是靠挣工分吃饭,在生产队劳动的强壮男劳力做小包工，一天能挣两三个工呢，可在红旗渠上，再苦再累每天都是老十二分，许多人都回家种地挣高工分去了。傅开吉有过回家种地的想法，可他实在不愿离开红旗渠，那里有他全部的青春，那里有他的自豪、欢乐，还有泪水。他喜欢看那渠水打着涟漪流过，他喜欢听那"咕咚咕咚"的欢歌声，此情此景，正是他从小就常做的美梦，他真心舍不得失去这个美梦……

1992年，傅开吉感觉到身体越来越差，呼吸困难，莫名其妙的干咳，到医院检查，结果为"尘肺病"。这是种职业病，是细小尘埃在肺里沉积而形成，很难治愈。他给远在青海的儿子傅虎兵拍了电报，想让儿子接自己的班。他曾经给儿子商量过接班的事，可儿子不愿意，说天天守着一条渠，太寂寞了，不会有啥出息。

在医院里，傅开吉和儿子讲起修红旗渠的经历，从青年洞到曙光洞，从清淤到抢险，还有像吴祖太、李茂德、孙来伏等为修渠而献出生命的英雄故事，这条渠是先辈们用汗水、泪水、血水修的生命渠！

儿子被深深感动了，听从了父亲的话。

1998年，傅开吉正式退休，从1958年到1998年，和"水"整整打了四十年交道。

儿子每次回到家，傅开吉总是要打听渠上的情况。

傅虎兵到红旗渠工作快三十年了，他说："红旗渠是林州人的骄傲，我们一定要保护好，红旗渠精神是林州人的传家宝，要一代一代传下去！"

（吕建周）

修渠岁月一幕幕

年龄大了,总爱回忆过去。有些回忆是甜蜜的,有些回忆是苦涩的。把过去的事情在脑海里过电影,一幕幕地细细品味,享受其中的苦与乐,真有回味无穷的感觉。在我的诸多回忆当中,修红旗渠的岁月,是我印象中最深刻、最引以为豪的往事。

16 岁我第一次上红旗渠

举世闻名的红旗渠通水以后,一些配套工程还没有完善,像南谷洞水库的大坝加固工程,大坝北边的消力池工程,各公社的水库、支渠工程等仍在热火朝天地进行着。年仅 16 岁的我就积极报名参加了南谷洞水库大坝北边的消力池工程建设。

南谷洞水库离我家有 20 多公里,向西走要经过姚村、井湾村,再翻过太行山古道山路刘家梯。当年修渠的人们,不管远近,都是从家里步行去的。因为当时交通条件落后,不比现在出门就坐汽车,那时候就连自行车在村里都少得可怜。

当年我第一次上南谷洞水库工地,也是凭着初生牛犊不怕虎的劲头,背着小铺盖卷儿,和村里几位伙计一路走着去的。路远不说,主要是上刘家梯,把人累得上气不接下气。我从小是在平地长大,从未上过山。山路十分陡峭,再加上背着行李,简直就是爬着上去的,一步一步攀到山顶,浑身大汗淋漓,呼呼直喘粗气。伙计们各人找个地方,一屁股坐下,山风一吹,好不痛快,掏出带的干粮,也没水,干啃几口,才又来了精神。

下去刘家梯，就到了太行大峡谷，走过河滩，就到了对面的西乡坪村。再沿着崎岖的小路向西北方向走，就到了我村民工的住地——一个叫椹子沟的小山村。20多公里的山路，走了将近一天，傍晚时分，我们向老乡打听找到了伙房驻地，也就是连部所在地。那时修渠的编制是县设总指挥部，各公社是营部，各大队是连部。

住在羊圈里

我们几个伙计洗了一下手脸，没多大会儿，民工们就都收工回来了。晚饭是玉米面和红薯面做的窝窝头、玉米糁儿稀饭。

吃过晚饭，连长说："你们几个新来的住到羊圈去吧，老乡家没地方了。"我当时一听诧异极了："什么？住羊圈？"管事务的老郭一副毋庸置疑的样子："带上东西跟我来吧！"我们几个跟着他，一脚高一脚低地走到了村子最北边的一个羊圈门口，羊粪臭烘烘的气味老远就扑面而来。原来这个羊圈是靠在村北边的山崖下面，山崖往里凹了很深。山民在崖外边用石头垒了一堵南墙，一进去西头第一间是羊圈，蹚过羊群再往里走，东头第二间就是我们民工的卧室。中间用石头垒了一面界墙，简单地把人和羊隔开。

地面上铺了一层从山上割来的荒草，把被子铺开就算床了，也没什么电灯，全是摸黑。虽然早听说修渠很艰苦，天当被，地当床，睡崖洞，住山梁，真的一下子摆在面前，还真有点一时接受不了。

走了一天的山路很乏很累，本该一躺下就睡着的，但恰恰相反，躺在被窝里辗转反侧，怎么也睡不着。臭羊粪熏着不说，一晚上隔壁几十只羊口鼻不时发出"噼噼"的响声，再加上身子下面硬硬的凹凸不平，怎么睡得着？我在黑暗中瞪着双眼，脑子里想着："这就是我来南谷洞修渠的开始吗？"毕竟太累了，不知啥时候迷迷糊糊进入了梦乡……

正在睡梦中，突然听到从远处传来了洪亮的喊叫声："羊圈里的，开饭了！"我睁眼一看，天还未亮，伙计们都已坐了起来，摸黑穿上衣服，揉揉眼，向伙房走去。早饭和晚饭一样，窝窝头和稀饭。

吃过早饭天才蒙蒙亮,连长说:"你们昨天新来的,自由组合,两人一对,到仓库领上抬石头的杠子、铁绳、筐子,到工地抬石头。"

抬石头吃上了一顿鸡蛋打卤面

记得当时连长分配我们抬石头的任务后,我和一个比我大一岁的小伙子合伙领了一根杠子、一条铁绳、一个筐子,跟着大队人马,顺着弯弯曲曲的小山路来到了水库大坝上。

南谷洞水库大坝真是雄伟壮观。大坝南边是蓄水库区,大坝北边是350多个台阶,全是山石切成,高度将近百米。我们工作是三班倒,工作点就在北边的坝基底下。在靠坝基东边的山崖下用炮崩出一个大坑,准备做消力池。我们的任务是清理炮崩出的石头和石碴。大石头用铁绳拴住抬出去,小块粉碎石碴用筐子抬出去。从坑底抬到坑上倒石碴的地方,距离有几十米,一个班规定抬120筐,有专人记数。

坝基上面是加固大坝的人群,人们把土从远方运来倾倒在坝基上,均匀地快速摊平。那时没有轧路机,用的是东方红链轨式拖拉机来回不停地将虚土轧平压实。为了提高速度,大面积用拖拉机轧,小面积用人工夯。

整个工地红旗飘扬,人山人海,到处弥漫着打夯人的号子声、拖拉机的轰鸣声、川流不息的脚步声、指挥员的呐喊声、时不时的放炮声,各种声音此起彼伏,好不热闹,好不壮观!

在修建红旗渠的那个年代,生活非常艰苦。吃饭只有窝头和稀饭,那时整年也吃不上一顿肉和鸡蛋,就连豆腐豆芽也吃不上。工地上吃的粮菜都是各生产队提供的,大队统一收好送到工地上。就是说,生产队地里种什么菜,修渠人就吃什么菜。

有一次,在大伙的要求下,伙房改善生活,吃的是鸡蛋小砍瓜(学名西葫芦)打卤面条,伙房挑水的小伙子当时又高兴又激动。他为了炫耀我们大队吃了一顿好饭,就把全部鸡蛋壳都收起来,从我们连队伙房门口一直撒到别的连队伙房门口,就想让他们眼红——我们吃了一顿鸡蛋打卤面。

助人为乐 帮老乡背水泥

经过日夜不停地奋战,消力池终于被我们提前挖成了。

下一步就是要用钢筋混凝土把消力池四周打起来。打混凝土用的水泥需要我们从坝基顶上背到底下,上一个班背40袋水泥。

就在背水泥的前几天,大坝上开过来一辆从没见过的非常漂亮的大客车,拉了一车外国人来参观我们的大水库。我亲眼看到一个外国人不敢走着下坝基的台阶,因为台阶太陡,而是坐着往下移动。用屁股往下移了不到十个台阶,可能是头发晕了,赶紧又爬着上去了。再想想,我们要背着每袋100斤重的水泥一步步走下去,该是多么得艰难、多么得累人呀!

修红旗渠的人都是强人、壮人、铁人!100斤也不在话下,背就背,不怕脏、不怕累。水泥早就拉来了,整齐地垛放在坝基顶上。每个背水泥的人都是背靠水泥垛,举起双手往后一抓,一袋水泥就上了肩,腰杆一挺,就朝坝基下走去。当你迈步下台阶时,背上100斤水泥的重量,压得你迈出的脚"咚"的一下就踩到下面的台阶上。背到下半后晌,大部分民工都背够了规定的数量,还有一少部分人没背够仍在继续背着。

当时和我们大队一块儿背水泥的,还有城北大队。由于是邻村,相距不足二里地,老乡之间彼此都很熟悉。有的是老同学,有的还连着亲戚。那个年代,人们感情很深,互相帮助,互相关心。背够数的伙计们已感到很累,准备坐下来休息一下。正在这时,不知谁说了一句:"邻村一个老乡崴了脚,还差几袋没背够,看咱们能否帮他完成任务?"

我们几个正准备休息的老乡,一听都呼啦啦站起来说:"不是啥事,我们去帮帮他!"

一下子去了十几个人,还帮他超额完成任务。这种心往一处想、劲往一处使、团结互助的作风,在红旗渠工地上随处可见。

背沙苦 筛沙乐 柿子就糠美死了

那时候修渠,大队规定青壮劳力一个月轮换一次,转眼我在渠上一个月的时间到了。对我来说,这一个月是我第一次上红旗渠,我虽然付出了艰辛和汗水,但我也锻炼了意志,使我更能接受挑战。

后来我又陆续参加了任村回山角总干渠堵漏工程、本村挖水库与修支渠工程。

在任村总干渠堵漏时,是从山下往山上背红沙,也是十分艰巨的。那时我用家里一条非常厚实的黑羊毛布袋,背上80斤的红沙,呼哧呼哧地就背到了山上的总干渠旁,专门有人负责用木制的大杆秤,给你称一下背的重量,最后按背的总重量给你记工分。

在我几次到红旗渠工地上干活的过程中,感到最轻松的一个月,是参加修建南谷洞水库北边的输水渠工程。记得那时整个工地数我年龄最小,领导安排我去筛沙,筛沙也没任务数量,只要垒砌石块的师傅们不顶手就行。对我这个抬过石头、背过水泥、背过沙的小伙子来说,筛沙简直就像玩一样。我一边轻松地筛着沙,一边看着山野风景,心情舒畅极了。

中午不回伙房吃饭,由炊事员把饭挑到工地。午饭是纯玉米面窝窝头和蒸水。那时正值柿子成熟的季节,漫山遍野好多柿子树,远远望去,一棵一棵的柿子树上就像挂满了小小的红灯笼,红得鲜艳,红得可爱,漂亮极了。因为当地老乡对修渠人吃柿子是允许的,我们几个爱爬树的年轻人,就熟练地爬到树上,拣熟透了的又软又甜的红柿子摘下来,弄到碗里,拌着窝窝头吃,又香又甜。那种好吃的味道,不是那时的当事人是绝对体会不到的。

每逢忆起修渠往事,心里就有一种说不出的自豪感,仿佛一下子又回到了年轻时代。

(常明生)

绽放在红旗渠上的铿锵岁月

  红旗渠里的每一滴流水,渠岸上的每一块砌石,都有鲜活的故事、丰富的内涵,让我们在历史的回望中,依然能倾听到那段铿锵岁月里锤钎经久不息的回响,依然能站进这群平凡英雄的战斗之列,感受向上的力量。

——题记

耿直的她 心中自有党性的执着

  每天凌晨,当大多数人还在梦乡中时,在开元街道下申街村大于家的村道上早传来了"唰—唰—唰"清扫的声音。透过路灯的光线,只见一个橘色的身影,闪耀着点点的光芒,像一团流动的火焰,燃烧着永不磨灭的热情,正在挥动扫帚,用心扫除地面上散落的每一片落叶、每一个烟蒂、每一块纸屑。不用说,人们就知道是贾改荣,她要赶在人们上班之前,涤扫出这条道路的光亮,用整洁为这个有着"红旗渠"精神传承的小城奏响劳动的乐章。

  贾改荣今年74岁,自2018年加入村环卫队工作以来,已多次受到村委、街道表彰。她保洁的路段,时常一尘不染、干净如洗,有人说那是她分管的路段好,贾改荣总是淡淡地笑笑。其中的付出,她想让时间给出人们响亮的回答。

  丈夫也曾心疼地说:"扫个地,哪有像你那么负责,从早到晚一直在路上。"

  她说:"咱和别人不一样,人家都是普通老百姓,咱门头上挂着党员牌呢,你说能一样啊?干啥就得干出个样,才对得起这份责任,你懒得做,就甭担这份责。"她是这么说的,也是这么做的。要说不一样,还真有一份沉甸甸的荣誉始终挂在她的心中。这一挂,就挂出了她 50 多年一心向党、不事名利的淡泊。

那是 1966 年 4 月 20 日,在庆祝红旗渠三条干渠通水典礼大会上,她被光荣地表彰为红旗渠建设甲等模范。贾改荣还清晰地记得,在表彰会后,县委组织全体模范进行了为期 8 天的学习培训,大家相继学习了《重新安排林县河山》《斗天图》和《旱井世界》三本书。远去的岁月里,仿佛依然有战天斗地的锤钎争鸣,萦绕在她的耳畔,让她沉浸在那段修渠岁月,凝重的脸上浮现出一丝欣慰、一丝灿烂。

上进的她 心中自有不服输的倔强

20 世纪 60 年代,刚刚经历过的抗美援朝战争极大地鼓舞着中国人战天斗地的豪情,在那个激情燃烧的年代,崇尚英雄的情怀早已铭刻在每个人的骨子里。1960 年农历正月,林县县委向全县人民发出了《全党动手,全民动员,苦干五年,重新安排林县河山的决定》。为了引漳入林,每一次被选中去修渠的人员都像参军一样,身披红花,被村里人夹道欢送。1961 年,14 岁的贾改荣正在秦家庄完小上高小,在学校组织学生参与了几次欢送上渠人员后,贾改荣就在心里暗暗萌生了一定要当个引水修渠人的想法。

1965 年,修渠到了火热的年份,各村各队上渠的人也越来越多,渠线长了,砌渠的物料就有些跟不上趟。二月的一天,队长又在通知往渠上上人,这次上渠的人负责去推沙,两人一组,自备工具,从付家河推沙到坟头岭渠岸上。一路上坡,推车拉车都是重体力活,所以本次要的都是身强力壮的青年男劳力。眼看队里能上渠的男青年越来越少,可明天就要往渠上送沙还缺一个拉车的男劳力,队长有些着急,在街上走来走去地犯愁。贾改荣看着队长着急的样子,心里暗暗憋出一股劲来,她径直走过去自告奋勇地说:"我愿意去拉车。"队长看了下瘦小身材的贾改荣说:"你不行,这都是出重体力的活,再说这次你哥哥已经报了名,不能再让你去了。"

"我咋不行,这次上渠我还就是要去呢!"贾改荣不知道哪里来的这股犟劲，倒让队长有了些欢喜，在征得她父母同意后，她和大自己 4 岁的哥哥贾满仓编成了一组，开始了推沙上渠的岁月。

二月的天，还有些料峭的寒意，每天天不亮，推沙集合的钟声就在村头敲响。贾改荣和哥哥贾满仓吃过红薯稀饭，装上娘特意备作中午用餐的糠饼，就和哥哥高高兴兴地出发了。从西牛良推空车到付家河有 12 里的路程，装满满一车河沙，推到坟头岭修渠工地，又足足有 16 里的路程，往往是披星戴月、早出晚归。一天只能送上一趟河沙，却要来回走上小 60 里地的路程，一趟下来人就像散了架似的。贾改荣心疼哥哥，拉车特别卖力；满仓也心疼妹妹，总是用力推车，这样反倒走得快、推得多，比别人先到。别人到渠上都是卸沙休息，贾改荣却总是闲不下来，不是和灰浆就是搬石头，好像个铁人似的，闲下来就像少了魂一样。贾改荣的执着和踏实，深深地感染着身边的修渠人，大家都在心中为这个不服输、不惜力的姑娘默默地叫好、点赞。

推沙三个月后，渠上的沙料有了富余，推沙的人员各归各队，贾改荣却被点名留在了渠上挑水。挑水的贾改荣依然是一见活就闲不下来，重活、苦活总是抢着干，那种倔强、那种拼劲，有时都让男人汗颜。

一分付出，一分收获，1966 年 3 月，思想上进、表现踏实的贾改荣在渠上入了党。

淡泊的她 心中自有永不褪色的善良

1966 年由于三条干渠的修筑完成并通水，修渠工作转入各公社、村，支渠、毛渠、斗渠的修筑工作，贾改荣也从渠上回到了西牛良村里担任村妇女副主任。别看是个不大的"官"，由于贾改荣高小毕业，有文化，管的事可不少，经常需要代表村里到公社开会、学习，然后组织妇女一起参加脱盲培训，一起下地干活。那时在队里干活都是挣工分，一天一个工，年底都是以工分分粮，贾改荣作为村妇女副主任，天天不是到乡里开会，就是组织妇女学习，按说都是应该记工分的，贾改荣只想着村里让干啥就干啥，从来也没问过记工分的事。年底分粮村里公布工分，结果只给贾改荣记了 60 个工分。贾改荣心里有些委屈,却说不上话来,村里的邻居都看不过,给贾改荣娘说应该到大队说一说,再说别村妇女主任也都是这样工作记的满工分。贾改荣娘只是叹气,宽慰贾改荣说,你现在是党员,是劳模,思想得进步,咱吃些亏别去计较那些工分,别让人知道了笑话咱觉悟低,你爹、你哥、你弟都是壮劳力,咱家分的粮紧巴些也够吃。娘说完偷偷地抹了下眼泪。

爹娘的善良,就是贾改荣踏踏实实工作的基石,贾改荣一改内心的憋屈,依然不计报酬地忙在了村里、忙在了渠上、忙在了地里。

1968年元月贾改荣嫁到了下申街村,由于自己是党员,婚后继续带头活跃在城郊公社大屯村修渠工地上。

直到红旗渠完成、分田到户、改革开放,在荏苒的岁月里,贾改荣始终淡泊名利,不忘初心,用自己的辛勤劳动,扮靓了自家红红火火的生活。她先后到林虑中学食堂做过饭,当过环卫工,再到村里环卫队,每一步她都走得那么踏实,干得那么认真。

尾 声

在和贾改荣老人分别时,她一再地叮嘱说:"我当这劳模有点愧,红旗渠上好多劳模都是实实在在干出了大工程,出了力、流了汗,有的甚至付出了生命,我也就是干了些力所能及的活,和他们比起来,我真的自愧不如啊!"

(呼庆法)

红五星闪耀在红旗渠上

金秋十月,雄伟的太行山层林尽染,五彩缤纷。蜿蜒曲折的红旗渠盘绕在太行山腰,像一条玉带,更像一条长龙。

哲阳寺东一干渠下面不远处,就是北小庄村,老英雄李成学就住在这里。

丰沛鲜盈的午后阳光,从屋门斜射进去,在地上映出标准的菱形图案。李成学老人坐在轮椅上,抚摸着胸前一枚枚军功章。每逢重要节日,他都要佩戴好珍藏的奖章,给子孙们讲战争年代和修红旗渠时候的故事。

李成学老人多年来的习惯,闲的时候步行到红旗渠上转转,拔掉渠岸上的杂草,看渠水静静流过。由于身体原因,好久没去渠上了,今天天气晴好,他提出去渠上看看,结果被儿女们拒绝,他只能呆呆地望着远方的天空和偶尔飘过的白云,追忆着那久远的故事……

党员 时刻冲在最前面

1960年2月1日,是农历的正月初五,人们还沉浸在节日的欢乐中。北小庄村的大队部,正在召开村干部和党员参加的"引漳入林"工程开工动员大会,会议由支书方银主持。

听说那渠水从村上头流过,渠水可以浇遍村里的田地,大家特别兴奋,都积极主动报名,这可难住了民兵连长付长生。到底让谁去呢?这时李成学开了腔:"派谁去由领导决定,反正我要去,我是退伍军人,是一名共产党员,党员在关键时刻应该冲在最前面,凭十五年的党龄也该我去!"

李成学（又名李健民），1945年8月2日参军，跟随刘邓第二野战军南征北战，足迹踏遍了大半个中国。在挺进大别山、淮海战役、渡江战役、解放南京战役、解放西南战役、解放华中南战役、解放华北战役等战斗中，都冲锋在前，浴血奋战。由于表现突出，1946年，李成学光荣加入了中国共产党。

大家都争不过李成学，于是，在北小庄村修红旗渠的名单里，李成学占据了第一的位置。

军人 自有军人的气质

北小庄村修红旗渠时第一段的位置在络丝潭的南坡上。李成学用铁锨挑着铺盖卷和村民们步行了差不多一天，才到达目的地。看着陡峭的高山，好多人提出了质疑："真能从这半山腰修条渠把水引回家？"李成学哈哈笑着回答："没有推不倒的墙，没有锯不倒的树。只要大家齐心努力干，清水一定能流进咱家的田地里！"

尽管是早春，山沟里还是寒风料峭，坡的背阴处冰天雪地，铁镐落在地上，只能掘起一小块土片，抬石头时一不小心就可能滑倒。

由于李成学的腿有伤，为了照顾他，连长给他安排了比较轻巧的活，可脾气倔强的李成学享受不了这个"福"，他觉得大家是小看他。打仗时再苦也没退缩过，这对于一名老兵来说简直就是侮辱，他找到连长付长生，要求到最艰苦最危险的地方。

李成学的腿伤，是在战争年代留下的。

在淮海战役中，敌人的一发炮弹把李成学和战友们隐蔽的房顶炸塌了，腿钻心的疼，那时感觉自己没命了，战友们从废墟中把他刨出来，他才奇迹般地捡回了一条命。直到现在，他的脚还因骨折是变形的。

李成学等民工住在山西的南平村，南平村离工地有七八里路，每天下工后要摸黑走七八里上坡路，李成学拖着一条伤腿总是走在队伍的最后面，他不想让别人看到他一瘸一拐的样子，回到住地，常常用拳头敲打着那条伤腿。

一天晚上下工后,有一位民工两手捂着肚子,慢悠悠地跟在队伍后面,走在最后面的李成学问啥情况,那位民工说肚子疼。到了住地时,那位民工躺在床铺上疼得打滚。住地没有医生,如果下山看病,需要步行十来里地。情况紧急,李成学问了病人的症状,肚疼、头疼、眼酸疼,摸摸病人的手脚,四肢冰凉。

虽然李成学懂医,可并不是医生,如果治好了病人,啥事都没有。要是治不好,怎么办?

救人要紧,李成学没有丝毫的犹豫。根据在部队医院时的经验,他立刻判断出病人可能的病因,马上喊人找来缝衣针,给病人的手指头放血,然后从村民家里讨了一把山桃核,把桃仁捣碎用开水冲服。不到一支烟的工夫,病人转危为安。大家啧啧称奇时,李成学抹了把汗,悄悄离去。

李成学是在部队学的医,1952年3月20日他因伤病从朝鲜战场回到祖国,转业到辽宁省本溪三十二陆军医院工作。次年7月15日,他放弃待遇优厚的工作,回到家乡当农民。在这一年多的时间里,李成学学到了很多医疗方面的知识,加上在部队多年野外生活的经验,看点小伤小病不在话下,工地上的民工谁要是不舒服了,都会找李成学看病,他从不推辞。

李成学和十一位民工挤在一个老乡家里。人多了,卫生成了问题,有的民工连被子都不叠。

每天早上五点,李成学准时起床,这是他退伍后一直保持的习惯。先把被子叠得整整齐齐,像豆腐块一样,然后把院子、厕所,角角落落,都打扫得干干净净。在他的带动下,大家都自觉讲卫生,房东大娘笑哈哈地赞叹:"这哪里像民工,简直就是解放军住在家里。"

没有点过炮的炮手

阳耳庄,一个名不见经传的小山村,因为红旗渠的修建而闻名。

阳耳庄附近的红石坚硬无比,大铁锤砸下去,在石头表面只留下个小白点,没办法,只好用炸药崩。

当时的民工,很少有人使用过炸药,有的甚至没见过这种东西。炮手,只是经过简单的培训,根本没有经验。

每次放罢炮,都有不少阳耳庄的百姓找到工地,反映石块砸了房顶,砸坏了生活用品。

这时候,李成学站了出来,主动请缨当炮手。连长付长生听后哈哈大笑:"炮手要求反应灵敏,眼观六路,耳听八方,还得有双飞毛腿,你腿脚有伤,耳朵还背,不适合当炮手!"

李成学听觉受损,是抗美援朝时留下的。

有一次,连长派李成学到三里地之外的另一个山头阵地报信,刚跑了有几十步,就碰上了美军的飞机,敌机咆哮着一个俯冲,从他头顶掠过,随即听到"嗯"的一声尖叫,久经沙场的李成学判断出敌人投了炸弹,并且不止一颗,出于本能和经验,他没再向前跑,而是扭头向侧面狂奔几步,扑倒在一个小土坑里。随着三声巨响后,两耳"嗡嗡"着,啥也听不到,身子像在弹簧上一样弹了起来,随即雪土纷纷砸在了他的身上。

炮弹的巨大响声,把李成学的耳朵震坏,听力从此受损。

连长付长生说的有道理,可李成学说的更诚恳:"我在部队学过爆破知识,并且有实践经验,我能传授大家放炮技术,还可以装炮。"

李成学把放炮的技术传授给大家:"炮口不对村""浅炮眼、轻药烧、深炮潮土要捣实",并亲自示范装炮,果然,后来很少出现撒渣现象。

李成学也成为了不点炮的炮手。

虚心好学 永不服输

李成学17岁参军,打了八年的仗,干石头活根本就是个门外汉。

李成学看到技工师傅在大石头上凿几个眼,然后把铁錾放进去,慢悠悠地几锤下去,那大石头整整齐齐裂开了缝,他特别羡慕,学着掏石眼、打錾,可每次不是铁錾蹦出来，就是石头眼被撑坏。

下工后，李成学找到石匠师傅，石匠师傅把掏石眼的窍门传授给他："上面慢悠悠，下面直陡陡。""有样没样，四角捣亮。"第二天一试，效果不错，但还是没有师傅切的整齐。师傅看着李成学一锤接着一锤打铁錾，指导他"紧打青石慢打红"，打青石要快，打红石就要慢悠悠了。经师傅指点，加上李成学自己钻研，很快掌握了这门技术，在后来的劈山开石中，派上了大用场。

砌石头是个技术活，尤其是砌红旗渠，水要从渠里流过，不能有渗漏，必须把基础打实在。

砌石头用的是破灰土。李成学技术不到位，常常弄得浑身是泥，像个泥人。别人用瓦刀砌，他急了就用手。经过一段时间的揣摩和锻炼，他终于掌握了砌石技巧："心要操到，浆要挤到。""石头怕三调，三调不中一撂。""宁摁勿晒""好眼不如赖线"等等，都是修红旗渠时积累下来的宝贵经验。

民工李章锁调侃李成学："看看捏李成学，学啥会啥，比猴都精。"

为国流血汗 忠孝两难全

1963年正月初五渠上复工，李成学要求爱人田花娥一同上工地。爱人说："咱家去一个人就行了吧，别人家不都是去一个人啊？"李成学说："我既是退伍军人，又是党员，和别人家不一样，你这个家属不能拖后腿啊！"爱人拗不过他，听了他的话，含泪把四岁半的儿子送到娘家，同李成学一块儿上了红旗渠工地。

清明节前两天，工地上陆陆续续有人请假回家，李成学的爱人在工地，家中没人上坟，他想请假，可是，看看工地上人手紧张，最终还是没开口。

清明节那天早上，李成学早早起床后，对着家的方向跪下，磕了四个头，眼里含着泪，嘴里嘟囔着："爹，娘，请恕孩儿不孝啊！"

李成学一天都没有伺候过父母。

李成学参军时，父母开始是反对的，在那个兵荒马乱的年代，当兵就意味着在阎王爷那报了名。李成学的母亲抹着眼泪把李成学送到村口老槐树下,走出老远她还在招手。父亲把他送到安阳,父子俩坐了大半夜,父亲一袋接一袋地抽着烟,却很少说话。第二天部队出发时,父亲说了一句话:"照顾好自己,打完仗就回来啊!"说罢揉着眼,头也没回就走了。

谁也没想到,这次和父母分别,竟成了永别。

八年后,李成学回到了家乡。站在村口的老槐树下,李成学深深吸了口气,来平复一下激动的心情。熟悉的大山、熟悉的房屋、熟悉的树木,包括空气都那么熟悉。多少次在梦中回到过这里,多少次在困难和危急之时,给他动力和勇气的就是这里。村子没啥大变化,八年前,母亲就是站在这里送他当兵的。

在路上他想象着和父母见面的情景,父母肯定会激动得掉泪,会拥抱他,或许会嗔怒,埋怨他八年来没有联系,他自己有苦衷啊,兵荒马乱,居无定所,根本没办法联系。

迎接李成学的是哥哥嫂子们,大哥抱着他,咧着嘴流着泪:"兄弟啊你可回来了,家里人都以为没了你了呢!"

李成学堂屋西屋转了个遍,搜寻着家里的每个角落,始终找不到要找的人。

"咱爹娘呢?"他扭头问大哥。

"走,去见咱爹娘。"大哥拉住他的手向门外走去。

在村子南面的一个土丘前,大哥跪下来指着土丘说:"爹娘在这里呢。"

李成学跪倒在坟前,伸开双臂紧紧地抱住土丘,脸贴着坟头,泪水唰唰地流了下来:"爹,娘,不孝孩儿回来了!"

他怎么也没想到会以这种方式见到爹娘。

大哥告诉他,他参军走后,父亲从安阳回来的当天就得了病,不吃不喝也不说话,三天后就咽了气。父亲走后,母亲常常以泪洗面,天天盼着儿子的消息,临终时还叮嘱:"一定要找回四成(李成学小名)啊!"

李成学把带回来的糕点摆在坟前,从包里拿出一块红布铺到地上,把一枚枚军功章放到红布上,他要让父母看看,他这八年来都干了些啥,他没有解释,也没啥解释,他不后悔,只有无奈和深深的自责。

扎根农村 英雄无悔

李成学,一位为革命和建设作出贡献的英雄,生活在红旗渠畔的家乡,当了六十多年的农民,默默地奉献着。

"放着轻巧的工作和每月丰厚薪金的好活不干,回家来当老农民,又苦又累,您不觉得亏吗?"笔者问。

"亏啥?比起那些在战场上和红旗渠上倒下的战友们,我已经很幸运很知足了,我感谢党和政府的关怀。"老人如是说。

2019年9月22日,林州市领导来到合涧镇北小庄村,看望慰问了荣获"庆祝中华人民共和国成立70周年"纪念章的老英雄李成学,向他送来了党和政府的亲切关怀。领导动情地说:"您是人民英雄,是党和国家的宝贵财富,是林州百万人民学习的榜样。希望继续保持良好的精神状态,保重身体,多给年轻人讲解往昔的峥嵘岁月,多讲幸福美好生活的来之不易,让革命和红旗渠精神永远传承下去。"

讲到抗美援朝时,老英雄很激动,说:"刚到朝鲜时,听说老美很厉害,心里还有点怵,干了几仗后,没那么害怕了,美帝国主义就是纸老虎,你害怕他,他就吓唬你,你不怕他,他就怕你。"说着说着,就唱起了"雄赳赳,气昂昂,跨过鸭绿江,保和平,卫祖国,就是保家乡……"

声音虽有点嘶哑,却刚劲有力!

孙子李斌介绍说,爷爷最喜欢唱的有三首歌:《东方红》《中国人民志愿军战歌》,还有红旗渠歌曲《定叫山河换新装》。

"父亲年纪大了,身体不好,每次讲过去的事,他都要掉泪,我们不忍心让父亲太伤感。"

"父亲的事迹,我都听过好多遍了,父亲每次讲,我都认真听,尽管内容都一样,但还是很愿意听!"李文杰动情地说。

人们都羡慕英雄,可有多少人能够理解英雄内心的孤独,那种常常使人身心疲惫的孤独呢?

离开北小庄村时,已经六点多,太阳西斜,万道霞光铺在大地上,晚秋的红叶像篝火、像国旗,在红旗渠畔、太行山上,燃烧、飘扬!

(吕建周)

把青春献给祖国

1960年2月11日的凌晨3点半,公社大院。

城关公社组织委员郝随伏进门就对一个刚放下电话的小伙子说:"朝文,经研究决定,叫你上引漳入林工地,天一明就和民工一起走。"

"天一亮就走?"王朝文不相信似的又重复了一遍。

"对,天一亮就走,行不行?"

多年军营生活的王朝文激动地双脚一并打了个立正,声音嘹亮地回答:"行!"转身就去收拾行李。

外屋的同事笑着说:"看把朝文高兴的,把我耳朵都震聋了。"

盼了多年的愿望就要实现了

1960年2月10晚,农历庚子年正月十四。

林县县委召开全县引漳入林广播誓师大会,县委书记处书记李运保向全县人民发出《引漳入林动员令》。

春寒料峭,正是人们熟睡的时辰,院子里静悄悄的,林县城关公社的一间屋子里却热闹非凡,烟雾缭绕的会议室里坐了十几个人,煤油灯发出呛人的味道,昏黄的灯光下看不清人的脸,可一个一个的声音都透着兴奋,"引漳入林终于开始了!""咱林县人盼了多少年的愿望就要实现了!""咱们一定要鼓足干劲,加油干,不能丢咱城关公社的人!"

林县人民饱受干旱缺水的折磨,一代代的人盼水、求水而不得水,现在听

右为王朝文

说能把漳河水引到林县,觉得生活有了盼头,有水就有了生命,再苦再难也知道这是造福千秋万代的大事,谁能不积极参加?

1960年2月11日,农历庚子年正月十五。

正月的天冷得哈出一口气都能凝聚不散,可人人心里都热乎乎的。东方刚冒出一缕白光,王朝文就和民工一起徒步朝任村河口出发了,城关公社到任村河口小百里地。他没来得及和父母打招呼,新婚妻子常雪荣更是毫不知情。王朝文摸了一下揣在兜里的照片,那是他和妻子前几天刚照的新婚合影。

接到任务时他正在打电话了解各村的引漳入林准备工作。他是退伍军人,他知道这是上级交给他的任务,他只须要执行就行。

从北关吊桥往南一瞧,红旗招展,黑压压的人群都是往工地走的民工,有走了两天的临淇的、茶店的;有合涧的、小店的,而且大部分都是年轻人。

人人肩扛手推也不耽误唱歌说笑,气氛高涨,高昂的歌声穿破黎明的薄雾直飘上天空,一路上,个个的劲头好像抬手就能把漳河水拉来林县。

王朝文回忆起当年情景依然觉得不可思议,那是生活在现在社会的青年们永远无法想象的盛况。

越往北走人群越聚得多,不管男女老少都没有空手的,扛着工具,挑着行李,推着小车的人群逶迤而过,连平时偷懒的小毛驴也晃着脑袋拉着板车一溜小跑。

茶店公社的一个小伙子推着生产队自备的吃食、行李和工具,满满当当堆成了一座移动的小山,要不是用车绳捆着,肯定早散了,可还是招呼着让行李多的人放到他的推车上。

泽下公社的一位上岁数的人用小毛驴拉着小平车,车上摞了一层又一层,红薯面、玉米面等粗粮,萝卜条、扁豆角等干菜,铁锹、镢把、筐篓、锅碗,好像只要是工地上需要的恨不得都拿上。

队伍里的小姑娘们背着自己的行李外还捎带着挂几把铁锤,叮叮当当地走到哪儿响到哪儿。

王朝文看到,手推车都是载工具粮食的,可城关公社常家庄大队却有个年轻人坐着小推车,便走上去好奇地问:"大伙儿都恨不得多长两条腿走路,你为啥还让别人推着?"

"俺腿不得劲儿,可俺的手会动,坐那儿照样锻石头,修红旗渠也得有俺的一份。"

这才知道,年轻人是石匠,腿脚不好但手艺好。

围观的群众一听,个个都竖起了大拇指。

一个时代最为鲜明的特点,莫过于改天换地。60年代的林州被历史定格,誓把林县河山重安排的时代开始了!

别说是去修渠 就是去战场我也支持你去

听说我们要去采访,王朝文老人早早就站立胡同口等着,八十四岁的他依然精神矍铄。

客厅东墙上挂着一幅全家福照片,挨挨挤挤的十几口人,老人一脸满足的神态坐在正中间,一家人其乐融融。

老人见我凝视着照片,说:"照相的时候老伴已经不在了。"

然后慢慢走进里间,出来时手里捧着几本相册,小心翼翼地从其中一个里面拿出一张边角都发毛的老照片,照片上的小伙子穿着解放服,胸前的左兜子上沿别着一枚毛主席像章,兜里插着一支钢笔,长得青春洋溢;小姑娘齐肩短发侧绑了一朵小花,穿着花棉袄,显得干净利索。

照片里的俩人可能穿的是当时最经典的装扮,也可能是俩人最好的行头,可吸引我的却是照片左上角的几个字:"把青春献给祖国,1960年2月7日。"

王朝文老人说:"结婚时没有合影,这也可称为我们的结婚照吧!"

他慢慢摩挲着照片:"多少年了,现在回头看看,年轻时真好,人就活个年轻,一个炼钢工人,一个武装干部,怀揣着对建设祖国的美好愿望,留下了这张纪念照。现在老伴不在了,可那时的记忆还在。"

在老人缓慢地叙述中了解到,他1958年退伍转业后,分配到城关公社武装部任干事,主抓民兵训练,在大办钢铁的洪流中,遇到了他的妻子常雪荣,俩人于1959年12月3日在钢铁基地陵阳北岗举行了结婚典礼,当时条件不允许,连一张合影照都没有。

1960年2月7日,妻子常雪荣听说修建红旗渠的工程就要启动了,她跑到了王朝文的单位,问:"你听说要修渠的消息没有?"

"你在钢铁基地都听说了,我在县城会不知道吗?"其实,王朝文早在两天前就向县委和公社党委报了名,积极要求参加红旗渠建设。

可面对新婚不久的妻子,她让不让我去?会不会阻止我?王朝文回忆说:"那时心里也真没有把握。"

他就试探着问:"你同意不同意让我去修渠?"

没想到常雪荣急口就说:"我知道拦不住你,本来就是一名军人,现在这么大的工程你会不参加?你是先锋,我思想也不落后,别说是去修渠,就是去战场我也支持你去。"王朝文松了一口气,告诉妻子自己早报名了。

常雪荣听完沉思了一会儿对王朝文说："你去修渠,我有个要求。"

"啥要求,你说。"

"咱俩去补照个结婚照吧,也是给修红旗渠留个纪念。"

"行,没问题。"

就这样两人到林县照相馆有了第一次合影,并在照片上写上了他俩的结婚誓词——把青春献给祖国,1960年2月7日。

"对不起她的是,当时让修渠走时通知她,要给我送行,却因为时间紧,走得急,没有来得及,直等到达修渠工地,工作全部就绪后才抽出时间给她写了一封信。"

望着照片上两人新婚燕尔的合影照,我不由得就问了一句:"你们刚结婚就分开了,不想她吗?"

"咋会不想,想能咋样?说来说去,还不是为了红旗渠。大家都在苦干,哪儿还有脸提自己这点私情。"虽说正是青春年少的年纪,可常年艰辛的劳作,简陋的生活,为了红旗渠的建设,让他无暇顾及感情,想媳妇了只能晚上偷偷掏出照片看一会儿,看着看着就睡着了,三年里,很少碰过面。

"听说,工地上都是一个月、两个月轮一班,你怎么三年都没有轮休?"

"我是安全员,工地时刻都在施工,一刻也不能松懈,只能对不起她了。"八十多的老人现在说起来还很愧疚,可见山一样硬的汉子也有水一样的柔情。

红旗渠工地的安全员

因为王朝文是退伍军人出生,人年轻腿也勤快,责任心又强,到达修渠工地后,上级命令他负责工地的安全工作。城关公社指挥部当时驻扎在河口,主修河口到谷堆寺这一段,全长3250米,包括谷堆寺、鸬鹚崖等险要渠段,参与修渠的人当时就有三千多名。河口和牛岭山一带住了一千多,西坟一带住了二千多,最多时达到七千多人。他是工地安全员,这么多的人,需要看到危险就及时排除,不断提醒干活的人注意安全。

工地没有路，从工地的这头到那头，遍地都是三尖八棱的石子石块，3250米的渠线他一天不知道得跑几趟，哪里须要爬石头，到哪里又得蹚河，他蒙着眼睛都知道，干活的民工一见他，就开玩笑地说："看，安全员又像兔子一样跑过来了。"

正值三年困难时期，谁都吃不饱，二十三四岁的他也经常饿得头晕脑胀，可凭着一份对信念的执着，仗着年轻，从没有停下巡逻的脚步，妻子和母亲做鞋的速度永远比不上他磨鞋的速度。穿破的旧鞋也舍不得扔，脚上的鞋底磨透了就剪块旧鞋底钉在鞋底，再接着穿，可再结实的鞋到王朝文脚上也耐不住几天又磨破了脚底板。

脚底磨出的血泡沾到袜子上，晚上一脱袜子都能带起一层皮，疼得龇牙咧嘴，索性不脱袜子就睡觉，血泡长了破，破了长，最后生生磨出来一层厚厚的老茧。

1960年6月12日，上午九点，太阳像火球一样炙烤着大地，王朝文永远也忘不了这一天。

他照例在工地巡逻，从西坟村下来巡逻到谷堆寺这段，老人回忆道："走到这，看到因为昨日夜里放老炮，崖体都变得张牙咧嘴的，槐树池连的人在崖体下干活。"

崖壁下作业面小，人多施展不开，也是考虑到安全，槐树池连长就把人分派成两班倒，干一个小时休息一个小时，当时正是六月的天气，农忙割麦子的时节，人人都想抓紧施工好早点回家割麦子。

老人接着回忆道："我也是出于职业敏感，干活的在干活，歇班的也都坐在崖体的阴凉下的石堆上，天气热肯定都找阴凉处了，可我就是觉得他们坐在那里不合适，就让连长命令他们离开崖下，休息也到北面七八十米外太阳地休息。那里安全，都不情愿吧又得服从命令，撤走时有人嘴里还骂骂咧咧地说我不近人情之类的话。"

"没想到，我刚走到下一个工地，那也就百十米吧，就听见后面石头碰撞的轰隆声,河顺工地的人喊,快点吧,出事故了,我扭头就往回走。"

这就是修建红旗渠过程中的"谷堆寺"事故,松动的崖体上一块汽车大的石头从八十多米高跌落下来,滚落过程中都跌成大小不一的石块,相当于下了一场"石头雨",崖体下作业的施工人员一下子死亡九个、重伤三个、轻伤四个。

事故发生后,曾经生机勃勃的工友安安静静、东倒西歪、缺胳膊少腿地躺下了十几个,在场的人员都吓呆了,原来热火朝天的工地一片死寂,目睹事故惨状的工友别说救人了,站着腿都在打哆嗦。王朝文飞快跑到下申街工地找到连长李怀山,让他赶紧安排强壮劳力去抢救伤员,又跑到鸹鹉崖西边打电话给指挥部报告:"快点来医生,城关公社出大事故了!"说完又跑回事故现场加入了抢救队伍。

五十多年过去了,留在心头的震撼依然存在,现在回忆起来还是心有余悸,唯一让王朝文庆幸的是,幸亏自己当时把两班倒的休息民工从崖体的阴凉处撵到了太阳地的安全地带,尽管有人嘴里还骂骂咧咧的不情愿,但总算都离开了,要不事故伤亡会更大,叙述过程中他几次叹息,说:"事故发生后,好几天吃不下饭睡不好觉,压力非常大。我是安全员,这么大的事故肯定是我的责任,我请求上级领导给我处分,领导们可能考虑到事故的不可预测性,最后没有处分。可这件事折磨了我五十多年,有时梦里都会梦到他们。"

老人讲完陷入了沉思中,我们没有打扰他,无法想象二十多岁的小伙子承受了怎样的心理压力。

太行山的石头再硬 没有我们的心气硬

城关公社因为修渠工段太艰险,从2月到6月,短短三个月的时间出了三次重大的伤亡事故,一次死亡三个人,一次死亡一个人,一次死亡九个人,这一个个数字是冰冷的,也是残酷的,这都是活生生的生命啊!

安全事故发生后,王朝文对安全有了更清醒的认识,深知自己肩上的担子更重了,所以时刻提醒自己一定要尽职尽责,得为工友们的生命安全负责。

人,不仅不能被吓倒,还得从中吸取教训。

太行山的石头硬得撑起了山的雄伟,太行山的人脾气也硬得撑起了顶天的意志。

王朝文作为安全员,专职指挥放炮,从第一天开始,为了把本职工作干好,更好地了解安全操作,须要对各个工种进行熟练操作,他虚心地向有经验的师傅请教,学习安装大炮小炮的技术,摸索躲炮的安全距离,他说:"只有了解了,才能知道哪里容易出问题,哪里须要操作时特别注意。"就这样,在工地的三年时间里,除了打铁和烧石灰,其他活计他都干过。

悬崖下施工时,得放炮把崖劈开,炮手都是在工友们下工后才点炮,所以,他也总是等到炮手们点完炮,炮响后,再清点炮手,每次都是最后一个去吃饭。

鸻鹉崖工段是城关公社承担的红旗渠工程要通过的其中一段天险,位于山西平顺县马塔村西南的漳河南岸,是高250米、长200米的山体。要想让红旗渠从这里通过,就必须把崖体从上到下劈开80多米,山体都是石头,就得放炮把崖劈开。放炮就须要打炮眼,鸻鹉崖的石头硬呀,硬的把钢钎都顶秃了、卷了,石头上才崩出个白点,有的炮眼深达十几米,就需要不断放小炮炸,炸一点再接着往下打,红旗渠就是这样一点点凿出来的。"山石再硬也硬不过修渠人,太行山的石头再硬,没有我们的心气硬!"

河口西的悬崖下,一面是高不可攀的绝壁,一面是让人头晕眼花的深沟,为了防止事故再次发生,必须把崖壁上活动的石头除掉。

时间紧任务重,王朝文看着饿得虚脱的工友张成,选择接替他上去除险。大家都知道凌空除险是个力气活、胆力活,须要荡在空中,用钢钎把崖上炮崩活的石头撬下来,还要防备石头砸到自己。

第一次参与除险,王朝文回忆说:"一个上午干下来,本来肚里就没有本儿,再加上又累又渴,又惧又怕,当被崖顶的同志系到地上收工时,躺在地上好久站不起来。"

红旗渠修建时,工地上只有中午才能吃上一顿干饭,多是"小米稠饭",说是稠饭其实就是稍微多一点米,有句顺口溜形容:"夹夹流,喝喝稠。"工地上的人给这种饭起了个有意思的名字"三甩一嘀嗒"。

吃饭时,每个人能盛三回,遵循"站东过西"的吃饭土规则,因为小米稠饭有黏性,盛饭时必须用力甩才能把勺子里的稠饭甩干净到碗里,做饭的伙夫会每人甩给你一碗,在东边站着盛饭,吃饭时站到西边,然后吃第二碗再站到东边,这样就知道谁还没有吃,谁吃超了,饭轮流盛了三遍后,要是有富余,就会再喊着吃饭的人盛第四碗,时间一长,稠饭就会冷却,所以再盛时就给每人一嘀嗒。可这也吃不饱,舍不得浪费一粒粮食,很多人吃完饭还用手指头沿着碗边抿光再嘬一口的,抿的碗比洗了都干净。

多管闲事的工地安全员

王朝文在工地主抓安全,可他有时候也多管闲事,有段时间他们住在平顺西坟村,人多闲事就多,有人不注意卫生,大小便随地解决,让房东怨声载道;农户晾晒在外面的衣服不时丢失;饥饿的民工偷摘村民树上的柿子;修渠放炮会震落农户房上的瓦片,猪羊震落流产。诸多杂事,都会找他处理,他好言好语地道歉后与老百姓交流达成共识,再由他写个证明信,交到总指挥部进行解决。

为了平时和老百姓建立密切关系,解决问题时可以顺利进行,他想出一个办法,每次改善生活时,特意交代炊事员给房东的老人和孩子舀一碗饭。本来就都吃不饱,又是从民工嘴里掏粮食,他们有的人背后就骂王朝文狗逮耗子——多管闲事。

1960年11月中央发出"百日修整"的指示,要求社员半天劳动半天休息,取消夜战加班,红旗渠指挥部也做出了相关决定,王朝文和公社的几个连长做善后工作,在大批民工走后的第二天才从河口出发回家。

走出没多远,平时身体就不太好的刘家街连的连长刘启红开始上吐下泻,只能就近到任村公社就医,王朝文主动留下来陪刘启红,并把刘启红背到急诊室,医生诊断是急性肠梗阻,幸亏送来的及时,必须立即动手术。

刘启红在这里无亲无故,王朝文二话没说又赶忙挂号取药并在手术单上签字,做完手术又陪了刘启红一晚上,直到刘家街来人后才离开。因为给刘启红看病把身上仅有的十几块钱花光了,只能徒步走了几个小时回家。

类似这样的闲事,王朝文管了不少,有的人感谢他,有的人骂他,可他都没有放在心上。因为他知道,作为一名从朝鲜战场走出来的军人,须要怎样去践行自己的承诺。

老人退休后经常去当年红旗渠上发生大事故的地方走走看看,回忆一下牺牲了的工友,祭奠他们曾经的青春,也去看望还健在的修渠工友,一起回忆修渠岁月里发生的人和事。

谁虚度年华,谁的青春就会褪色,"把青春献给祖国"不是一句口号,而是要把最珍贵的生命彻彻底底地融入祖国的山川河流与血脉!

采访结束的回家途中,我脑海里忽而是战场上嘹亮的冲锋号声,忽而是红旗渠工地上隆隆的炮声,一个年轻的背影疾步穿插在其中。

(郭莉花)

向前！向前！！

他叫岳水旺，她叫苏凤菊，村里人习惯以"渠上小老虎""铁姑娘"称呼他俩。

二人说起红旗渠，满心欢喜和自豪，因为这儿有他们奋斗的青春岁月，有他们踏遍青山的矫健足迹……

小老虎 好样的

1958年3月的一天，盘山村村干部岳广玉找到岳水旺的父亲说："前天我去任村区里开会，南谷洞水库4月初就要动工了，你给咱村多做几辆小推车，还有蒸笼、锅盖等，往后的木工活多着呢，你是祖传下来的木匠手艺，我们商量组建一个木工组，让你担任组长，并让你当师傅，由于时间紧，夜里还须要加班……"

岳水旺的父亲没等村干部说完，就激动地在屋里走来走去，搓着长满老茧的大手："真要是修水库，把露水河的水引到咱盘山村，我就是常年不挣工分，也愿意。叫俺家大儿子岳水旺也参加，他跟着我也学了个差不多，甭说是做小推车，就是板箱、条桌，他一个人也能做好。"

1958年3月，盘山村召开修建南谷洞水库动员大会，确定了人员名单，却没有岳水旺。会后，岳水旺找到负责人岳广玉，说："为啥不让我去？我长得个子又不小，又有力气，还有木匠手艺……"

岳广玉耐心地说:"水旺,你的年龄还小,还不够民兵年龄,虽然长得和大人高低差不多,可修水库是抡锤打钎、抬筐、抬大石头的苦力活,太累了,睡觉都是在野外漫山坡上……"

还没等岳广玉说完,岳水旺就急了:"咋?苦点累点就不让我去?小看我呀?你不答应我不走!我挣不了十分工,挣几分算几分!可你得让我到工地上试试看。"

岳广玉心想:"真是初生牛犊不怕虎……叫你小子受受罪就知道了。" 1958年4月1日,岳水旺踏上了修南谷洞水库的路。

南谷洞水库修建时涌现出无数先进人物和事迹,岳水旺的故事就是其中浓浓的一笔。

为堵住强劲的泉水向上喷冒,年龄最小的岳水旺和其他成年民工一样,把猪油涂抹在身上下水,不惧严寒,用自己的身躯堵住了那眼强劲喷发的泉水。巨大的水柱冲击着他们的身躯,但谁也顾不得这些,疼痛和生命早已置之度外!

现场的指挥长、区委书记、社长都看在眼里,心疼地异口同声喊:"同志们快上来吧!"堵水的民工一鼓劲地喊着:"快合水,快合闸抽!请领导们放心!"

民工们赶紧抢时间,一拥而上,合的合、抽的抽,用最快的时间排完百余立方米的积水,大家又急忙往他们的身边填土,用脚踩、用锤子砸捣,直到多处泉水不再往外喷冒时,民工们才像泥猴子一样从泥土里爬出来。

任村区领导白吉昌和桑德章看到岳水旺个子大、脸庞嫩,关切地问:"你多大了?"岳水旺说:"我16岁了。"说完又怕他们说自己年龄小,急忙加了一句,"我是共青团员!"

4月初的南谷洞水库工地上,顺着峡谷的溜山风寒风刺骨,为了防止汛期到来洪水突袭,民工们与时间赛跑。

有一次,马有金副县长和任村公社副社长桑德章顺坝基检查,那时民工正两人一组用抬筐抬着土上坝基,其中有一个年轻小伙儿,一个人背着一个大抬筐,足足100多斤,生龙活虎地就上来了。一问,这个小伙子叫岳水旺,只见他背着土上来记罢号,就急忙向坝下返,马有金拦住说:"看你干活像个小老虎,你今年多大了?"岳水旺一听马副县长问他,以为他又要说他是不是年龄小,就急忙说:"马县长,我已经是民兵了,再干一年就能去当兵了。"

马县长一听觉得有意思,哈哈大笑着说:"小老虎,好样的!"

从此,岳水旺在工地上被称为"小老虎"的故事就传遍了工地,并多次受到指挥部的大力表扬。

把石头掀了重垒

1960年6月,红旗渠工地盘山村的负责人王文焕对岳龙子说:"红旗渠总指挥部研究决定来一个大会战,想抽你去修红旗渠,放放线,指导指导。"

岳龙子是岳水旺的大爷。岳水旺听到要调动大爷,说:"大爷,我要跟着你去修红旗渠。我要去学石匠去学砌渠。你不是常说年轻人多学些技术嘛,艺不压身,多才多艺,以后才能有饭吃。"在岳水旺的一再央求下,组织经过商量后答应了。

1960年7月,岳水旺跟着大爷岳龙子,从盘山村推着小推车、手把凿,还有12磅的大锤、镢、钎就上路了。一路上一个推着,一个在前面拉着,中午下工时就来到了牛岭山村南坪的自然村,和本村民工一起住在农户家中。

工地上都是分段施工,各伙碰组,岳水旺就和他大爷一组,每天抬石头、出碴、背水泥、砌渠岸。如今的"小老虎"已经18岁了,需要二人抬的石头,岳水旺仗着年轻力壮,经常是一个人背,结果他们的任务每天都超额完成。有的人一天只是勉强挣10分工,可是岳水旺他们每天都要挣到12

分乃至15分。

严师出高徒,这句话对岳水旺来说最合适不过。一天,岳水旺在砌渠岸时,一块石头砌的不正,他大爷严肃地说:"水旺,把这块石头掀了重新垒。"岳水旺说:"大爷,人家王文焕是领导,都经常表扬我,说我垒的不赖,你咋还叫我掀掉?再说,这块石头已经被二层石头压住了。"

岳水旺的大爷听后,二话没说,拿起大撬就把石头别掉了,一边抽着石头一边说:"石头石头十个头,有样没样,阳边朝上,下跟齐、上靠线,以凸充线、美观好看,下支稳、灰灌足,多掉头、扶正脸,坐落稳当才保险,好似木匠砍三砍。"年轻的岳水旺听了大爷的教训,有点脸红,于是牢牢记住了这些话,他由衷佩服大爷娴熟、扎实的砌石头技术,更佩服大爷一丝不苟的工作作风。

从此以后,他认真向大爷学习,再没有骄傲过。渐渐的,他砌的渠墙成了样板墙,马有金副县长还经常让别的工队师傅来这儿参观学习。

岳水旺自1960年7月份到红旗渠工地以来,只回过两次家,每次回家都是匆匆忙忙,简单换换衣服、换换鞋,就急忙赶回工地。在工地的艰苦日子里,他苦干实干加巧干,为修渠民工做出了表率。

不能给红旗渠丢人

为了响应党的号召,保家卫国,支援国防建设,岳水旺于1962年7月应征入伍,在安阳市军训一个月,8月份跟随部队开赴中印边界,捍卫国土。

由于在部队表现突出,1965年,岳水旺这个喊着"我是共青团员"的红旗渠工地"小老虎",被批准正式加入中国共产党,成为一名党员。

1966年4月21日,《人民日报》以《人民群众有无限的创造力》为题发表了一篇文章,祝贺河南省林县人民修建红旗渠取得了伟大胜利。岳水旺取着这张报纸,激动地给战友们讲修渠的故事,宣传红旗渠感人的事迹。战友们打趣说:"林州人憨,你更憨。"

就凭这股"憨"劲儿,战友们一次又一次被岳水旺感动着。

有一年夏天,一班班长岳水旺在值夜班巡逻时,发现一个厚厚的手帕,他拾起手帕,一摸,好像是整整齐齐两沓钱!心里非常激动,于是快速地向连部跑去,报告了连长和指导员。

连长和指导员打开一看,哎呀!里面一沓是3000多块人民币!还有一沓是3000多斤军用粮票!

指导员立刻吹响紧急集合号,全体战士列队敬礼,指导员当即宣布岳水旺是"拾金不昧的好班长"。

后来才知道,这是司务长上午去师部领的本月战士的生活费,不慎丢失后,司务长上吊的心都有了!那钱是全连队全员战士一个月的生活费;那粮票,在当时是按人头分配的,丢了这些,全员战士这一个月吃啥啊?

那天,司务长当场紧紧抱住岳水旺不放,激动的热泪夺眶而出,从此他们成了好兄弟。

有不少的战友们常常逗他说:"岳水旺,你真是个憨憨的大傻瓜,军用粮票花不了,钱也花不了吗?上面又没有写名字,在家里劳动,十年都挣不了这么多!"

岳水旺却坦然地说:"我是共产党员、人民解放军,我家乡的人民正在修建红旗渠,书记、县长都在拼死拼活地干,我们的技术员,20多岁就为修渠献出了宝贵的生命,我是军人,不能因为个人利益给红旗渠丢人。"

一身正气、公而忘私的岳水旺于1968年3月5日退伍。他从军6年,多次被评为五好战士,荣立三等功。

到省会布展红旗渠

他有许多特长和技艺,精雕细刻的木工活是他祖传的强项,曾先后在林县、郑州等地多次参加红旗渠布展,这成为他一生的骄傲。

据红旗渠展讲解员杨明回忆:红旗渠展曾于1970年7月和1971年

8月两次在河南省博物馆展出。第一次接待参观代表4000余人,第二次接待省直机关、解放军、学校、工矿企业、群众代表近万人。她说:"红旗渠布展时沙盘制作工作量很大,时间紧、任务重,其中有一个师傅叫岳水旺,我印象非常深刻。当时是夏天,不动还冒汗,一干活就汗流浃背。他每天工作12个小时,从不抱怨。我们这些讲解员白天和他们一起施工,晚上背讲解词。经过一个月的紧张施工,当沙盘展现在大家面前时,我们眼前一亮,这分明就是壮丽的林县红旗渠全景啊!"

后来,谁来参观谁佩服,谁来参观谁点赞。尤其是省委领导来验收指导时,更是找人问,这是谁的创意?大家都扭头看向岳水旺同志,他却谦虚地笑着说:"这是大家的智慧和功劳。"

后来,岳水旺的事迹在家乡引起了轰动,多次受到组织、上级领导和群众的好评。

但说起红旗渠布展的故事,岳水旺总是说:"我是祖传的木工手艺,我更有贤内助……"

更有身后贤内助

他的妻子苏凤菊,也是一位巾帼不让须眉的女英雄。

1961年,年仅14岁上过初中的苏凤菊就在任村第七生产队任记工员。1962年,她不顾自己年龄小,多次请示七队党组长苏进召和队长苏西德说:"我要辞去记工员,去修建红旗渠。"结果多次请示却没被批准。他们都说一个小姑娘去修红旗渠,太笑话了,一个小姑娘家去能干些啥?咱队精壮劳力又不少,不准去!可她却坚定要去。

苏凤菊和本村几位女同志,徒步上了红旗渠工地。当时大队规定,一个月一换,她却总不愿离开红旗渠工地,一干就是好几个月。

苏凤菊年龄虽然小,但和本村的大姐们一样,抬筐、出碴、背沙、背水泥、挑水、和泥样样都干,肩膀磨的红肿也不喊累、不说苦,收工回去还要帮房东扫院子。

苏凤菊在渠上干活是一把好手,回家后也不闲着,在生产队带领妇女们,上工去时推粪,下工回来的时候收拾庄稼。苦活、累活、脏活她总是抢着去做,不管是挑大粪、掏厕所还是推小车,总是一马当先。

有一年年终,她的工分公示了,她同样和姐妹们出勤,不同的是,却少了十几个工,这是咋回事呢?于是她就在家中闷闷不乐。母亲看出女儿的心思,就对她说:"菊呀,你还是团员呢,当人不要比,你爹不是经常说:做人要宽宏大度,没有吃亏事,难得人上人……"

1965年,苏凤菊被任命为七队铁姑娘组组长。白天劳动,晚上组织妇女学习毛主席著作,先后多次参加安阳市和林县的表彰大会,回来到各村和红旗渠工地宣传讲解,传经送宝。

1966年春天,苏凤菊带着七队的铁姑娘去清沙村修红旗渠三干渠,而后修支渠和分渠。她积极带领七队铁姑娘在任村、盘山、前峪、古城等分渠建设,干得热火朝天。

当时,男婚女嫁的规定是男二十,女十八。她已二十一岁了还没嫁人。修渠工地上的姐妹们,有的已结婚生子,她们为她牵线搭桥。她总是说:"红旗渠虽然通水了,但咱公社好几个地方的渠都还没有修成呢,等渠都修成了,全公社都通水了,俺才结婚呢。"

于是有的人开玩笑说:"兵哥哥来信了没有……"

直到1967年农历十一月初九,苏凤菊才和在部队当兵的岳水旺举行了婚礼,十一月十五日岳水旺就匆匆回到了部队,短短七天,也是她人生难忘的记忆,从此,成了一位军嫂。

1993年4月15日,红旗渠干渠河口至南谷洞渡槽段的技改一期工程全面动工,苏凤菊参加了在盘阳段清淤和混凝土浇筑工程。

苏凤菊当时管后勤工作,她一有闲时就到渠里挖泥、清洗,不怕苦脏重累,继续为家乡发挥余热……

苏凤菊由于常年劳累导致体弱多病，但她从没向上级申请过额外的补贴和照顾。

闲了，老两口看着门前的红旗渠，想着60年代战天斗地，想着70年代红旗渠布展，笑意融融……

（白青年）

后勤服务

兵马未动,粮草先行!
背篓商店、扁担队,饮风裹雪挺进太行山!
推车组弯腰冒酷暑,马车连挥汗扬长鞭!
我当后勤来支援,为修大渠走天涯!
服务着你的服务,心底里飘扬的是信仰的旗帜!

红旗渠上后勤兵

千里太行巍峨雄壮,红旗渠水源远流长。当人们走进红旗渠纪念馆,一块十分醒目的奖牌映入眼帘,"支援红旗渠工程建设特等模范单位"——林县供销社,同时获奖的还有12个基层供销社。这些单位人员历尽艰辛,组织物资,保障后勤供应,受到县委、县人委的褒奖,被人民群众赞誉为"红旗渠上后勤兵"。

在那自然灾害肆虐、物资异常匮乏的艰苦岁月里,林县供销社上千名干部职工立下"我当后勤来支援,为修大渠走天涯"的雄心壮志,奔波在祖国的大江南北、天涯海角,遍寻修渠所需物资。搭窝棚、住山岩、顶风雪、战酷暑,建立随军商店,开展跟踪服务。出动大卡车、汽马车、手推车,挑扁担、背货篓,穿行在千里修渠工地。苦战十年,不仅修建成了举世闻名的"人工天河"红旗渠,还铸就出了"艰苦创业、勤俭办社、一心为民、无私奉献"的扁担精神。

兵马未动 粮草先行

1960年初,春寒料峭,县委、县人委正在酝酿筹划"引漳入林"造福林县人民的宏伟工程。在县委筹备组会议上,县委书记杨贵问商业局局长刘友明(当时县供销社与商业局合并,1961年10月分设,刘友明任县供销社主任):"修建引漳入林工程,你要当好后勤部长,保证全县物资供应,有困难吗?"刘友明满怀信心地说:"困难是软蛋,我们是硬汉,后勤保障没困难!"说完这句话,杨贵满意地点了点头,后勤保障看来没什么问题,是到了大事定夺的时候了。

刘友明是个工农干部,文化水平不高,在他的笔记本里记的全是圈圈点点,外人根本看不出个名堂,但他却是"张飞穿针——粗中有细",作起报告来,条理分明,头头是道,令人折服。他虽然在县委领导面前表态没困难,但他深知,自1950年开始至1959年,全县的兴修水利就一直没有停顿,从新民渠、爱民渠、建国渠到跃进渠、抗日渠、淇河渠和要子街、弓上、南谷洞三个中型水库等工程,供销商业部门已做到全力以赴、竭尽全力,人员疲惫、财力紧张,库存物资消耗达到极限,本想来个大休整,谁想更大的任务又来临。

不久,县委"引漳入林"工程总指挥部成立,刘友明任"中共林县县委水利建设物资供应指挥部"指挥长。在供销商业系统动员大会上,刘友明讲道:"我们既是后勤部,又是先行官,这既是县委对我们的信任,又是对我们的考验。春节后工程要开工,我们必须立即行动,过年不放假,春节变春忙,系统上下一条心,一股劲,谁也不能临阵逃脱下软蛋!"铿锵有力,震人心弦。

军令如山,没有回旋的余地。供销商业部门立即成立"物资组织调配供应服务中心",下设保管、会计、物资供应和安全保卫四个小组,办公地址设在任村公社木家庄村东边的寺庙里,统一组织协调物资采购供应工作。

清仓查库,调查摸底。各经理部(县直公司)、基层供销社立即组织有关人员深入仓库、门店,吃清物资库存底子,掌握物资供应缺口,编制进货计划,统一汇总上报。

节前外出,勇当"逆行者"。从各经理部、基层供销社抽调20余名精干采购员组成先遣小分队,分为工具用具、爆破物资、搭临建物资和生活用品四个小组,奔赴主要产地联系货源。他们放弃了春节与家人团聚的机会,外出采购年后开工急需物资。

为做到调查走在开工前,供应走在使用前。春节刚过,供销商业部门组织4辆汽车、10辆汽马车和105辆手推车向工地送货,把物资直接运送到施工前沿阵地,达到了"开山有镐有撬,放炮有捻有药,凿石有锤有钻,挖渠有镢有锨,生活上有锅有碗、有吃有喝"的开工要求。

据当年县社办公室的同志回忆:县供销社机关干部在那段时间里,全身心投入,忘我的工作,晚上经常加班到十一二点。县社机关多年来形成一个规矩,晚上刘友明主任办公室不熄灯,机关没有一个人提前脱岗去休息。有时晚上刘主任去县委参加常委会,干部职工也都在办公室待命,等刘主任回来后,连夜传达会议精神,并电话联系到基层单位,布置任务,提前行动,力争主动,做到"传达会议精神不过夜,报送进度不隔天"。到县委正式召开全县动员大会时,县社系统上下早已行动起来,各项工作走到了前头,多次受到县委、县人委的表彰。

随军设店保供应

1960年2月10日,"引漳入林"总指挥部召开了全县广播誓师大会。11日,修渠大军从全县15个公社向指定地点集结,正式拉开了修建红旗渠工程的帷幕。

红旗渠工程开工后,为保证数百里长的渠线施工物资需要,县供销社在任村公社盘阳、卢家拐、王家庄和城关公社北关、平房庄等地设立了四个物资供应基地和七座物资仓库,并在全线设立了150个随军商店,这些商店设在每个公社所处地段内,有的搭的是窝棚,有的是利用山岩,还有的是借当地农户的民房。人员由各基层供销社抽调,以男同志为主,也有的基层社男同志少,由女同志作为补充,一般半年时间可轮换一次。也有的同志在工地时间长了,人员都熟悉了,供应也摸住头绪了,就不愿意离开随军商店。如采桑供销社魏用才、任村供销社卢文元等同志一干就是几年,甚至渠线修完才回到社内。在物资供应紧张时,各基层社还增派人员,充实一线力量。他们发扬扁担精神,增设了25个扁担送货队,15个背篓商店,肩挑背扛,流动服务,保证了工地民工施工和生活急需品供应。为方便各公社、生产队、民工往返,解决运送物资的汽车、汽马车司乘人员住宿和吃饭问题,在

随军商店

合涧、城关、姚村、任村清沙等交通要道设立5个服务站,80个理发、钉鞋店,27个饮食店、车马店和旅社,在路途中不用忍饥挨饿。头发长了随时剪,鞋子坏了可随时修,民工们感到供销社考虑得很周全、服务得很周到。

据原小店供销社主任、今年88岁的老职工路德拴回忆说:"当年我们在随军商店工作,负责小店公社33个生产大队几千名民工的生产、生活物资供应工作,店内一般3~5个人,白天到渠线了解需求,组织供货,晚上就住在窝棚和岩洞里,吃的是从家里自带的粮食、干菜,夏天和秋季可在山上采槐花、榆钱和野菜,与小米、玉米粥煮在一起熬饭吃。记得当年吃过一次最好的美味,就是供销社办孵鸡厂,孵不出小鸡的毛蛋送到我们那里10个,每人分到2个,吃的可香了。"那时候,只想着干社会主义,实现共产主义,共产主义是什么?"黄疙瘩(玉米面窝头)和玉米粥管饱,那就是共产主义。"他们的要求并不高,但当时的条件根本达不到。

一个大雪纷飞的傍晚,水利物资供应指挥部的电话铃响了。电话是从工地打来的,说他们那里急需炸药六千斤。接电话的是生产资料经理部经理梁恩相,马上答应快送。原来,县委书记杨贵和刘友明在深入工地检查冬季施工情况和修渠社员的生活安排时，发现任村公社井头大队工地缺少炸药，便从井头工地打来了电话，老梁心情非常激动。他望望窗外，鹅毛大雪不停地下。他想："县委负责同志在这样的天气里，还亲自深入工地检查施工情况和社员们的生活安排，并且又亲自打了电话，这必然是急用的。"于是，他披起一件半旧的小大衣，拿了扫帚、铁锹，便和汽车司机小李一起出车了。

汽车迎着狂风和雪花在飞奔。当汽车行驶到接近井头工地的岔道上时，雪更大了、风更狂了！到处都是白茫茫的一片，分不出哪儿是路，哪儿是沟，汽车随时都有滑到沟里的危险。怎么办呢？这时，只见老梁把小大衣一甩，向小李说："你用心开车，我去前边给你扫路！"说着，腾身跳下车来，挥起扫帚，边扫雪、边前进，等开到井头工地时，他的外衣已结上了一层硬邦邦的冰凌，两手已经麻木了。井头的社员、干部看到后，都感动地说："老梁，你们的后勤工作可真是风雪无阻啊！"

老梁高兴地嘿嘿笑着，说："哪能比你们啊！你们一天三晌在山上顶风冒雪地干，可比俺辛苦多了。"说着，他拍拍自己的胸口，说："说实在哩，只要能修成大渠，天再冷，可咱心里是热的啊！"

随着寒冬的来临，给红旗渠工地的供应工作也带来了新的困难。他们踏积雪攀悬崖，背着货篓绕渠转，不仅把渠上用的工具、用具及时送到工地，而且还将油盐酱醋送到工地伙房，就是修渠社员需用的鞋掌、手套、担肩、纸烟、火柴、针线等，也都送到了修渠社员的身旁。在红旗渠二干渠的工地上，人们常常发现有一个背着货篓的青年人，他就是横水供销社的随军商店营业员栗旺全同志，他白天背着货篓到工地和社员们一起修渠，上下工前后营业送货一天忙到晚，但他总是乐呵呵的，从来没听他说过什么"苦"和"难"。冬季山区群众习惯在头上扎上一条白毛巾，他就设法购来大量的毛巾送到工地；后勤部从新疆购来一批皮毛帽，他就先送给那些建渡槽高空作业的社员。社员们在施工中手易冻裂，他就建议领导从外地购到蛤蜊油、裂子油3200盒，手套1300多副，社员们一抹手，既防冻疮又防裂口。

他的货篓有时也成了保健箱,有胶布,有红汞水,有止痛片、消炎膏等能治疗简单的疾病。工地上哪个社员临时生个小病,当即服几片药就好了。谁的手脚碰破了,他立刻就能包扎。社员们都称他既是售货员,又是战斗员,是关心群众生活的贴心人。

所以,社员们都赞扬说:"小小货篓不简单,日用杂货样样全,不顾山高路途险,急需的东西送跟前。汗水滴湿送货路,铁鞋踏碎冰雪崖,前方后方一股劲,定叫山河换新颜!"

自力更生办工厂

红旗渠开工前一段的物资供应是赶上了,可是随着施工的进展,所需的物资也会发生很大变化。譬如炸药,原先估计第一期工程有一百多万斤就够用了,可是开工后,放一个"老炮"就需要几千斤,一天就得上万斤,甚至十几万斤!这样看来,如果不提前准备,将来就有可能对红旗渠的顺

碾制炸药

利施工造成困难。

有的说："嗨！那怕啥,国家有的是炸药,只要多派几个采购员到全国各地求援,我看满可以解决！"

这时,后勤部分工负责采购的老牛接着说："往外派人那没问题,咱已派出去一百多人了。天津、太原、郑州、东北等地都有咱们的人。可是,从在外的采购员反馈的情况来看,各地都很紧缺,情况不容乐观！"

"说的对！"坐在一旁的老梁接着说,"目前全国都在轰轰烈烈地搞社会主义建设,需要炸药的数量很大。如果我们一直把眼睛盯到外边,将来要是采购不来那么多炸药怎么办呢？"

老梁把这个题目一提出,一时谁也答不出来。大家沉默了一阵,有人冲着老梁说："依我看,咱既要把眼光投向全国,取得兄弟单位的支援,但更重要的是把眼光盯在咱们林县,要走自力更生的道路。说到底,我看咱不如干脆办个小炸药厂,自己造！"

话音一落,屋里像倒核桃一样,又"哗"的嚷起来了。有的很赞成,说这是一个好办法,可是也有的反对,说："做梦搽胭脂——想得美！就凭咱这两只手,还能办炸药厂？"还有的说："说的是啊！咱们搞后勤的,只要把采购的东西想法送到工地就行了,还能再去办炸药厂？"

一时,屋里的几种意见针锋相对,展开了激烈的争论,那喧嚷的话语,那烟雾腾腾的热气,似乎要把这个小"办公室"撑裂似的。

争论来争论去,最后大家统一了思想,异口同声地说："我们要树立自力更生、艰苦奋斗的指导思想,在抓紧采购的同时,应该抽出得力干部与工业部门结合起来,办个炸药加工厂！只有坚持两条腿走路的方针,才能不摔跤。"

说干就干,雷厉风行,兵分几路,便干起来了。这些后勤兵们,决心用最快的速度办个土炸药厂。

炸药厂选址在任村公社木家庄村西的水磨房里,由任村供销社主任郭有森任厂长。没有碾,他们就到十余里地的山里找；没有房,他们就撬起石头垒墙，房上没有东西盖，他们就上山割野草；没有火硝，他们就到厕所、羊圈里到处挖卤土、淋水硝；没有锯末，就到县城里木工厂去找。就这样，经过他们一个多月的苦干，终于制出了黑色火药，接着又研制成功了黄色炸药，威力更大。但问题是产量低，一天时间才生产几百斤炸药。如何提高炸药厂的工效，大家在讨论中觉得关键是碾料跟不上，只要碾料能赶上，配起药来那是很快的。于是，大家又围绕着这盘水打碾打转转，想从这里边找门道。这时，郭有森忽然高兴地说："咱要是把现在的单碾改成双碾，那不就可以把速度提高一倍了吗！"大伙一听，都拍着手说："对对对！是个好办法！人家外地也有用双碾碾东西的，咱咋不可以试试哩！"后来，他和老纪翻山越岭，终于在十几里地外的一个山庄，找到了一个青石碾磙。他们又到附近的山村找来一盘磨，专管磨锯末。结果，使这个小小的土炸药厂由日产三百来斤，提高到日产一万五千多斤。

同时，为保证红旗渠工程主要搬运工具小推车的供应，县供销社在县城东关建立了一个铁业加工组，主要设备有车床两部、刨车一台、摇头钻一台、三盘烘炉等，以生产小推车车条、车档、车圈为主，人员最多时发展到70多人，为红旗渠的建设发挥了重要作用。

施工中的工具用具需要数量多，损耗量大，须及时补充和更新。物资供应组负责人到县社西仓库查看库存物资时，发现院子里堆着大量的废旧物资，他眼前一亮，这些废旧物资堆在这儿是废品，何不组织加工，变废为宝，综合利用起来。不久，铁匠炉、缝纫组、打绳组等加工厂应运而生。他们利用废钢铁加工的手把钻就有三万多斤；用废旧包皮布和破旧麻袋加工的担肩就有七千多个；用棉秆皮加工的代用绳达六千余斤，还用那些废铜烂铁加工镢头、钢镐四万三千多把，加工铁锨一万五千多张。除此之外，他们还加工了铁撬、铁锤五万多件，及时满足了工地需要。

后勤精兵闯四方

红旗渠开工阶段，正值国家三年困难时期，到哪个地方物资都十分紧

杨贵（前排左一）与刘友明（后排中）在红旗渠工地

缺，外出求援难度相当大。但难度再大也得去，困难再多也得克服。于是，从供销商业部门抽调180名年富力强、经验丰富的采购员，奔赴全国各地求援，采购修渠所需物资。当时开会统一布置、分头行动，要求不管吃的、穿的、用的，还是天上飞的、地上跑的、水里游的，有啥要啥，尽管采购，"出门一把抓，回来再分家。"于是，采购员分组编队，四路出击，他们在外可以说是见庙就烧香、见佛就磕头，低三下四，求人办事。有的说采购员像演员，得哭就哭，得笑就笑，见机行事，看风使舵。戏演好了，物资购回来了，大家都高兴；戏演砸了，两手空空回来，就得挨批评。

"引漳入林"工程施工中经常开山放炮，需要大量炸药，这个问题已成为县委领导头痛的一件大事。杨贵找到老红军团长顾贵山，请老顾出山，找找上级首长，为红旗渠工程找炸药和钢钎等物资，极大地解决了工程短缺物资。

工地需用物资多，后勤供应运输量大，运输工具严重不足，几乎全靠汽马车和手推车搞运输，县里就决定购进一批拖拉机。岳茂林跑到沈阳拖拉机厂求援，软缠硬磨，厂里最终给解决了15台拖拉机。这15台拖拉机运回来后，被集中在八一拖拉机站，实行统一管理，成为红旗渠物资供应战线上的一支重要运输力量。

红旗渠建设工地粮食十分紧张，为解决粮食不足的困难，县供销社派岳茂林、元志吉、赵启和等人到周口地区沈丘等县采购红薯干，作为民工的补助粮。因为周口地区烧火材料缺少，煤的价格比较贵，红薯干却比较便宜，当地群众都当柴做饭烧了。他们到沈丘县与当地供销社联系，不敢说是叫人吃的，就给人家说："我们林县白酒厂每年生产需要大量的红薯干做原料，做酒剩下的酒渣还要作猪饲料。"同当地供销社商定好价格后就叫人家给收购，然后再派车往回拉。单红薯干一项，每年从周口地区购进10~20万斤，都补助了修渠民工。

修渠工地上运输力量不足，仅有几部汽车和15辆拖拉机，远远不能满足工地物料、粮食、蔬菜等物资运输需要。于是，县供销社又派出采购员李序文、李银和去内蒙和陕西省榆林地区神木县购买大牲畜。在贩运骡马的过程中，还发生过几个小故事。在榆林过黄河摆渡时，一头骡子掉进河里，李银和、李序文等人跳进湍急的黄河中，他们在河里往上推，船夫在船上拉住缰绳使劲拽，硬是把骡子拉上船。在贩运路途中，一匹母马生下了一个小马驹，李序文在当地老乡家找了一个篓子，背在身上，小马驹在他背上拉屎拉尿，污水从脊梁流到脚下，但他全然不顾。母畜的奶水不够吃，他又去买来奶瓶和葡萄糖水喂食，一直走了40多公里，才把小马驹背到火车上运了回来。有人说："你们冒着生命危险，去救一头牲口，不值得。"但他们认为："一头骡子1000多元，一个小马驹也是几百块钱，不能眼睁睁地看着叫损失掉。"这就是扁担精神在每一个供销人身上的具体体现，可见勤俭办社的优良传统已在供销人心中深深地扎下了根。几年时间共购回大牲畜6000余头，有力支援了红旗渠工程和农业生产。

购货难，给人家退货更难。1962年冬季，因修渠工地粮食、蔬菜短缺，水利物资供应指挥部电话联系各个采购小组，大量采购红萝卜，补充食物。元志吉、赵启和两人在安徽沿江一带订购红萝卜5万斤，已用草袋装好，准备装船发送，这时指挥部一个电话打来，让他们都懵了。原来河北、山西、山东一带的红萝卜到货，全县道路上到处都是运输红萝卜的车辆，交通堵塞，所以不能再要红萝卜了。这可咋办？两名采购员愁坏了，无奈中去找到当地县政府,说明了情况,当地政府还算理解,说:"你们不要就算了,剩下的问题由我们解决吧。"出了县政府大门,赵启和问元志吉,咱们下步怎么办?元志吉口中蹦出一个字:"撤!"马上回到旅馆,退了房,掂起提包就走,他们形容说:"当时跑得比兔子还快,只怕人家犯了打,又来找咱们的麻烦。"

常言道,"在家千日好,出门万事难",这话一点不假。当时采购员每人每天粮食定量一斤,出差每天补助二两粮票两毛钱,这对于年轻力壮的采购员来说,也只能吃个半饱,每天小米粥和白米粥撒点盐、拌点酱油就是一顿饭。有时看人家吃饭走了,剩下半盘饭菜,也不管丢人败兴,走过去端起来放到自己桌子上,怕人家笑话,嘴里念念有词:"我帮你们收拾了它吧。"意思是替服务员工作,帮忙倒掉剩饭剩菜,实际上是倒进了自己的肚子里。

有时采购员一人孤军奋战,生病了就躺在旅馆里,靠药片和白开水度日,忍受病痛的折磨。没有粮票和钱了,打电话叫家里汇款、寄粮票,有时候要等好几天,饿得不行了,就去街上拾个小白萝卜或玉米骨头充饥。当时采购员工作并不轻松,他们也和在工地干活的民工一样,发扬拼命精神,在工作、在战斗。

当时有人形容说:"采购员在家像老子,出门像孙子(求人办事),跑起来像兔子,回来时像驴子(背着一堆脏衣服,灰头土脑)",看起来是一句玩笑话,其实就是采购人员在外四处奔波、风尘仆仆、含辛茹苦的真实写照。

谷文昌与万达的家乡情怀

2012年春,为筹建扁担精神纪念馆,我和市供销社办公室的几名同志驱车前往采桑镇南景色村,采访原采桑供销社采购员、时年86岁的付文法同志。一提到修建红旗渠,老付顿时来了精神,对当年到福建、湖南找到谷文昌、万达求援的情景记忆犹新,揭开了那段鲜为人知的往事。

1961年春,修渠工地粮食、干菜紧缺,民工们在工地吃不饱肚子,有时靠挖野菜和采摘树叶充饥。采购员付文法受指挥部派遣,前往福建省东山县找时任县委书记、人武部政委谷文昌（今石板岩镇南湾村人）求援。谷文昌曾于1943年6月至1949年1月在林县当过村农会主席，第七区、第十区区长和区委书记，对家乡人民有着难以割舍的感情。得知家乡修建大型水利工程急需粮食、干菜时，他十分同情，当时东山县粮食也非常紧张，但他还是从农民手中收购了一些秕谷、薯干、稻糠和干菜等，支援家乡水利建设。到1962年，工地上手推车内外胎紧缺，影响施工进度，于是付文法二次出征，再赴东山县，找到谷文昌，说明来由，由于福建省属橡胶产地，橡胶制品指标比内地宽裕，在当地有关部门协助下，一下子解决了2000条手推车内外胎，发运回来后，不但解决了红旗渠工地急需，还满足了农业生产一线需要。临走时，谷文昌还赠送给付文法一个鼻烟嘴，饱含深情地在上面刻有："付文法留念，闽东山岛政委谷文昌赠，一九六二年"字样，这个鼻烟嘴老付一直像宝贝一样保存在身边。

1963年5月，正当红旗渠工程进入关键时刻，修渠前线传来消息，工地上打炮眼的钢钎和粮食告急，指挥部当即派出采购员彭美忠等两名采购员奔赴湖南，找到湖南省委书记处书记万达（今临淇镇孔峪村人）求援，因钢材属国家统一计划调配物资，各省各地都很紧张，向万达说明情况后，因需要物资数量大，万达找到省委主要负责同志汇报，经报批同意后，一次购回六棱钢100吨，碎大米60吨，缓解了工地的燃眉之急。

红旗渠工程修建了十年，供销社干部职工在后勤保障战线奋斗了十年。据统计，修渠所用物资总值6865万元，除国家资助1025万元（占总投资的14.9%）和县、公社、大队自筹部分外，其余物资由供销商业部门组织供应。从1960年至1966年上半年，县供销社共支援红旗渠工地炸药3300吨，导火线450万米，雷管450万个，硝酸铵1000吨，铁锤89000个，钢钎14.5万公斤，推车内外胎75000条，各种工具26万件，生活用具29万件，各类蔬菜食品3000吨等（1966年下半年至1969年物资供应数字，因正处于"文化大革命"期间，报表数字缺失），荣登"支援红旗渠工程建设特等模范单位"榜首，在红旗渠工程建设的丰碑上，镌刻着供销人的不朽功绩。

红旗渠工程的建成,既饱含了 10 多万修渠大军十年浴血奋战的艰辛,又有供销、商业系统干部职工发扬扁担精神,全力支援的心血和汗水,同时还离不开像谷文昌、万达等林州籍在外人员及曾在林州工作过的人士的全力支援。这三种精神在修建红旗渠过程中的交集融合,既是历史给予奋斗者的一次机遇,又是优秀民族文化在特殊时期的一次凝聚。正是有了这三种精神的一脉相承,相互辉映,"人工天河"红旗渠才能奇迹般地耸立在世人面前。

(郭德金)

情牵渠水 无悔人生

在采桑镇涧东村,谈到修红旗渠,当年的亲历者,无不对宋林吉充满敬佩。

一个已经去世三十多年的普通修渠人,何以让人永生铭记?带着问号,我去采访。

一

宋林吉老伴仍然健在,虽有点耳背,却仍思路清晰,说起老汉的身世,九十岁的老人泪流满面,摇头叹息。

宋林吉一九二八年出生于涧东村一个贫苦家庭。三岁,其父到山西长治扛长工,被阎锡山部抓去做苦役。宋林吉和母亲相依为命。九岁,母亲因病去世。十四岁,父亲在太原做苦役被砖头砸死。年少的宋林吉成了孤儿,他仰天长叹,久久发呆。

一九四三年,日伪扫荡,大旱天灾,逃荒避难的人流不断。国恨家仇,怒火中烧,十五岁的宋林吉挺身赴国,开始走上革命道路,在采桑横水一带帮助八路军站岗送信,跟日伪军作斗争。

一九四六年,林县解放。十八岁,宋林吉担任南涧东村民兵营长、贫协主任,他领导穷人闹翻身,开展土改,发动支前,为解放战争做出了贡献,并光荣入党。

二

涧东村西边，有一南北走向的河沟，到了夏秋季节，涧水就会从沟底渗出，这也是"涧东"村名的来历。

然而，此水却不能吃，一肮脏，二有毒。守着水缺水，是村人的悲哀。

旧社会，老百姓遭受着三荒的折磨：匪荒、粮荒、水荒。

解放后，党领导人民向困难作斗争，取得了巨大成就，但缺水问题，始终没有根本解决，是上级领导的忧虑，也是基层干部的苦恼。

一九五九年春，作为村副支书的宋林吉，向支书常永安提议，打旱井蓄雨水，二人当即行动。当年就打出旱井十多眼，既解决吃水，又解决抗旱点种。公社干部郭增堂下乡调研，号召采桑各村推广。据说，土门村"旱井世界"享誉全国，最初就是受了涧东村打旱井的启发，后来干得风生水起。

三

1960年2月，"引漳入林动员令"响彻全县，三万余修渠民工挺进太行山。

讲起宋林吉为红旗渠工地送粮食的故事，八十五岁的常永法滔滔不绝……

出征的前夜，支书常永安、副支书宋林吉、宋绍伏和七位生产队长，集中大队开会，进行分工安排，宋绍伏担任连长，带队修渠，宋林吉负责后勤，保障粮食物资的运输供应。

会议结束，宋林吉对手下人交代："兵马未动，粮草先行，咱们马上进行准备。"几个人走东家串西家，借的借、租的租，把粮食、蔬菜、炊具、钢钎等物资设备，装了满满一汽马车。宋林吉还要求，每个人用小推车再推两袋粮食。鸡叫三遍，汽马车驾驶员宋全贵一声鞭响，宋林吉带领先头人员向任村盘阳出发。

去修渠的人，按要求当天都自带了干粮，为了让民工来了有水喝，炊事班必须提前赶到。到达工地后，马上盘大锅，宋林吉双手抓起冰冷的麦秸泥抹泥锅台。傍晚,采桑公社民工陆续抵达。营长秦宽禄看到涧东连为大家准备了开水,十分感动,拍着宋林吉的肩膀说:"你这个运粮官,真是萧何转世!"

四

前方打胜仗,后方支援忙,抡锤打钎修渠苦,马不停蹄送粮忙。采桑营部后来驻扎在山西青草凹,涧东到青草凹有一百四五十里路,尤其是任村往西,道路崎岖不平,夹在谷沟之间,特别难走。有一次送粮,汽马车快到河口村,内轮胎突然爆裂,宋林吉让车手常二榜看车,自己火速返回任村去买车胎,一路一溜小跑,回来天已漆黑。车到青草凹营部,已是晚上十一点多,匆匆吃过晚饭,他让常二榜去喂牲口,明天再走,自己连夜返回,去准备第二天的所运物资。他当时是南采桑、北采桑、葛木、洪峪、涧东五村粮菜运输总协调负责人。

1959年以来,自然灾害频发,庄稼歉收,解决修渠民工吃饭难。县委领导费心思,争取各方支持,规定每人每天不少于一斤粮,除了各大队收集,指挥部按统一标准补助。修渠民工早出晚归,吃不饱影响干活,也影响身体,一斤粮食肯定不够,怎么办?时令春暖花开,宋林吉看到洋槐花一嘟噜一嘟噜,榆钱叶一束束一束束,荠菜叶一丛丛一丛丛。他召集所属五村干部,发动群众采挖野菜,新鲜的往工地送,多余的晒干备以后吃。一包包野菜送到工地,民工们吃得无比美味。采桑营各村纷纷采野菜送工地,指挥长周绍先听说后,对秦宽禄说:"主食不够野菜凑,采桑营这个办法好。"

宋林吉负责运粮六个月,往返于家乡和工地之间,平均每天徒步行走超百里,六个月下来,总里程相当于走了一次长征。

五

七月,酷暑难耐,涧东大队连长宋绍伏,因负伤回家休养。公社安排宋林吉接任修渠连长。

来到修渠前线，他身先士卒，实事求是，调查征求意见，教导大家既要苦干，也要巧干。当时，连与连、组与组、人与人开展劳动竞赛，先进插红旗，落后插黑旗。在他的带领下，涧东连每次任务都提前完成，一直插红旗，被采桑营命名为"红旗连"。

八十三岁的修渠人宋顺昌，当时在采桑营部负责统计，采访中他告诉我："我们几个统计员，每天下午收工之后，必须把各连的工程数据丈量清，晚上用算盘算出工程量，比如挖了几方渣，砌了多长渠，放了几个炮等。第二天上工之前，营部开会公布，完不成任务的不光受批评，还必须加班，完成任务好的受表扬，还给每人每天增加三两的粮食补助，宋林吉带领的涧东连一直是先进，得到的粮食补助最多。"

南景色连长李文林又羡慕又不甘地对宋林吉说："老宋，你们连次次得第一，俺们连从早到晚也没闲，可就是撵不上你们啊！"

由于修渠队伍实行的是军事化管理，上级有规定，从上工到收工，干活中途不得歇息，随便歇息就是偷懒，就会受处罚。宋林吉担任连长后，经过调查了解，民工一天干十几个小时，又吃不好，身体差的民工顶不住，"疲劳战"不一定奏效。他对部下说，只要没有特殊任务，累了可以让大伙适当歇一下，磨刀不误砍柴工嘛。规定每天中午与下午，中间可适当休息二十分钟，这么一招，工作效率反而提高了。有的组长怕挨批评，宋林吉说，责任在我，由我承担，他主动向公社营部领导汇报了自己连的做法，领导说，怪不得你们连一直得红旗，原来你这连长还有这一招作战策略。

六

今年八十岁的常荣花，个头矮小，精神矍铄，十七岁就去修弓上水库，三年后又转战修红旗渠，回家后又参加家乡水利建设，一直干到四十岁。

"修渠苦吗？"

"受罪是受罪，但当时也没觉得咋苦。"

"为什么？"

"那时候的人都从旧社会过来,什么苦没受过,政府号召修渠,让老百姓吃上水、浇上地,过上好日子,感激不尽咧!"

"你参加修水库,又参加修渠,有让你心里感动的人吗?"

"感动的人和事很多,南采桑十二姐妹,特别是劳模郝改秀,手扶双钎打炮眼,人称'凤凰双展翅',当时我们还同住过一个屋。任村公社有几位裹脚老妇女,当时都五十多了,从漳河滩用布袋往渠上背沙,上山时经常趴倒,趴倒了站起来再上。"

"俺村宋林吉,开始管往渠上送粮菜,两天一个来回,人都叫他'飞毛腿'。后来在工地当连长,重活、脏活抢着做,可能干了,人又叫他'闲不住'。有天夜里天降大雨,挖好的渠沟积满了水。第二天早上来了后,为不耽误施工,他脱下衣服,穿一裤衩下到渠水中去打开排水口,光着脚在渠道里清理淤渣,脚都磨出血了。听说他从此患上了腿疼病,走路一拐一拐的,到死也没治好。"

常永法后来也跟随宋林吉在凤凰山修渠,他告诉我,凤凰山石头硬,老百姓管它叫灰驴皮石,开錾没纹理,下撬没缝隙,抡锤上下崩,放炮朝天飞,十分难弄,又称"没拿石",就是没有法拿下,啃不动,人没少出力,活儿不见进展。宋林吉和石头过招,摸石头脾气,集思广益,反复试验,尝试使用斜式炮、插手炮。说到放炮,老人理论一套套:"响炮不做功,做功炮不响,如果炮声大响,'呼叭'一声渣飞上天,叫朝天炮,响过之后只炸开炮眼周围一小片;如果炮声小响,'吭哧'一声渣不高飞,会把石头内部爆得四叉五股裂开,这叫做功炮。斜式炮要求斜打炮眼,插手炮要求两个斜式炮伸向同一处,就像人的两只手往一块插一样,斜式炮打炮眼很费力,但做功巨大,两个斜式炮一插手,会把成吨的巨石炸开。宋林吉领导我们用斜式炮和插手炮战胜了'没拿石',提前完成在凤凰山的挖渠沟任务。"

七

1967年3月,十四岁的大儿子宋万增初中毕业,宋林吉送他到红英北分干渠白干岭段工地当小工,帮助民工砌渠墙,

1968年5月，总干渠河口段，山体塌方造成部分渠道损毁，宋万增随工程人员前去维修，一直干到秋收。

在农业学大寨运动中，父子俩共同战斗在劈山造田、平整土地、兴修水利第一线。涧东村被评为全县农业学大寨先进大队，支书常永安被提拔为县委委员，副支书宋林吉被评为林县农业学大寨先进个人。

1986年7月，宋林吉因病去世。去世之前，根据他的要求，子女们陪他到红旗渠青年洞、凤凰山附近故地重游。天空白云飘若有声，太行山麓绿荫如盖，红旗渠水碧波荡漾，渠石上"采桑公社南涧东大队修"几个石刻字迹清晰如洗，老人用手细细抚摸，思潮翻滚、感慨万千、热泪如注。

"一定要学会勤劳、学会吃苦，不忘记共产党好、不忘记还有穷人。"这是父亲宋林吉留给子女们的临终遗言。

八十年代以来，儿子宋万增走出太行山，从小清包干起，逐渐发展壮大，所创办的一级企业"中州建筑工程有限公司"，就业人员二千余人，年产值三亿多元。他没有忘记父亲的嘱托，几十年来，先后向公益慈善捐款六十万元。

八

红英北分干渠水从红英汇流开始，一路向东摇头摆尾，行程三十公里后，流入涧东村干涸的土地，不仅解决了人畜用水，粮食产量也成倍增长。"看山山青，看地地平，粮丰林茂，牛羊成群"，美好的蓝图早已变成现实。

登上村北龙关脑，乡村美景一览无余，"林木网山头，田园铺锦绣，水库映蓝天，公路织彩绸，排楼碧生辉，人在画中游……"

山下的郑荣生态园内，"春来百花争艳，夏季绿波如浪，秋日金黄璀璨，冬到玉树琼枝。"

红旗渠，一泓清流，滋润大地；一笔财富，泽福百姓；一种精神，享誉神州。

（李周龙）

修渠的青春岁月

一转眼,红旗渠已建成50多年了。作为亲自参与修渠的一员,我也由当年十六七岁的女中学生变成了白发苍苍的花甲老人。

50多年来,看着源源不断的渠水流进林州,滋润着家乡的土地,听着一批批前来参观学习的客人连声称赞红旗渠的雄伟和壮观,我心中就会感到无比骄傲和自豪。

修渠的小宣传员

红旗渠开工修建时,我正在东姚中学上初中。在修渠动员会上,我才知道县里为了解决林县人民的吃水用水困难,决定从山西省平顺县引漳河水。听完动员后,我心里非常激动,积极报名,激情满怀地与同学老师一起出发,参加神圣的修渠工程建设。在通往修渠的路上,人山人海,人们热情很高。

在修渠的过程中,县委非常重视宣传和思想工作。我们在沿途看到很多用白石灰水书写的宣传标语,非常鼓舞人心。我记得其中最醒目的是"愚公移山,改造中国""重新安排林县河山"。这些写在墙上的标语口号,对于动员群众参加修渠、坚定信心、克服困难起到了很大的作用。

我们学生参加修渠,实行的是半日学习、半日劳动。为进一步发动群众,活跃修渠民工的文化生活,学校决定充分发挥学生的文艺特长,组织了文艺宣传队,通过自编自演文艺节目宣传修渠的好处,表扬好人好事。从红旗渠工地回到学校后,我们文艺宣传队仍坚持演出。在寒假中,不顾天寒地冻,深入农村,动员更多群众支持、参与修渠。我因主演《修渠》等节目,在东姚公社评比中,还得了乙等奖。

小姑娘能顶大人用

修建红旗渠时,正是困难时期,粮食紧缺。在工地每天吃小米、红薯面及干菜,甚至有时上山挖野菜充饥。有一天,工地负责人对我说:"工地伙房快没有干菜吃了,你回村收干菜吧,一定要完成任务。"由于工地任务紧,领导不想派强壮劳力回去,所以就派我这个小姑娘负责此项任务。尽管我知道当时老百姓家里也是青黄不接,收集干菜会有一定困难,但还是接受了任务。当天,我就坐着汽马车回到村里,向村干部汇报了情况。让我意想不到的是,乡亲们非常理解工地的困难,对我这次回村收干菜都积极支持,仅仅用了一天时间,干菜就筹集到位了。

第二天,我们及时把干菜运到工地,解了燃眉之急。渠上的民工夸我:"小姑娘能替大人做事,等于修渠多了个全劳动力。"我听了心里高兴地乐开了花。

在工地加入共青团

我先后在任村公社、平顺县石城公社等地参加修渠劳动。

劳动中主要是用荆筐抬土石。由于年龄小,没有锻炼过,刚开始抬筐就把肩膀压肿化脓了,医生及工地负责人让我休息。可是,看到工地热火朝天的劳动景象,我心想:"自己不能干重活,但能干些力所能及的其他活儿。"就主动去找领导承担其他任务。当时,领导安排我做三项工作:一是当小通讯员,由于当时没有电话,都是跑腿送信,我每天都往返于工地与营部之间;二是当工地的送料员,主要是把工地需要修复的钻、钎等工具拿去让铁匠修复,修好后再送到工地;三是当工地的学习辅导员,主要是为民工读报、宣讲政治理论,同时还帮助不识字的民工写信、读信。

肩膀上的伤治好后,我就主动要求重回一线干重活。为了多干活、省时间、赶任务、早完工,我们女同志都剪成了短头发。由于表现突出,我多次受到表扬,还在工地被批准加入了团组织,成为了一名光荣的共青团员,这是那个年代青年人崇高的理想和追求。后来,我又被东姚公社推荐去安阳上卫校,当时全公社仅有两个名额,我就是其中之一。现在回想起来,这是领导和团组织对自己参加修渠劳动的认可和肯定。

能成为十万修渠大军中的一员,我很自豪。

(苏潘云)

秋之功 昌之业

《重修林县志》记载："林县山多水少,居民苦汲,土薄石厚,凿井无泉,致远汲深,人畜疲极,每遇亢旱,居民悬釜待炊,欲救瓶罍之罄,不择溲渤之污,喝既为灾,秽亦生疾,南乡尤甚,山后类然。"

为了改变这种惨绝人寰的困境,林县县委提出"重新安排林县河山",彻底改变林县缺水的干旱面貌,修建"引漳入林"工程——红旗渠,10万民工登上太行山,展开了一场与自然拼争的战斗,涌现出了无数的英雄模范。

险情求生

1962年,刚过春节,生产队派人去修红旗渠,郝秋昌请求参加。

队长说:"你还小!"

他说:"我已17岁了!"

但队长最终还是没让他去。

到了2月,又上第二批民工,他再次向队长请求,队长终于同意了。

这次一同去的有郝福拴,是他本族大哥,已经50岁了。还有郝富全,和他是同龄人。

他们三人推了一辆小推车,是生产队里的,因工地需要,让他们带去。这样正好把行李捆在小推车上,一个人推、一个人拉,一路上替换着推车和拉车。

太阳快落山时,他们到了姚村。这时,年龄最大的郝福拴说:"前面村里没有店房,咱们在这里住一宿吧,明天再往前走。"

第二天下午三点,他们终于到了任村公社杓铺村,这里是他们下庄连的驻地,伙房只有炊事员一人,其余人都上工地劳动去了。

天黑后,连长程玉林从工地回来了,安排他们吃饭住下。

天还未亮,就响起了起床号声,炊事员也早已将早饭做好,吃过饭后扛着铁锹随上工的队伍,沿着人踏出来弯弯曲曲的羊肠小道向工地急行,穿过露水河滩爬上东山的工地,天还未亮。当时的任务是凿通半山腰的一个双孔隧洞,单孔有4米多宽,3米多高,隧洞的外面已经砌好了渠墙,在洞外面留有十几米还没砌,是作为凿洞出碴的通道。

连长对郝秋昌说:"你还小,就帮他们出碴吧。"

出碴是用小推车往外推,因他年龄小,装满车子后就管拉车。后来,他说在修英雄南分干渠时打过炮,从地上拿起锤一连打了几十锤,连长看他行,就让他负责打炮眼。

为了凿洞工程进度快,打好五六个炮眼就装药放炮,点炮用的是快捻,一个人点一至二个炮,需要四五个胆大利索的年轻人点炮。有时人手少,郝秋昌就给连长说:"我在修英雄南分干渠时也点过炮。"连长就让他试试。由于第一次派他点炮,其他人都是点两个,只让他点一个。虽说他点过炮,但那是慢捻,这次却是快捻。所以,他的心里很紧张,生怕别人点着了自己还没点着,既怕丢人又心慌,拿香的手都浸出了汗。

把炮捻点燃后,炮捻"吱——吱——"燃烧着。此时,组长喊一声"跑",大家同时往洞外跑,刚躲好,炮就响了,震得两耳欲聋。

炮炸过的洞里有很多险石,在动工前必须除掉,他就同作业组长一起去除险。

有一次,他正在除险时,突然从头顶上掉下来一块大石头。这时,组长急忙拉了他一把,大石头擦着他的身子落在了地上,胳膊上的衣裳被挂出了一个40厘米长的大口子,一只袖子全裂开了。

这次,郝秋昌算是捡回了一条命。

挖基砌墙

第二年春天,郝秋昌第二次去参加红旗渠建设,这次住在任村公社阳耳庄村。

开始上工时还冻着,以后天气逐渐变暖,工程进展就快多了。他们边清理渠墙的基础,把石碴杂土运到渠外,好土留下来垒砌渠墙时和破灰泥用。

垒砌渠墙有两个后缀,一个是砌石,一个是供水,两项工作缺一不可。

在垒砌渠墙时劳力分工不同,技术人员管垒砌,上点年纪的管和破灰泥及灌浆,年轻人从山沟里往渠上担水,或抬石头,在连长的指挥下分工合作。

有一天,连长分配郝秋昌负责担水,就是把水担到工地倒进浆池里,半天要完成十几担水的任务。

一天,从家里来了一位负责垒砌渠墙的壮年石匠,他的力气大,技术精湛,砌得又好又快。结果,垒砌了好长一段渠墙,因没有水桶,担不上水来,不能及时灌浆。

此时,分指挥部指挥长孙勇沿渠过来,问:"你们连是怎么搞的,砌了这么长也不赶紧灌浆?"

连长说明情况后,孙勇当即就写了个纸条,连长派人到分指挥部去领水桶。

但是,由于山高路远,还是不能及时灌浆。孙勇一看不行,为确保质量,达到百年大计质量第一,干脆留了下来,现场指挥。

负责供水任务的郝秋昌,看着工地上写着:

红军不怕远征难,我们不怕风雪寒。

饥了想想过草地,冷了想想爬雪山。

渴了想想上甘岭,千难万险只等闲。

为了渠道早通水,争分夺秒抢时间。

他心一横,拳一握,当场宣誓:"保证质量要求,坚决完成任务。"

郝秋昌对几个担水的同伴说:"今天下午,无论担几担水,完不成这段灌浆任务,咱就不下工。就是累死了,也要变成一滴水,把灌浆任务完成。"大家听到郝秋昌的话后,人人倍受鼓舞,一齐说保证完成任务,争当五好民工。

原来从山下到山上,担一担水需要20分钟,现在仅用5分钟。

这时,分指挥长孙勇也很受感动,挽起裤腿,一边指挥,一边同民工一起和泥灌浆,累得满头大汗。

结果当天下午就完成了三天的任务。

孙勇说:"下庄连的民工真能干,尤其是这帮小青年,晚上召开连长会,让东姚营全体民工都向下庄连学习。"

第二天,全东姚分指挥部的担水任务都增加了,分指挥部提出了向下庄连学习的号召。

参建水库

南谷洞水库修建于20世纪50年代,乱石堆坝,工程质量很差,渗水漏水很严重,溢洪道又浅又窄,为确保下游人民群众的生命财产安全,1965年县委决定从红旗渠工地抽调城关、东姚两个公社的民工参加对南谷洞水库维修施工。

下庄大队党支部在报送民工名单时,把郝秋昌定为事务长。

其实,郝秋昌在别人都还没往工地之前,他就动工了。用了整整一天时间,把参加修渠民工自带的口粮和干菜收齐,随着往工地送粮菜的汽马车就启程了,赶到了任村公社白家庄村。

这次施工共有三项任务:一是挖深溢洪道,因全部是花岗岩、红沙石,须要打炮眼用炸药炸;二是对大坝的背水面垒砌护坡,须要冒着生命危险,到不停往下滚着石头的溢洪道下去抬石头;三是对大坝内的迎水面进行治漏,主要是把原来的沙质土挖出来再换上破灰土,迎水面再加水泥防渗墙。土是从六里外的黄路岭用小推车运来,由于通往大坝下边的坡度太陡,就得民工用荆筐背到坝下。下庄连的任务分两部分:一是负责运土;二是负责垒砌大坝。

郝秋昌是事务长，他的任务也有两项，一是每天帮助炊事员做好早上和中午饭；二是下午在工地干活。

因离工地远，中午必须把饭送到工地。送饭时从工地回去一个民工，俩人，一个担汤、一个担饭，在下工号吹响前必须把饭送到工地，找一个比较安全的地方。吃过中午饭后，郝秋昌下午就在工地干活，同民工一起抬石头，或者推土和背土。

饭后，不等吹响上工号，就跑去抬城关公社从溢洪道里挖出的石头。这活是很危险的，因上面在不停地往下倒石头，乱石翻着跟头往下直冲，在下面抢石头的民工随时都有生命危险，可大家为了完成任务，并不怕危险，冒险往前冲，就是在这时郝秋昌却学会了拴石头。别看拴石头，这活还特别讲究技术，在几步外就要观察好石头的形状，考虑好需要横拴、竖拴、顺拴、挂角拴还是拦腰拴，遇到圆石头就用罗锅套。在走到石头前就把铁绳准备好，左手握铁绳的圆环，右手拉住铁绳勾，看准石头，一摔铁绳就把石头套住了，迅速穿上抬杠抬起来就走，一路小跑，报过号后抬到坝上。如果石头大，两个人抬有困难，就拴住一头拖着往前走，再大点的就四个人抬，再大的加小炮，就是六个人抬，一头四个人用小炮抬大头，一头两个人用铁绳拴住抬小头。总之，在抬着走时不能叫掉下来。

推土这活也不容易，从坝上到黄路岭三公里多，每天往返六次，一天要跑80里路程，推的土像一座小山头，要一路小跑，还不能让推的土掉下来，下坡时两个人在前边用木杆顶住小推车，好像三个人抬着一座小山头。后边推车的人直不起腰，前边的人被压得肩膀生疼，真是累得腰酸腿疼脖子歪。

有时，郝秋昌就去背土回填，就是把推来的土用荆筐背到坝下，再加石灰夯实治漏。因坝坡陡，小推车只能运到坝顶，坝高近80米，背土下坡时必须走"之"字便道，下陡坡怕滑倒必须小心谨慎，所以上下坡都是大汗淋漓，筐里的土掉到脖子里，被汗水浸泡成了泥浆。为了保证汛期前完成治漏任务，指挥部决定回填工程日夜两班干，下庄连抽出20位民工，是当天下午至半夜和半夜至第二天中午两个班。

后勤服务

有一天晚上,郝秋昌刚从工地回到驻地,连长就说:"今天有人病了,为了保证人数,秋昌你去顶替一下,明天再调整人。"

郝秋昌赶紧吃过饭,追赶已经去上工的民工。这时天阴沉沉的,他怕下雨,就拿了个做饭用的大围裙上路了,天黑路远,又都是山间羊肠小道。他一路小跑,一直到坝顶上才赶上。这时,上工号声已经吹响,工地上的电灯也已亮了,郝秋昌装上一筐土就往坝下走去,为了赶时间,他没有走那条"之"字路,而是直接下到了坝底,领到背一筐土的凭证。虽是空人往上走,但比下坡还要累。他为了节省时间,还是直线往上攀。

郝秋昌已累得满身大汗,又背了几筐,天上下起了蒙蒙细雨,但并没影响人们干活,因当时提的口号就是:

抢阴天,战晴天,扑淋小雨当好天。

鼓干劲,争上游,建库工程提前完。

他又背了两筐后,雨越下越大了,有的背土民工就站在坝上。他又装了一筐往下走,这时不能直下了,他只好走"之"字路,虽然路很滑,但总算又背了一筐。在往上走时,他爬着又上到了坝顶,装好土准备走时,他发现民工们都提着空筐在那里站着。他犹豫了一下,还是背着筐继续往坝下走去。这时雨点更密了,路上也有了水坑,他只好小心地往前走,生怕被摔倒,也怕筐里的土少了。走到一个陡坡处,两手紧紧搂着土筐往下滑,一不小心差点摔倒,幸亏路边有人把他拉住。

大雨还在不停地下着,郝秋昌再次装上土又往坝下走,却发现背土的民工都不见了,但他在想:"既装上了筐,就加快速度背下去。走在路上却担心被摔倒,还想着赶快完成任务后还得回去帮炊事员装笼蒸玉米面馍呢。"

这时,他觉得有黏糊糊的东西直往脖子里钻。用手一摸,原来是雨水冲着筐里的土流到了背上。但他继续往下走,又来到了陡坡处,怕滑倒就蹲下身子一步一步往前挪。由于坡太陡了,一下子滑了很远,幸亏有人一把将他拉住。

当他上到坝顶时,已经成瓢泼大雨了,指挥部通知暂时停止运土。当他找到避雨的地方时,他头上身上满是泥浆,冻得浑身直打颤,已经感冒了。

连长说:"看来今夜干不成活了。秋昌,你赶紧回去吧,别让冻病了。"

郝秋昌一只手提着筐,一只手把围裙盖在头上,弯着腰摸黑顺着崎岖的山路往驻地赶。由于天黑看不清路,又用围裙盖着头,脚下一滑便倒在了河滩上,手被磕破了,血流不止,头上也碰了几个大疙瘩,他只好摸爬着回到了驻地。

炊事员开门一看他这模样,赶紧帮他脱掉衣服,端了一盆热水让他洗了洗,帮他擦干身子,催促躺下后,他才觉得整个身子像散了架一样,火辣辣的疼,虽躺在被窝里,还冷得不停地打颤。

炊事员见他成这样子,就说:"今天为了你,我得提前打开火炉,给你弄点煤渣水,不然你一病倒就得好几天。"郝秋昌喝过炊事员端来的煤渣水后,身上才感到热乎乎的不冷了。炊事员又把他的湿衣服搭在锅台旁边烤着。

那时,民工就是穿着一身衣服,不烤干第二天就没啥穿。

第二天,当他被炊事员叫醒后,并拿来了已经烤干的衣服。郝秋昌用手揉了揉衣服上的泥土,就急忙穿在身上,围上已经洗净熥干的围裙忙着去给民工们开饭。

后来,下庄连的任务改成开挖溢洪道,郝秋昌到工地后,从保管室领了一辆小推车,就开始往外推碴。

当郝秋昌往崖下倒碴时,把小推车把往上一搁,由于没把握好,小推车一翻,掉到了崖下。幸亏没有搭襻,如果郝秋昌要搭着襻,就被小推车带下山崖粉身碎骨了。

这次,郝秋昌又捡回了一条性命。

参战干渠

1965年麦收后,大队党支部又派郝秋昌去修渠,还是任事务长,这次是在河顺公社庞村。郝秋昌在往庞村走时,支书说:"秋昌,你要做好长期在修渠工地的准备,因为一干渠马上就要动工了,要求各村的连长、事务长和技术员三人必须长期坚持在工地,啥时候完成一干渠的任务,啥时才能离开工地。"

郝秋昌随着大队的汽马车拉着粮食和蔬菜到庞村后,因正是炎夏,天气很热,每天都必须往工地送开水。只要把开水往工地一放,就去抬石头垒砌渠墙。等开水喝完了,再担着空桶回到驻地,去帮助炊事员做饭。

一干渠开工后,东姚公社社长侯喜林任东姚分指挥部指挥长,各连由大队长任连长。各连要先派一部分人去把驻地、伙房安排好。

因为任务紧,下庄大队要上到二百多民工,工地在姚村公社太平大队白草坡村。

连长和郝秋昌商议后,就先带了一部分人赶往一干渠,让郝秋昌在庞村完成任务后再过去。

连长带人走后,郝秋昌在庞村既得往工地跑,还得与分指挥部的人员联系。因为,他是第一次负责指挥全连队,心里很紧张。经过十多天的苦干,这段任务总算完成了。

当他们到达白草坡村时,民工把车上的东西搬到了伙房。

晚上,连长从工地回来,见面后说:"分指挥部催得很紧,要求各大队增加民工,明天要来300多人。"

郝秋昌的工作任务是:每天统计吃饭人数,炊事员按统计的人数做饭。早起帮助开饭,上午把开水送到工地,下午和炊事员从村子下边的临时一干渠内往伙房担水,往返一公里,把盛水的缸全部担满需要50多担,担水的路是上坡,为了赶时间,他一口气就到了伙房。

每隔两天就去姚村粮店推一次补助粮,他和炊事员俩人各推一辆小推车,每车要推300多斤。虽说郝秋昌是事务长,可他的工作量比在工地干活还要累。

每个月都要公布一次伙食账,供大家监督。

因1965年大旱,下庄大队都是旱地,连菜都没种上,工地的民工就没菜吃。为了搞好民工生活,郝秋昌经常到姚村公社周围村里买菜,想方设法搞好民工的生活,增加民工的干劲。

第二年正月初七,等消冻以后,就开始垒砌渠墙,各生产队都增加了技术员、石匠、水泥匠,一个多月后就基本完成了任务。

尾声

几十年苦干与拼搏,几十年的探索与奋进,红旗渠水流进了林县的村寨田园。几十年的治理与嬗变,环境改变了,生活改善了。

1966年4月20日,林县召开庆祝红旗渠一、二、三干渠竣工通水典礼大会,对在红旗渠建设和支援红旗渠建设中评出的模范单位和个人进行表彰,郝秋昌也被评为红旗渠建设乙等劳模,受到了林县县委、政府的表彰。

(郝顺才)

雁行车队战太行

1948年,我出生在河顺镇东寨村。小时候,家乡十年九旱,乡亲们尝尽了缺水的苦。

1965年,17岁的我参加了红旗渠二干渠马家山段的修建,住地在武平寺。我们这支独轮小车运输队的任务是负责从离武平寺三里多远的王家寨高山上往下运送砌渠料石。

王家寨山高路陡地势险,开采料石的石窝或在半山腰或在山顶上。由石窝向山下开辟的运输小道曲折盘旋,延伸到平地足有三四里路。林县人推小车,那可是高水平。一个人推几百斤,在平地上那是潇洒自如,有的高手仅靠搭在肩上的一条车襻就能把小车摆弄得稳稳当当,在行走中还能腾出双手来点火抽烟。但从王家寨山上往下运送料石,那就得另当别论了。小车上装的是千斤料石,独轮辗的是铺满细碎石子的陡而窄的下坡路,仅靠一个推车人的双手拉力和两块刹车的摩擦阻力,根本控制不住车子下滑的巨大冲力。

我们采取了两人负责一辆小车往山下运送料石的方法,这是一项既需要胆量又需要两人紧密配合的技术活儿。车子下山时,前后各一人。后面驾车的除了驾稳车掌握好方向外,还得双手用力向后拽车把,同时拽紧刹车绳。身子前倾时如"仙鹤饮涧";身子后仰时像"鲤鱼打挺";两腿叉开,屁股下蹲后坠时如"马步稳扎";两脚用力前蹬软磨硬蹭时如"犟牛下坡";双臂张开时,如"白鹤亮翅";当车轱辘突然被石头绊住,车子重量前倾,人的身子被车把挑起架空时,又像"旱地拔葱"……只有眼劲、心劲、腿劲和胳膊手劲协调一致了,车子才会像绵羊一样乖巧灵活地顺从下山。

车前一人负责挡车,就是用一根木杠别住小推车,减缓车子下行的速度。具体操作方法是把木杠的一头伸到车轮辗着的地面上,杠子的中间部分别在小车前挡头的横木上,杠子的另一头搭在肩上。车子下滑的速度快了就用力扛起,车身被架空,速度自然就慢下来了。就这样,前后两人伺候着一辆小推车移移挪挪,走走停停,费很多周折,洒不少汗水,才能平安地将一车料石运下山。

干这种活儿既费鞋又伤肩。一双崭新的布鞋穿在脚上,不用几天就报废了,鞋底被撕裂成好几块,鞋帮被石头挂得开了花儿,那淘气的大脚趾也从鞋帮前钻出的大窟窿里伸出脑袋,想看看外面的世界多精彩。不少民工穿不起鞋,就把废旧轮胎上的胶皮割下来,钉在鞋底当鞋掌,找几块熟过的牛皮或猪皮缝在鞋的前面作裹头。经过这样一番折腾之后,一只鞋足有二斤半重,大家称它为"踢死牛"鞋,样子虽丑陋,但穿起来结实耐用多了。前面负责挡车的肩垫被木杠拧破,红肿的肩膀早已没了皮。我们的口号是轻伤不下火线,处理的方法是红汞碘酒一抹就走。工地上的宣传员特地编了一段推车快板来鼓舞我们的斗志:

推小车,是好汉,抓住小车就搭襻。

下陡坡,要操心,用力拽好刹车绳。

讲技术,要稳妥,不能翻车撞伤人。

翻车撞人更不行,妨碍工程又受疼。

同志们,干得猛,安全时刻记在心。

收工后,劳累了一天的民工回到住地倒头就睡。被钻进被窝的虫子咬疼或被蝎子蜇醒,大家对此司空见惯。到了半夜,民工们呼噜呼噜的打鼾声、牵挂父母妻儿的梦语声、咯吱的磨牙声与野外呼天扯地的山风汇成一曲交响乐。

马家山段工程完工后,大部分民工回家了,我直接报名参加了二干渠庞村段的修建,任务还是运送石料,但下坡路没有王家寨那么陡那么险,运送的也不再是又笨又重的砌渠料石,而是明窑烧石灰用的废料石块,搬卸起来轻松多了,我们新组建的小车送石队也改为一人一车。

上山时,几十辆独轮小车行走在庞村通往山上的路上,像雁行天际一样,一会儿排成个"一"字,一会儿排成"S"形,煞是气派壮观。我是共青团员,处处带头走在前面。我推着装满石块的独轮车,沿着稍微倾斜的下坡路第一个跑起来下山了,车拽着人,人顺着车,只要扭着屁股,晃着膀子,掌握好方向就行了。长风掀起衣襟,卷起头发,真有点"我们走在大路上,意气风发,斗志昂扬"的爽劲和自豪感。后面下来的民工不停地喊:"昌顺哥,放慢脚步稍等等。"我放开嗓门大声喊:"加快脚步跟上来,前面的路还长着呢!"

喊声伴随着吱咕作响的刹车板摩擦声在山谷里回荡,传得很远很远……

(杨昌顺 口述 曲禄元 整理)

大众煤矿与红旗渠建设

俗话说："兵马未动，粮草先行"。1960年2月红旗渠开工后，工地上一下子来了成千上万的民工，吃、住、行都有问题。《红旗渠日记》记载，当年3月13日总指挥部从盘阳迁往平顺县石城公社王家庄村，黎明时分出发，临近中午，盘锅灶只完成了一半任务，大家只好吃着从盘阳带来的冷馍和冷菜。到天黑锅灶盘成了一个，但因为缺煤和柴火过湿不能做饭，晚饭只得到姚村工地民工食堂做了两担稀米饭，大家喝着稀饭配着冷馍，又将就了一顿。

看看那时，不只粮食短缺，烧煤也是个大问题。

然而，不仅食堂做饭需要煤，为节省炸药，放老炮还常用煤做填充料，垒砌阶段明窑烧石灰，则更需要大量的煤炭，这煤炭供应的任务无疑就落在了大众煤矿的肩上。

大众煤矿，共产党领导下的林县第一个国营企业。有关资料显示，1949年有干部职工300人，年产值45.2万元，到1972年干部职工发展到1530人，年产值增加到325.1万元，成为仅次于林钢的林县第二大国营工业企业。到红旗渠建设时，大众煤矿已经壮大成为除满足全县工农业生产和人民群众生活用煤以外，还有能力支援红旗渠建设的实力企业。但是，由于生产技术还比较落后，生产方式原始，原煤产量也很有限。面对煤炭紧缺的局面，根据县委、县政府统一计划，全县的用煤实行凭证供应。大众煤矿党委坚决贯彻落实县委指示，全力以赴支援红旗渠建设。党委书记刘章锁带领全矿干部职工，一方面节衣缩食，一方面扩大生产提高产量，以满足红旗渠建设用煤需求。

为了支援红旗渠 全力以赴

红旗渠工程全线长达千余公里,参建者数十万计,生活用煤和烧石灰用煤的需求量很大。为支援红旗渠建设,大众煤矿在 20 世纪 60 年代新建矿井 3 对,分别是太平庄煤矿、凌集煤矿和马村煤矿。这些煤矿投入生产后,煤炭产量大幅提高,1960 年全矿生产原煤 19 万吨,比 1959 年增产 8 万吨,极大地缓解了全县工农业用煤的紧张局面,更为支援红旗渠建设提供了保障。

但是,六十年代也是大众煤矿七灾八难时期,东矿发生透水事故 4 次,西矿发生透水事故 4 次,其中 1961 年 9 月发生透水淹井后,直到 1967 年才排完水,重新恢复生产,两个主要矿井造成直接经济损失高达四五千万元。在这种困难条件下,为了优先保证红旗渠建设用煤,大众煤矿多方筹集资金,购置排水设备,增加排水能力,力争尽早恢复生产。电力紧张,他们又在太平庄村新建了一座发电厂,解决了供电不足问题。他们不仅保障红旗渠建设用煤,还主动承担起了煤炭运输的任务。大众煤矿机修厂自力更生研制出了小火车,自己生产道轨,将小铁路从凌集修到县城,由呼银书担任火车司机。这些技术改造项目,体现了大众煤矿干部职工支援红旗渠建设的信心和决心。正如时任党委书记刘章锁讲的:"为了支援红旗渠,我们要全力以赴,一切优先保证红旗渠建设所需!"

急红旗渠所急 要什么给什么

大众煤矿是全县国营大企业,又是十分危险的行业,长年准备着较为充足的物资。矿党委多次开会,研究部署支援红旗渠建设工作,决定:只要红旗渠需要的物资,矿里有的,要优先满足供应;矿里暂时没有的,也要千方百计予以采购。总之,一切为红旗渠建设开路,急红旗渠之所急。在这个总方针指导下,全矿各方都参与到支援红旗渠工作上来。

首先是生产部门,在确保安全的原则下,调动一切力量提高煤炭产量。在原煤销售和服务部门,优先确保全县各公社、各大队建设红旗渠的民工连队来矿拉煤。煤场销售服务人员自觉延长工作时间,保证每一家来矿拉煤的民工连的汽马车都能及时装煤上路。

其次,是运用矿里运输工具直接往红旗渠上送煤。据现年81岁的第一代大众煤矿汽车司机桑龙年回忆:"大众煤矿1958年的汽车队有9名汽车司机,到1960年修建红旗渠时已经发展到3部汽车,其中一辆2吨车,两辆2.5吨车,1965年又购进两辆4吨解放车。汽车队9名司机轮流往红旗渠上送货,其中送得最多的是煤,一年里每个司机都要往红旗渠上送五六车煤。除送煤外,还送过铁锤、钢钎等其他物资,还运送过村里的民工。那时,只要红旗渠上需要用车或用煤,汽车队都会不折不扣地完成任务。"

其三,将储备物资支援红旗渠建设。现年79岁的原大众煤矿党委副书记成士林说:"开始修红旗渠,我还是矿里的一名通信员,与矿级主要领导接触比较多,见证了大众煤矿往红旗渠上运送煤炭和物资的过程。书记刘章锁经常过问支援红旗渠物资工作,其他领导也积极配合。除支援原煤外,还支援过大量的钢丝绳、钢钎、八磅锤、钢锹、洋镐等工具,还有垫肩、柳帽、手套等安全防护物资。同时,还在全矿干部管理人员中开展了捐献席子活动,我也将自己床上铺的席子抽出来捐给了红旗渠工地。"现年88岁高龄的秦广彬回忆说:"修红旗渠时,我担任矿财务科会计,有一次我陪同刘章锁书记和其他领导去红旗渠慰问,去时带着一车煤,直接将煤送到了红旗渠渠首。"秦老还计算了一下,每年往红旗渠运送的煤炭和物资,价值超过20万元。十年下来,光直接派车往红旗渠上送煤就超过2500多吨。据1983年《林县大众煤矿志(初稿)》记载:"支援红旗渠用煤和烧石灰用煤累计约30万吨,支援南谷洞水库和弓上水库烧石灰用煤约3万吨。"

红旗渠建成了 支援工作尚未结束

修建红旗渠,需要大量的石灰,而燃料主要就是煤炭。那时,红旗渠所有用煤不仅全部是由大众煤矿供应,矿上还专门为红旗渠工地开采专用煤炭,以解烧石灰之急需。烧石灰用的煤,并不需要很高的质量。经大众煤矿探明,邵家窑煤矿大煤层下边还有一层2米多厚的片煤,不适于民用,但却很适于烧石灰,如果开采出来,不但成本低,而且能保证烧出高质量的石灰。矿党委经过多次研究论证,决定投资开拓新巷道,开采片煤煤层。一位当年的老工人回忆说:"开采片煤是十分艰难的,投资大,产出少,但为了支援红旗渠,困难再大也要克服。"

到20世纪70年代初,红旗渠主要工程已经竣工,但修补治漏和维修配套工程并未结束,依然需要水泥,应运而生的红旗渠水泥厂也需要大量煤炭作燃料。当时林县境内的民用无烟无味的煤炭储量十分有限,为了供应红旗渠水泥厂用煤,大众煤矿于1969年动工兴建涧西矿井。这个矿井生产的煤含硫高,燃烧时臭味呛人,但却是制造水泥的好原料。涧西矿从1970年见煤投产到1978年停产,共生产原煤137万吨。1989年至1997年,涧西矿井恢复第二阶段生产,共产原煤55万吨,基本上全部用于制造水泥。显然这也是为了支援红旗渠工程建设。

从1960年2月炸响修建红旗渠的开山炮,到1966年红旗渠总干渠和三条干渠全部通水,再到1969年红旗渠所有配套工程全线竣工,十年时间里,林县大众煤矿的干部职工发扬不怕苦、不怕累,特别能战斗的精神,全力以赴支援红旗渠建设。红旗渠里流淌的,不仅有修渠民工的热血和汗水,也有煤矿工人的激情和辛劳。1966年4月20日,县委、县政府隆重举行红旗渠一、二、三干渠竣工通水典礼大会,大众煤矿被评为"支援红旗渠建设特等模范单位",矿党委副书记张加才代表大众煤矿上台领奖。

(房海林)